笭菁作品

苓菁作品

笭菁作品07

妖異魔學園

DEVIL ACADEMY : BLOODY CRUCIFIX

血腥十字架

笭菁 著

CONTENTS

楔子 006
第一章 010
第二章 024
第三章 044
第四章 066
第五章 076
第六章 097
第七章 123

妖異魔學園

DEVIL ACADEMY : THE SCHOOLHOUSES

第八章 144
第九章 176
第十章 186
第十一章 212
第十二章 239
第十三章 264
尾聲 277
後記 282

楔子

悠揚莊裝嚴的聖樂在教堂中流洩著，唱詩班跟著高歌讚美主，星期日的禮拜，教堂裡坐滿了人，大家一同祈禱，一同聽道，這是在亂世裡的心靈寄託。

在這個活著是僥倖、死亡是正常的世代，宗教的存在更為重要，人們需要心靈寄託，以度過艱苦的每一日；除了人類之外，妖、魔、惡靈、惡鬼與各式魍魎魑魅都與人類共存，人類成了最弱勢的一群環，隨時喪生都不意外。

因此在世的人們總是期待死後的世界，希望能比現世舒服許多。

神父傳道，要大家抱有希望認真的過著每一天，信徒們虔誠的祈禱，接著禮拜結束，便要向前領取聖餐；世界會變，但許多儀式不變，撕碎小麵包分食依然具有意義。

每位信徒依序上前，氣氛寧靜而莊嚴，大家領了聖餐便在額上胸前劃上十字，接著轉身離開並吃下聖餐。

一個接著一個，直到小小的男孩抬起頭，皺著眉不解的往上望著；不只是他，其他幾個小孩似乎都瞧見了，圓著眼看著神父身後上方的牆面。

「媽媽。」潘潘拽拽母親的手，「妳看！」

「嗯？」吳棻棻疑惑著看向孩子，「要領聖餐了喔，小聲點。」

「可是，耶穌在哭耶！」

咦？原本肅靜的教堂裡起了一陣疑惑，耶穌在哭？

「對啊，祂流淚了！」接著其他孩子也喊著，小手指向了高處的牆。

連發放聖餐的神父都不由得轉過身去，看著白牆上鑲嵌的十字架，上頭釘著耶穌基督瘦骨嶙峋的身子，而一如孩子所言，兩行淚水正從那木雕像的眼窩滑下。

「咦咦——」現場信徒無不激動，「這是、這是神蹟嗎！」

神父忙不迭的趕緊轉身走到神像下方，顫抖著雙手劃著十字，伸出手輕輕的掠過那雕像的臉部，沾取了所謂的淚水。

猩紅色的液體沾在神父的指尖上，他瞠目結舌的看著這不可思議的景象。

「血淚……耶穌顯靈了！」神父激動的大喊出聲，啪噠跪上了地。

「喔喔！神蹟！神蹟出現了！」

一瞬間，教堂內歡聲雷動，信徒們就地跪下虔誠膜拜，神蹟顯靈的事幾乎鮮少發生看見，而現在居然在他們安林鎮上出現了！

「啊啊……耶穌泣血，這一定不只是神蹟啊！」神父朗聲說著，「顯靈是為了解救蒼生，神一定是來解救我們於水火之中，免於傷害！」

「是啊，一定是……鎮上最近發生太多事了！屢屢遭受惡鬼的侵襲，被殺掉、被吃掉的人那麼多……」大家很容易想到最近發生的慘案，「萬人林好不容易才平息，那邊有多少未安息的亡靈啊！」

「所以顯現神蹟了！阿門！」大家緊握著十字架，感動不已。

「主啊，鎮上有異變對不對！」神父仰首望著淚流不止的神像，「請告訴我們，是不是有異變了！」

異變？白神父詫異的看著高喊的凱利神父，怎麼會認為主的顯靈象徵鎮上有異變呢？當然每次顯靈都是一種徵兆，通常都是一種警示……但警示是世界性的，不能確定單指鎮上啊！

「鎮上一定有異變啊！最近如此不安寧！」有人應和了，「神是否能解救我們？」

「是啊，結界屏障總是有漏洞，惡鬼都能輕易進出！」吳棻棻泣訴著，背上還揹著才出世就死了父親的嬰孩，身邊的潘潘更是差一點被妖獸拆吃入腹！「誰都不想死啊……」

「大家冷靜！」白神父朗聲說著，「神蹟不代表鎮上有異象，大家且稍安勿躁，我們會再努力聆聽神之音的。」

竊竊私語的狀況未止，飽受性命威脅的人們，只希望可以去除威脅，能多一天平安的日子。

「總是要請人來確認。」凱利神父起了身，語重心長的對著白神父說，「神蹟的出現，一定不尋常。」

白神父皺著眉，他也這麼認為，只是在確定前就說出鎮上有異變的話語詞句，不免讓他覺得失言且易煽動人心……尤其是在人人自危的前提下。

他仰首看著出現神蹟的耶穌像，那兩行血淚如此怵目驚心，主啊，您到底想要表達什麼？

男人覺得好痛好痛，可是他口不能言，他雙眼插上釘子，痛徹心腑卻不能出聲，更加不能理解的是，為什麼他聽見下面有著眾多的人潮在喊著阿門，卻沒有一個人看見被釘在十字架上的他？

救命、救命……誰來救救他啊！

第一章

中午吃飯時間，有學生在操場上打球，有人選擇學校的角落野餐，但多數人還是待在教室用餐，打打鬧鬧，談天說地，當然現在最紅的話題，就是耶穌顯靈這件事。

而校舍頂樓，有幾個「習慣違規」的學生選擇在 VIEW 最好的地方用餐。

「噯，有聽說嗎？神像哭泣這件事？」江雨晨至今還是用很吃驚的口吻說著，「我跟爸媽都去過教堂了，神像真的流出血淚耶！」

「都好幾天了不是？還沒流完？」鐘朝暐問得很認真。「祂血怎麼這麼多？」

「喂，鐘朝暐，那是神蹟，奇蹟的一種，當然沒這麼快流完啊！」身為虔誠教徒的江雨晨噘起嘴，「給你講起來怎麼很奇怪。」

「是喔，我不清楚啊，我們家不是西方宗教啊！」他略顯無辜，「我爸媽是覺得要審慎看待，但是他們依然有點半信半疑，這幾天也要去問卦呢！」

「占卜瞎婆嗎？」江雨晨語氣略帶興奮。「我聽說她不輕易出山耶！要求卦可是很難的！」

「所以妳就知道這次事態多嚴重了！」鐘朝暐一副煞有其事的模樣。

一旁站著啃麵包的女孩，她正趴在頂樓的女兒牆上，用了無生氣的臉色俯瞰校園及遠方。

「芙拉，妳是怎麼了？」江雨晨繞到她右手邊，輕聲問著，「怎麼最近都無精打采的？」

「我……已經……整整三星期沒有出去玩了……」芙拉蜜絲的聲音如喪考妣，「三個星期啊！」

呃……江雨晨尷尬的咬著唇，掠過芙拉蜜絲看著她左手邊的鐘朝暐，兩個人在她背後擠眉弄眼。

果然又是為了禁足這檔事啊！三個星期前鎮上西北的萬人林出了事，有鬼獸跟魑魅入侵，不但綁走孩子、吃掉嬰孩，還把沉睡在土裡的亡者喚起，打算慢慢享用兼折磨人類。

那時許多人的孩子都被綁走，包括芙拉蜜絲堂姐的孩子、鐘朝暐跟江雨晨的弟弟妹妹也在其中，所以他們為了找尋親人遇上鬼獸跟酷愛凌虐人類的妖獸，自然又是一場混戰。

基本上，在這件事之前，他們也跟同學化成的鬼獸對戰過，這一切都是不得已的，很多事就是這麼多巧合……當然也是拜加上芙拉蜜絲的衝動以及愛管閒事所致，十六歲高中生就與駭人的惡鬼們對戰，某方面而言他們在鎮上變得出名，還是很多人的偶像，但是在爸媽心裡嘛——就是討打。

好動的芙拉蜜絲直接被下了禁足令，學期末之前全面禁足，除了上學外哪兒都不許去，放學也得立刻回家，聽說芙拉的爸媽會坐鎮在家裡盯著時鐘，慢一分一秒都不行。

江雨晨跟鐘朝暐兩個人自然也被家長「關切」，但還沒到禁足這麼可怕的地步，況且他們跟芙拉蜜絲不同啊，沒事誰會拿命去賭，跟惡鬼對戰？又不是不想活了，通常都是不得已的撞見，跟芙拉老是找危險踩是不一樣的。

所以他們兩個不會被禁足，因為大家都知道只有一個人會哪兒有危險往哪兒去。

他們不知道該怎麼安慰芙拉蜜絲，畢竟他們是可以到處趴趴走的人。

「才三個星期而已，這樣沒耐性？」隔個一公尺遠，根本坐在女兒牆頭的金髮少年開了口，「我算算距離學期末還有——」

「啊啊啊！我不要聽！」芙拉蜜絲立刻掩住雙耳，「聽到數字我會瘋掉的！」

金髮少年淺淺笑著，他大膽的坐在那僅有十幾公分寬的牆頭，而且一隻腳還擱在上頭，讓他們看得都為他捏一把冷汗。

「法海，你這樣坐很危險耶！」鐘朝暐皺著眉說，「而且上來頂樓是違規的，你坐在那邊不就全世界都知道我們在頂樓了？」

「芙拉蜜絲都直接掛在牆上了還說我？」法海輕哂。

掛？江雨晨回頭看向芙拉蜜絲，可不是嘛，她雙手都掛在牆外頭了，只不過三星期有這麼痛苦嗎？她趕緊跟鐘朝暐一右一左的把芙拉的手給扳上來往裡拉，芙拉還是一臉不開心，乾脆席地而坐。

「妳也知道伯父的脾氣，上次有禁足令妳還跳窗跑去萬人林，伯父才會這麼生氣。」江雨晨嘆了口氣，「妳耐著性子，等風頭過了，表現好的話說不定伯父會網開一面的。」

「我是為了救潘潘跟其他孩子耶！而且我整整昏迷十天，沒功勞也有苦勞吧？」芙拉蜜絲咕噥著，被吃掉的孩子她是來不及救，但是所有被綁架，放在「儲藏室」裡的孩子可是毫髮無傷的救回來了啊！

「其實伯父這樣也是情有可原啦，妳昏迷十天，我們都嚇死了別說妳爸媽。」鐘朝暐話說得中肯，「我們兩個雖然沒禁足，但是也被罵慘了，爸媽就是怕我們出事。」

「別說了，我媽還叫我跟妳斷交耶。」江雨晨說得超委屈，「不准再跟妳來往。」

嗯？芙拉蜜絲抬起頭，這什麼跟什麼？

「咦？妳也是嗎？我爸爸也是這樣說耶！」鐘朝暐還答腔，「他們說跟芙拉做朋友，九條命都不夠！」

夾在中間的芙拉蜜絲看著好友你來我往的聊得這麼開心，眉頭都揪在一起了，「喂喂喂！我在這裡好嗎？客氣一點吧？」

兩個朋友都噤了聲，圓著眼睛憋笑，這是事實啊，想不到交朋友也會受到這麼大的阻礙哩。

「我深表贊同！」依然坐在牆頭的法海還插一腳，「跟她做朋友簡直是找死的行為。」

「最好是！」芙拉蜜絲瞇起眼，瞪著那俊美如童話王子的少年，這個裝模作樣的傢伙！

每一次的千鈞一髮，都有他出手幫忙，他絕對是靈能者，卻偽裝著什麼都不說；上一次在萬人林裡，也是他保下大家的，只是雨晨跟鐘朝暐醒來就會失去片段記憶，忘記他也曾並肩作戰過。

當然她不會隨便說，畢竟在這個世界，具有靈力的人是會被當成異端份子的。

「你們兩個沒問題的啦，鐘朝暐箭術越來越驚人，雨晨使大刀一流！」芙拉蜜絲還得意的咧，「而且我們身上的護身符可齊全了！」

江雨晨掩嘴輕笑，叮叮噹噹響著，她手腕上的鈴鐺手腕聽說也是強大的護身符。

「真好聽。」芙拉蜜絲一直很喜歡那條手鍊，「妳問問江爸爸在哪裡買的嘛，我也想要一條！」

「聽說是跟闇行使買的呢，有防護力的！」江雨晨眨了眨眼，所以他們才能有較大機會存活吧？「還不知道遇不遇得到。」

「妳喜歡啊？」鐘朝暐顯得很感興趣，芙拉喜歡那種銀色有鈴鐺的鍊子嗎？

「嗯！想要！」芙拉蜜絲用力點頭，「沒有咒語也沒關係！」

鐘朝暐雙眼一亮，他得想辦法買一條送芙拉！

「喂，剛剛你們提到教堂的……神蹟？」法海開口打岔，他難得對鎮上的事感興趣。「有人知道是怎麼回事嗎？」

「喔喔！」江雨晨也嚇了一跳，法海通常都獨來獨往，才不管鎮上發生什麼事的哩，「就是神像流出血淚，這是神蹟的一種，也是一種警示意義，神父認為鎮上最近發生這麼多事是有異端，所以才會顯靈。」

「喔……」法海向遠方瞟著，看著那教堂上的十字架，「顯靈啊……」

「鎮上人幾乎都同意啊，你看，之前有同學被地獄惡鬼吃掉，結合成嗜血的鬼獸，然後又發生妖獸跟魑魅潛入，專吃孩子又喜歡虐殺人……」鐘朝暐也很難忽略這種神蹟，「連我們不同宗教信仰的都想求神問卜了！」

「呵，剛剛說那個瞎眼婆婆……不也是靈能者嗎？我以為他們會被歸於闇行使一派，不許住在鎮裡。」法海的笑裡有嘲諷，「怎麼出了事反而找他們問卦了呢？」

芙拉蜜絲微抿了抿唇，法海問得一點都沒錯，她很久以前就覺得這件事很弔詭。

五百年前，科技發達生活逸樂，那時的人們並不珍惜自然環境，並且為了工業的發展而大肆破壞地球，導致天災不斷；加以道德淪喪、人心險惡，傳說上天將降下「天譴」以懲罰人類，希望讓生命與地球都能休養生息，重新開始。

但是誰願意死亡？五百年前的人們為了生存，意圖把天譴送返天上，所以開始濫殺所有具備靈能力的人們——連占卜算命者都是，而且有人就算承認自己的算命只是糊口工具、偽裝的騙術，也依然被殺害。

因為寧可錯殺一百不可放過一人，第六感直覺準的人也無一倖免，那是場血腥的浩劫，逼得真正具備靈能力的人低調藏匿，進而消失在世間；而當時的人們並沒有意識到這種屠殺，其實正是天譴的開端，進而造就現在這種報應的生活方式。

當「天譴」真的被綁在刑柱上受死的那一剎那，天降雷電，眨眼間劈死了所有觀賞天譴被處刑的大量群眾，頓時屍橫遍野，接著爆發大規模一發不可收拾的傳染病，世界迅速崩毀，並沒有因為將天譴處死而歸於和平。

而世界宇宙本包羅萬象，不只有人類一種生物，各界都有各式生物，神界有神、魔界有魔、地獄有惡鬼，另有其餘妖魔、魍魎、魑魅、妖獸與鬼獸之屬，亦所在多有，只是因為「法則」，所以不能相互侵擾。

但在天譴出現後，各界的法則逐漸扭曲，人們的相互殘殺讓一切變得更嚴重，靈能者也隱藏身分讓他們不再驅魔伏鬼；而在處死天譴時法則扭斷，各界生物得以跨界，對人類造成極大威脅，不是被殺、被吃，就是被玩弄……這就是史稱的「天譴浩劫」。

許多史學家懷疑，若是五百年前的人類不如此濫殺無辜，將天譴殺死的話，或許……一切都不會發生。

現在，時值天譴後五百年，After Curse，簡稱 A.C. 503，與世無爭的安林鎮；大家生存在嶄新但危機四伏的新世界，世界各國正式確認了新世界的年號為「天譴後」；五百多年前的浩劫來自天災人禍，源自人為，過去的七大洲僅剩五洲，南極洲跟大洋洲不復存在，全世界規劃成四大區域：歐洲、亞洲、美洲、非洲。

國界徹底消失，世界各地種族融合，英語成了世界共同語言，各國原本的語言成為各地方言，各民族自行保存延續。

每一個人類居住的地方，外圍都有結界、封印，各式各樣的防護阻止異類入侵，而為人類設下屏障的……就是當年被趕盡殺絕的靈能者，現在他們有個正式名稱：「闇行使」。

人們依賴著闇行使的靈力得以倖存，另一方面卻依然視他們為洪水猛獸，而闇行使們知道自己的能力，更深知過去被屠殺的歷史，大部分也不屑與人類親近，人們若是需要他們幫忙，就必須付出大量金錢。

買命錢，要不要買隨便……芙拉蜜絲也覺得這是報應之一。

縱使是最近鎮上一直有非人作祟，鎮上依然請了闇行使來處理，可就算請來了對他們態度也極為不佳，驅趕他們到很差的地方居住，冷言冷語，視為洪水猛獸……但是在這種排斥闇行使的前提下，鎮上……每個地方都一定有占卜者的存在。

「那個……占卜者都不是很強的靈能者，他們連對付鬼獸都沒辦法，只能大概的占卜吉凶跟未來，而且還不一定很準。」江雨晨說的是他們常用的塔羅牌占卜，「真的靈力強的人根本不會被大家接受吧？」

「好像真的是這樣，厲害的都跟同類在一起了，當闇行使去了，誰要留在這裡被歧視？」鐘朝暐有些無奈，「不過我們這兒的占卜婆婆就還好，其實我覺得她很準，但是大家對她的排斥感不高……」

靈能者都是異端、五百年前的天譴就是他們造成的，這是這世上大約百分之八十的想法，這個鎮上的主事者更全部百分百是反闇行使的激進份子……芙拉蜜絲暗自看著自己的雙手，兩次與怪物面對面，她已經確定自己具備靈能力了，但是她不敢說！

發現的越多，她越害怕……恐懼著不知道會被怎麼對待，會被另眼相看，然後被趕出鎮上，永生不得與爸媽相見。

「包容力因人而異，在東方對於宗教的包容力本來就大得許多。」法海輕聲細語，「其他宗教就不是這樣子了，早在幾千年前都能因宗教掀起戰爭了，也不意外。」

「占卜是要問什麼？問神蹟？還是問……出了什麼事？」芙拉蜜絲好奇問著，這件事已經是鎮上大事了。

「都要，神父說神蹟出現就是警告，鎮上最近出了這麼多事，死這麼多人，說不定有惡靈潛伏在這裡，所以神才會哭泣。」江雨晨家中篤信西方宗教，她自己也是，只是並沒有非常虔誠。

「我們這邊是只想確定最近有沒有大劫。」鐘朝暐這兒則是東方宗教。

「大劫啊……」法海邊說，再度往天空看去，嘴角輕輕挑著一抹笑。

芙拉蜜絲內心湧著不安，她說不上來怎麼回事，除了接二連三的事件外，這次的神蹟顯靈反而讓她心慌，或許是作賊心虛吧，總想著萬一神蹟是說鎮上有闇行使該怎麼辦？

「喂——法海！」樓下哨音響起，「你坐在那邊做什麼！頂樓不許上去不知道嗎？」

法海往下瞥了眼，沒好氣的轉過頭，「這裡的老師素質很差，現在全世界都叫我法海是怎樣？我明明叫 Forêt！」

「那個太難唸了。」江雨晨很認真的看著他，「你認命吧！」

「真的，只有法國血統的會唸好嗎？」鐘朝暐噗哧笑著，「結果他們也都叫你法海哈哈哈！」

法海斂起著笑容瞪向他，他真想一手將鐘朝暐揪起，從五樓扔下去。

「還不快下來！樓上還有誰？！」老師繼續扯開嗓子吼著，眼看著一樓開始聚集學生了，「芙拉蜜絲！江雨晨跟鐘朝暐！」

咦？鐘朝暐慌張的瞟向同學，「老師怎麼知道啦！」

「噯唷，誰不知道我們都在一起啊！」江雨晨把便當盒收一收，「走了啦，等等讓老師上來就麻煩了。」

法海輕鬆的躍下，鐘朝暐朝坐在地上的芙拉蜜絲伸出手，要拉她起身；自從一個月前那一戰她昏迷近十天後，身體似乎還沒有好全，臉色不若之前紅潤。

「我還想在這裡待一下。」芙拉蜜絲居然這樣說，「你跟雨晨先下去好了。」

「咦？」鐘朝暐警戒天線立即豎起，不客氣的回頭瞪向法海，「那我也留下來陪妳，怎麼？心情還是不好？」

芙拉蜜絲咬了咬唇，向上看著他，「我有事要跟法海說。」

跟法海說！？鐘朝暐內心有巨石砸上，有沒有搞錯，他怎麼可能讓芙拉跟法海單獨相處啊！那個法海是歐洲血統已經很惹人厭的好看了，金髮綠眼白皮膚的，天生外形贏這麼多，怎麼可以再製造獨處的機會！

「什麼事不能當著我們的面說！」鐘朝暐也不客氣了。

江雨晨見狀怔了幾秒，趕緊勾住他的手，「嗳唷！一定是有『重要』的事嘛！我們下去了！」

「什麼重要……欸妳不要拉我啊江雨晨！」鐘朝暐直接被江雨晨往門邊拖去，「等等！」

「你不要當電燈泡啦，一定很『重要』嘛！」江雨晨搥了他幾下，這麼不解風情？芙拉從小就喜歡童話書裡的王子，法海一來她心都飛了，說不定是要告白、告白！

鐘朝暐是在妨礙個什麼勁啦，身為姐妹淘，江雨晨拚了命也要把電燈泡給拖離現場。

鐘朝暐的聲音還在樓梯間嚷嚷，法海輕輕側了首，頂樓那扇鐵門立刻關上，砰的一聲還讓芙拉蜜絲嚇一大跳！

「你能力到底有多強？」她向右看著門，居然只是輕輕一撇頭就讓門關上了？這怎麼辦到的？

「妳有什麼話想跟我說？」法海雙手插在口袋裡，閒步走近，「我看妳臉色一直不太好。」

「嗯……沒好全，我也不知道為什麼，這次昏迷醒來後老覺得身體不舒服，也沒辦法像以前一樣靈活。」她握起飽拳，「手根本使不上力，別說健身了，我快一個月沒鍛鍊了。」

每人每天必須要鍛鍊身體，練習自己擅長的武器，這樣才能在遇到危險時自保或是除掉惡鬼魍魎們；芙拉蜜絲擅長鞭子，揮起鞭來準確且力道強勁，但是現在連握鞭子都成問題，怎麼練習？

「這就是妳想問的？」法海站到她面前，「身體出了什麼狀況？」

芙拉蜜絲高仰著頭看著他，法海怎麼什麼角度都好看得要命啊！

「不是！」她緩緩搖頭，「我想問那個神蹟。」

「我不是占卜者。」法海聳肩，卻朝她伸出手。「妳想聽可以跟鐘朝暐去占卜什麼老婆子那邊。」

「占卜婆婆啦，沒禮貌！」芙拉蜜絲噘著嘴，遲疑的搭上法海的手。

嘖！好冰！才想縮回手，法海卻倏地一把握住她的手，直接一骨碌拉起她——力道與速度快到她根本搞不清楚狀況，她就已經被拉站而起，還根本倒在他的肩頭！

啊啊啊啊——雖然她有幻想過這種狀況，但不是這種被動式的啊！

法海沒有將她扶正，反而一把將她抱入懷中，冰冷的大掌貼上她的背，來個緊緊相擁。

天哪！她呼吸快停了！不對！心臟快跳出來了，他怎麼突然抱住她了！難道說、難道說法海也喜歡她嗎？喔喔喔喔，他想藉這個機會告白嗎？天哪不要這樣她好害羞的啊啊啊！

「妳要好好調養身體。」法海輕柔的在她耳邊說著，「去找妳的真里大哥，他會教妳調節靈力的方式。」

嗯？咦？什麼？還趴在人家肩頭上亂陶醉的芙拉蜜絲一陣錯愕，眨了眨眼，感受著被扶正的身體，眼簾裡映著一雙祖母綠般的眸子。

「妳的靈力正在亂竄，因為妳這位當事者根本不知道怎麼運用，所以麻煩好好把氣調順，還要學會掩蓋。」他打量了她的全身上下，「再不趕快學會隱藏，搞不好那個瞎眼婆婆不用眼睛都能感受到妳是靈能者了。」

「什麼……我……」芙拉蜜絲聽到這句愣了一下，「你是說我的身體不舒服是因為氣、什麼氣沒調勻？」

「妳去把症狀去跟那位真里大哥說一遍就行了。」法海又是一副無所謂的樣子，「我要是妳今天就去，否則就晚了。」

「晚了？什麼意思？」芙拉蜜絲有些緊張的問。

只見法海勾起微笑，再度往遠方的天空看去，「今天絕對有戲！」

有戲？芙拉蜜絲瞪圓雙眼，鎮上還會再出事？她順著法海的視線往遠處看去，她怎麼什麼都看不出來啊！

「你什麼都不打算做嗎？」她拉住了他的手，「明明有這麼強的力量，你可以幫我，也可以幫大家啊！」

「為什麼要？」法海不悅的甩開她的手，「而且我從來沒有幫妳的意思，上次明明是你們打攪到我的下午茶時間！」

「法海！」

「Forêt。」他挑了眉，「幫人類是沒有好處的，妳自己也清楚，否則妳現在早就跳上牆頭向大家宣佈妳是闇行使對吧？」

「但是我沒辦法眼睜睜看著大家出事啊！」芙拉蜜絲轉念一想，又改上前揪住了法海的制服，「還是你告訴我會發生什事？我可以試著防患未然！」

法海皺起眉，Du Xuan 燙平的襯衫就這樣給弄皺了……冰冷的雙手同時抓握住她的，從他的衣服上扯下來。

「不要多管閒事，禁足的人。」他逼近她的臉，「妳捨不得別人出事，最後出事的就會是妳。」

咦？她的雙手被狠狠甩開，踉蹌的向旁邊倒去，法海直接走向大門，手都不必碰，頂樓的鐵門直接開啟，瘦長的背影輕盈離去，留下她一個人站在原地……最後出事的會是她？

「喂！法海你什麼意思？」她急著回身，卻已經不見人影。

走這麼快要死喔！她又氣又擔心的緊握雙拳……不，根本握不緊，法海的言下之意是有大事要發生，她不能再這麼渾渾噩噩下去，一個月沒有鍛鍊身體的結果就是肌耐力全數下滑，要是真的又遇上什麼妖呀魔的，她怎麼能逃出生天呢！

決定了！她今晚的課後鍛鍊直接蹺掉，她要去自治隊找真里大哥！

地方自治隊，相對於舊時代是警察的組織，必須是體能反應一等一的人才有機會成為自治隊的一員。自治隊在對付龐大的鬼獸、神出鬼沒的妖獸們都自有一套。

從小到大，芙拉蜜絲只有一個志願，就是成為國家防衛隊的一員，國家防衛隊自然比地方上的自治隊更加優秀，多半都是由各地自治隊員中遴選出最優秀的，再經過考試選拔才有機會成為防衛隊的一份子。

所以芙拉蜜絲從懂事以來就都比其他別人更加認真鍛鍊，但是無論她動作如何敏捷，反應如何迅速，甚至在已經殺死過幾隻鬼獸跟妖獸的前提下，她也永遠無法穿上防衛廳的背心——因為她是女人，連報考的資格都沒有。

在現今這個人口稀少的世界裡，女性人數少所以異常珍貴，只要能生下女孩子，都城都會有大筆的援助，父親的工作也會高升加薪，根本是個生女就富貴的年代。

為保證人類的延續，所有的女孩子多半都被保護周到，並以傳宗接代為主要任務，保證人類的綿延，因此不管是自治隊還是軍隊，都不會有女人，她們是不需要工作、只需負責傳宗接代的性別！

站在自治隊外的芙拉蜜絲用嚮往的眼神看著建築，實在太不公平了！她好想好想成為自治隊的一員啊！

「芙拉？」別的自治隊員從外面回來，「妳怎麼在這裡？不是被禁足了嗎？」

「厚！不必你們提醒好嗎？」她沒好氣的轉頭看向自治隊員們，其實她全部都認識……大家也都認識她啦，「真里大哥在嗎？」

「在……那裡！」隊員們笑了笑，這個女孩子打小就喜歡黏著隊長，堺真里。

隊員們往回一指，一群自治隊員正往隊所走來，為首的男人高大健壯，雙眼裡帶著點滄桑，年紀約在二十五歲上下的年紀，正在跟各組小組長交代事情，一抬首，看見了站在隊所外的高中女生。

「芙拉？」堺真里一見到她立刻加快腳步，「妳不是被禁——」

「噓——不要跟我提那個字！」她食指立刻擱上唇，「現在是課後鍛鍊體能的時間，我溜出來的。」

「被大哥知道的話……」堺真里口中的大哥，就是芙拉蜜絲的父親。

「噓！我只是溜出來，我又沒辦法鍛鍊！」她嚷著，一堆自治隊員都在側耳傾聽，「我身體還沒痊癒，使不上力！」

「咦？真的假的？妳有跟大哥大嫂說嗎？」堺真里顯得有點緊張，因為芙拉蜜絲醒來後傷勢好得很快啊，他沒聽說過未痊癒這件事。

「我一直以為只是暫時的嘛！」芙拉蜜絲轉了轉眼珠子，暗示著堺真里進去說，這裡太多人了。

堺真里一瞧見她那古靈精怪的神情就知道有鬼，這丫頭該不會又胡謅個什麼藉口藉機溜出課後鍛鍊課吧？但是他也沒忘記，芙拉蜜絲什麼課都可能蹺，但鍛鍊課絕對不可能，她可是立志要成為自治隊員的傢伙啊！

「說吧！」一進辦公室，堺真里挑高了眉，「什麼身體沒好全使不上力……這種藉口用在江雨晨身上還OK，用在妳身上超假的。」

芙拉蜜絲扔下書包，趕緊走到堺真里身邊，「大哥，我說真的喔，我手使不出力，連鞭子都握不住。」

堺真里蹙眉，「還演？」

「真的啦！所以法海叫我來找你，他說……氣不順，要把靈力調勻，還得趕快隱藏我的靈──」

話還沒說完，堺真里臉色一變，立刻摀住她的嘴！

只見他嚴肅的擰眉，對她比了噤聲，接著疾步走向門口，偷偷開啟辦公室的門以確定外頭沒人後，才再走回辦公桌邊。

「法海跟妳說的？」他不悅的扯著嘴角，「不是說過別跟法海走太近？」

「他知道很多事。」芙拉蜜絲根本沒理這些警告，伸長手，「他摸一摸就知道了，叫我跟你說。」

摸一摸……堺真里深吸了一口氣，握住芙拉蜜絲的手……只有數秒，他立刻驚愕的望向她，這紅黑髮小妮子體內竟然有這麼龐大的靈力在亂竄……真的再不快點處理，敏感一點的人就會察覺到她的存在了。

「我拿一些經文妳回去抄，還要順便背下來。」堺真里坐回辦公桌，卻往對面的沙發一指，「去那邊坐。」

都走到他身邊的芙拉蜜絲不甘願的轉身離開，這麼神秘，東西藏哪裡也不給她知道。

「回去要跟大哥一五一十報告今天跟我說的這些話。」堺真里交代著，「我最近忙得焦頭爛額，妳別惹事。」

「喂，幹嘛都一副我專門惹事的樣子，上次我功勞很大耶，找回這麼多小孩。」她嘁高嘴抱怨著，明明都成小英雄了。「結果我現在被禁足、大家還覺得我專找麻煩。」

「是是是，我知道妳救回很多小孩，沒讓他們被吃掉，大家也都很感激妳，但是……妳也知道，高中生一再面對連自治隊都難對付的惡鬼、鬼獸甚至亡者，不但活下來還除掉它們，這只有兩種可能。」堺真里對著她比出個二，「一個是狗屎運太強，第二個：妳是闇行使。」

芙拉蜜絲顫了一下身子，端坐在椅上的她下意識緊握扶把。

「禁足是為了妳好，妳不能一再曝露自己。」堺真里有些沉重，「我不希望成為那個把妳綁起來，扔出鎮上的人。」

那是自治隊長的工作，從他當自治隊長以來，做過兩次這樣的事……一個孩子才十三，另一個才七歲，因為被發現疑似具靈視能力，隔天就把他們從家裡拉出來，一路拖著哭嚎的他們往鎮外走去，扔上馬車，要送往闇行使所在地。

事實上沒有人知道被丟出去的孩子們是否活著，是否平安，是否真的被其他闇行使接應了，鎮民們只知道鎮上不能有不明的靈能者，因為可能會帶來浩劫，一刻都不能留。

生下闇行使的那家人過得更是淒慘，降職、被孤立，因為他們極有可能發現孩子是闇行使而隱瞞不說，為全鎮的人帶來潛在風險；而為了重新站起，幾乎所有的親人最後都會採取自清，說自己根本不知道孩子具有能力，接著加入謾罵的行列，抵死不承認自己曾生過那個孩子，才有可能重新過著平淡的生活。

當然，歷史上多的是恐懼自己孩子的父母，一發現自己孩子具有能力，動手扔進壁爐裡燒死的也不在少數。

殺死闇行使不屬於犯罪，只要不要被其他闇行使發現就好。

堺真里的警告非常有效，芙拉蜜絲做著深呼吸顯得緊張，事實上她小時候曾有個同學因為預言事件，隔天起就再也沒見過他了，所以她非常理解那種恐懼。

人間蒸發的恐懼，到底是真的被其他闇行使接走了？扔棄了？還是被殺了？根本無從得知。

「真里大哥，神蹟的事是真的嗎？」芙拉蜜絲還擔心著這件事，「神父說鎮上有異端。」

堺真里彎身的動作頓了一下，目光炯炯的望著她，沒有即時回答，他像是在找什麼東西似的，幾秒鐘後才坐直身子，手上多了一疊東西。

「神蹟的事我保留，但是我去看過了，神像真的流出淚水。」堺真里有些凝重，「但異端的事我只怕是真的。」

「咦？」芙拉蜜絲緊張的抬首，「異端難道是指——」我嗎？

堺真里狐疑看著她焦急擔憂的神情，理解到她是在想自己，輕嘆口氣搖搖頭，拿著那疊東西起身，走到她面前。

「妳不要自亂陣腳，妳不說沒人知道。」他把那疊書塞進她手裡，「這個放進書包收好，回去怎麼抄怎麼唸，就問大哥或大嫂……別讓小隻的知道。」

芙拉蜜絲飛快地點頭，趕緊接過東西，好整以暇的放進書包裡。

「那異端是指什麼？」她沒忘記這個永遠令她感興趣的話題。

堺真里張口欲言，但一對上那閃閃發光的眼神就覺得不妥，這丫頭原本對這些事情就好奇心旺盛，要是說了，她真跑去亂闖怎麼跟大哥交代？

「沒事。」他撇頭，「回家去，快點！」

「說嘛，你話說一半怎麼可以！」芙拉蜜絲站了起來，往堺真里身邊蹭去，「快點，你超肯定有異端的——啊，難道有什麼在鎮上嗎？法海說鎮上很有戲……」

電光石火間，堺真里旋身抓芙拉蜜絲的雙臂。「法海說什麼？」

芙拉蜜絲瞪圓雙眼，她被堺真里嚇到了，大哥那緊張又嚴肅的神情，是她從未看過的……他，很介意法海說的話？

「他說……今天一定有戲。」她蹙了眉，「還說我要是再不快點學會調節靈氣，遲早會出事。」

堺真里瞅著她，幾乎一動也不動，眼神好不容易瞟向了一旁，最後忽然轉身到椅子邊拿起外套，重新揹上槍，從地上拿起她的書包，直接朝她扔去！

芙拉蜜絲俐落的接住，還沒反應過來就被一把推轉過身，往門邊走去。

「走！我送妳回去！」他邊說，一邊拉開門。

「怎、怎麼了？」好像又生氣又緊繃似的。

堺真里沒回答她，只是出來跟其他弟兄們說他要送芙拉蜜絲回去，省得她又到處亂跑！自治隊員邊笑邊贊成，還有人一邊調侃芙拉蜜絲是麻煩製造機咧。

她吐舌扮鬼臉的跟其他大哥們玩鬧，但還是一邊被推出了自治隊。

「為什麼這麼緊張？」她揹好書包，不解的看著根本像在押送人犯的堺真里，「你還很生氣！」

「因為我不希望妳出事。」堺真里壓低聲音，「不許分心，哪兒也不許去。」

哼！芙拉蜜絲不悅的努著嘴，明明就有事卻不跟她說？她還分享了法海說的訊息給真里大哥咧，真不公平。

堺真里一顆心七上八下，之前法海就曾語帶玄機的警告他要注意鎮上的東西，他認為是魑魅混進鎮上！因為魑魅族屬妖類，法力不是最高但是很狡詐，能與人體融合，輕易穿過結界。

平常他們抓到人後，會跟人類進行條件交換，只要人類願意與之靈魂合而為一，他們就保人不死！

偏偏，人類十之八九都不願意死於非命，大家多半都會點頭啊！前幾個星期就有人答應了魑魅，以人類之姿回來，進而輔助妖獸偷走一堆孩子要當大餐享用；但這是後來才發現的，堺真里擔心的是——在那個魑魅偽裝生活時，是否引渡了更多同類進來，甚至也對其他人進行附體了！

這是最有可能的狀況，人的外型卻被附身，無法即刻辨別……潛伏在鎮上，法海那日要他擔心鎮上的人，怎麼想都只有這種狀況。

魑魅族唯恐天下不亂，他們最喜歡挑撥離間，讓人們相互殘殺，自己就像在台下的觀眾，欣賞親手導演的戲碼，殘忍異常。

他討厭法海，他覺得法海不是普通人，但是卻沒辦法對他怎麼樣……而且竟會在意他說的話！

「好熱鬧喔！」芙拉蜜絲留意到不遠處左手邊的教堂外，滿滿的都是人。

教堂就在自治隊附近，與醫院、鎮中心及避難所共用一大塊廣場，五棟建築剛好是五芒星的端點，這塊地被闇行使加持過，也設有特別結界。

教堂前滿滿的人潮甚至擴散到外頭的大路上，全都是「朝聖」的信徒呢！

「為了要看耶穌像嗎？」芙拉蜜絲喜出望外，往左偏去，「我們也去——」一秒拉回。「說過直接回家，妳去湊什麼熱鬧？妳又不信教。」

「我——」芙拉蜜絲愣了幾秒，「不信不能去看看喔？」

對啊，他們家好像什麼都不信？可是又好像什麼都信？因為她印象中家裡不管是佛道十字架通通都有耶！

「人這麼多，妳是想排到什麼時候？」堺真里催促著她，「別老愛看熱鬧，那邊都是虔誠的教徒。」

「我只是想看看為什麼木頭會流……淚……」芙拉蜜絲邊回頭邊說著，但是卻緩下腳步。

「芙拉！」人群中有人注意到她了，笑吟吟的帶著孩子跑過來，「放學了？」

「堂姐！」芙拉蜜絲開心的迎上前，是吳棻棻，她身上揹著一個女嬰，左右手各牽著孩子，「潘潘、成成！」

「芙拉姐姐！」七歲的成成禮貌的喊著，另一邊是五歲的潘潘，都是男孩。

而吳棻棻背上是熟睡著的容愛，正是上個月才出生就差點變成妖獸餐點的孩子，她的父親更因為救她及潘潘而死於非命。

「堂姐也來教堂了？」芙拉蜜絲知道吳棻棻的精神支柱就是宗教。

「嗯，趁著工作空檔要來祈禱。」吳棻棻注意到堺真里，禮貌頷首，「隊長。」

「不必客氣，我聽說最先發現神蹟的是潘潘？」堺真里蹲下身子，摸摸潘潘的頭，「這麼厲害！」

「唉，孩子祈禱不專心，才會東張西望。」吳棻棻雖然這麼說，口吻卻帶著得意，「但這也是上天賜給我們的榮耀，讓潘潘看見……所以我每天都要他們到這兒來祈禱。」

「山上的生活還習慣嗎？」堺真里關切的問。

自從失去丈夫後，吳棻棻一肩扛起養家的責任，鎮長為她爭取了一份不需過多勞力還能照顧孩子的工作，便是到水庫區去做看守管理員；水庫區是四個城鎮共用的小型水庫，每個鎮輪流看管。

今年恰巧輪到安林鎮，一人獨自帶著孩子的女人自然無條件入選，所以吳棻棻帶著孩子住到了山上的小木屋去，接下來的一年就由她管理看守。

「都行，大家都很幫忙，物資方面大家都會盡量幫我收集一車送上來。」吳棻棻露出欣慰的笑容，「真的很謝謝你們！」

「好好過，沒事的！」堺真里相當佩服這樣的女子，總是為母則強。

「對了！有件事我覺得奇怪，不知道該說不該說。」吳棻棻蹙著眉，壓低了聲音，「前些日子，我覺得水庫有些怪怪的。」

「怪？」堺真里不解。

「先是半夜有水花聲，像是魚跳躍似的，聲音不小像是大魚……然後成成在下方的集水湖那兒，看見了東西。」她搖搖老大的手，「成成，跟隊長說你看到了什麼。」

「有東西在游泳，唰唰唰……」孩子用著狀聲詞，「好多鬚鬚！」

「……鬚鬚？像章魚那種嗎？」堺真里再三確認。

成成用力的搖頭，「不是，是……像好多麵喔！」

呃……芙拉蜜絲憋著笑，像麵條的鬚鬚啊，在水裡游泳？好吧，這不像魚不像章魚，倒是非常奇怪。

「好，我知道了。」堺真里倒是嚴肅以對，「說到這個，這幾天也有些釣客失蹤，說兩日前去釣魚就沒有再回家了。」

「釣魚？那兒是禁止釣魚的，只是防不勝防，不過我倒是沒有看過有釣客！」吳棻棻略顯困惑，「最近的怪現象，就是好像有奇怪的生物在裡頭游。」

「回頭我會調查，再麻煩妳密切注意了。」

「嗯，我會的！」吳棻棻轉向芙拉蜜絲，「芙拉也要進來祈禱嗎？」

好！芙拉蜜絲雙眼一亮，眼看著身子就往前傾，堺真里立即拉住她，「她被禁足了，剛被我抓到蹺掉鍛鍊課，我這會兒正要抓她回去。」

喂！芙拉蜜絲皺起眉，真里大哥幹嘛這樣子講出來啦！很丟臉好嗎？

吳菜菜左右手的小男孩們咯咯笑了起來，孩子不知道客氣，笑得非常明顯，「哈哈哈哈，芙拉姐姐蹺課！」

媽媽趕緊要孩子們收斂，搖搖他們的手，她也知道芙拉沒有宗教信仰，只是提提；身為看守者不能離開太久，於是她匆匆跟他們道別，就拉著孩子往教堂去了。

真是！芙拉蜜絲怨懟的看著堺真里，害她在孩子前尷尬了吧！

「我實話實說，快走！」堺真里催促著。

「好啦，但是我剛剛真的想——」咦？往教堂看去的芙拉蜜絲突然一愣，那是什麼？

一道明顯的黑影自教堂某片牆開始上竄，蜿蜒的罩住教堂牆面，染黑了彩繪玻璃，甚至一路往上，層層疊疊包覆在整座教堂的外層，甚至最上頭的十字架。

教堂上最美的十字架有著寶石鑲嵌，在陽光下總是會閃閃發光，但是現在……十字架沒有光澤了。

堺真里覺得她的神情怪異，也跟著回過頭去，信徒們仍舊依序排隊，或是搶著向教會捐獻，人們既激動又敬畏的不停禱告……而在人群之中，卻有許多錯落的影子，也摻雜在裡頭。

『救命啊——』一陣悽厲的尖叫聲自教堂頂端傳來，芙拉蜜絲跟堺真里同時往上看去，一個人影從最上方的氣窗鑽了出來。『救我——救救我——』

那個人半身都探了出來，瘦骨嶙峋，但是從他沒有鼻子以上的狀況看來，這不可能是人啊！

『救——』男人全身罩著黑影，伸長著手淒厲呼救，下一秒卻唰的從窗子被吸了進去！

『嘎——呀——』

明明距離這麼的遠，但尖叫聲卻響徹雲霄般的鑽進腦子裡，芙拉蜜絲全身發冷頭皮發麻啊！

「那是……神蹟嗎？」她顫抖著問。

「走！」堺真里將她推正身子，「妳什麼都沒看見也沒聽見，這件事連鐘朝暐或江雨晨都不許提起知道嗎！」

「可是剛剛那個——」

「閉嘴，芙拉蜜絲！」堺真里低吼著，「妳不能說出任何別人看不見、聽不到的事物，會穿幫的！」

芙拉蜜絲痛苦的閉上眼，對，她必須學會內斂不再莽撞，這些異象只有她會看見，因為剛剛從教堂出來呼救的是亡者吧？是人類的靈魂，那樣可憐那樣淒慘，他掙扎求救……這種現象，常人是看不見的！

看得見的、聽得到的唯有靈能者，就是人人懼怕的闇行使——咦？

她倏而止步，不可思議的瞪圓雙眼看向堺真里。

「怎麼了？走啊！」他焦急的催促著。

「真里大哥……」她瞇起雙眸，「你剛也看見了？」

靈能者，只要具有靈力者在這個時代通稱為「闇行使」，靈能者雖是人類，但因為被排斥所以幾乎自成一族，他們有嚴格的靈力階級，靈能最強的人是「闇行使者」，其他則依照顏色區分，所以每次鎮上花錢請來驅魔伏妖的闇行使是什麼等級，看他們穿著的斗篷顏色就知一二。

灰色斗篷的闇行使是游離份子，簡單來說就是只能對付小妖小怪，連妖獸都不一定能解決，說不定占卜婆婆就是這類的；接下來就是深藍斗篷，這類闇行使具有一定的力量，對付妖力不高的妖獸、魑魅或逝者靈魂都沒有問題；再上一級是紅色斗篷，已經逼近最高階的使者，連低等魔物都能壓制。

最高階的「闇行使者」，傳說他們的斗篷代表色是黑色，但是真正的闇行使者根本不會穿斗篷曝露行蹤，也鮮少人知道他們存在，除了富者或是政府單位，根本沒人請得起。

雖說斗篷代表靈力高低，但主要還是因為許多人覺得闇行使不祥，看到他們的臉或是觸及肌膚都不妥，因此嚴格要求闇行使要穿戴斗篷。

芙拉蜜絲簡直不敢想像，如果大家知道……整個鎮上最推崇、信賴的自治隊隊長居然是闇行使的話，會發生什麼事啊！

「太誇張了！」她從沙發上跳起來，「這件事要是給別人知道……」

「妳小聲點就不會有人知道。」堺真里嘆口氣，芙拉蜜絲的母親露娜端著紅茶從右手邊走來，「露娜，謝謝。」

芙拉蜜絲看著眼前的大人們，堺真里隔著茶几坐在她正前方，媽媽露娜放下托盤坐在她左手邊的沙發上，爸爸班奈狄克早就坐在右手邊的椅上，喝著他的茶。

「爸媽……都知道？」她狐疑的眼珠子左右瞟著。

「大哥是咒文專家。」堺真里看向班奈狄克，「我許多咒文都是從他這兒得到的，他是我最敬重的大哥、老師。」

芙拉蜜絲張大著嘴幾乎合不起來，她的父親、那個只是建築工人的爸爸居然是咒文專家？！她為什麼從來都不知道！

「咒文專家的意思是……知道很多咒文？」芙拉蜜絲遲疑的說著，「可是我記得咒語多半只有闇行使會，他們有一大堆，還依所信的宗教而有不同。」

現在想起來，這些基本知識爸媽的確從小就有告訴過她……嗯，所以她也常被要求背一些額外的咒文，原來是這麼回事！

「沒錯，會的咒文越多，對自己越有利……當然每種咒語也都有專門對付的對象……佐上法器，總是能產生加乘效果。」班奈狄克開口，「只是絕大部分的咒文都掌握在闇行使手裡，一來是原本普通人就不會使用，二來許多咒語必須具有靈力的人使用才有效……所以大家都只學基本咒文，多餘的根本不知道。」

「可是……爸知道其他的？」芙拉蜜絲蹙起眉，「為什麼？」

「這就不可考了，一代傳一代，我們家就有一個大箱子，裡面塞了一大堆的書，由於紙張會被蟲蛀咬，或是泛黃破裂，我們家族的工作，就是定時要抄寫副本……久而久之，就成了一大箱。」班奈狄克淺淺笑著，「原本要等妳成年才會跟妳說，以後這也是你們每個人的工作，更是保命的東西。」

「哇塞……」芙拉蜜絲相當吃驚，「所以你們根本也不知道那些書哪裡來的喔？像撿到那樣？」

「嗯，根本沒人知道，或許真的是有誰撿到了，畢竟五百年來都很混亂，有闇行使在逃亡中遺落也不一定。」堺真里喝了幾口紅茶，「總之我是很感謝有這些咒文，否則我也難以活到現在。」

啊啊……對了，前些日子有一天她夜闖惡名昭彰的萬人林，在差點被鬼獸吃掉時真里大哥剛好在那兒，那時他就唸了沒聽過的咒文，將鬼獸驅趕離開！現在回想起來，她還為真里大哥擁有法器吃驚、更為他隻身前往應付鬼獸而覺得不妥。

自治隊都是群體進出的，對付非人怎麼能大意……原來，根本不是真里大哥心急或是逞強，而是他必須一個人！

「所以真里大哥能成為隊長，可以對付這麼多惡鬼妖魔……」她有種恍然大悟的感覺，

「是因為你根本是闇行使！」

堺真里劃上一抹無奈的苦笑，雙手一攤，「我不否認。」

就是嘛！否則翻開堺真里的戰績，一般人不是被吃掉就是被撕裂了，哪可能有輝煌的紀錄而且還戰無不勝攻無不克啦！

「太帥了！」芙拉蜜絲雙眼熠熠有光，連忙起身到堺真里身邊，「大哥你太強了，那你還有什麼能力，你是什麼等級的……」

「芙拉。」露娜從後逮住她的衣服向後拖，「別這樣。」

露娜把她拉到身邊坐下，她還一臉不甘願，急著要再往前，「我覺得這很棒啊，而且我不會說的……我……」

也是闇行使。芙拉蜜絲的話哽住了，看著母親她卻不知道該不該說……爸媽能接受真里大哥是闇行使，那可以接受她嗎？

不知道為什麼，她竟然不敢說。

「記住，這是秘密，妳我都知道這秘密說出去的後果。」堺真里認真的看著芙拉蜜絲，「但相較於我，妳自己才要保持低調，我給妳的咒文要看，怎麼唸咒就讓大哥教妳吧。」

芙拉蜜絲抿了抿唇，越過堺真里看著她身後的父親，父親的雙眼異常凌厲，望著她反而讓她有點心虛。

「露娜，大哥，她得好好調息了。」堺真里起了身，「我還有事必須先走，傍晚教堂有集會，我得去維持秩序。」

提到教堂，班奈狄克立刻皺起眉，也跟著起身，「我聽說他們要舉行占卜會。」

「是，白神父說要在日落前進行，凱利神父想要辦在晚上……對，夜晚人類不該在外行走，但神父認定教堂屬聖地，無關緊要。」堺真里相當煩憂這件事，「不過我已經力勸在傍晚舉辦了，他們要聆聽神蹟。」

「怎麼聽怎麼奇怪。」班奈狄克沉吟著，「神蹟這件事我覺得太詭異。」

「不只如此，我剛剛——」芙拉蜜絲急著想說，堺真里倏地回頭讓她嚇得噤聲。「我剛……剛……」

「妳看看妳，就是沉不住氣，若是今天是別人在討論呢？妳也說得這麼大方？」堺真里搖搖頭，「內斂，芙拉，千萬別忘了，試著把要出口的話先在腦子裡想個一分鐘，思考各種情況再出口。」

身邊的母親拍拍她的手，芙拉蜜絲戰戰兢兢的看向露娜，母親的眼神好像洞悉了一切。

「看見什麼了？」父親接著問，問的是堺真里。

「教堂有黑影籠罩，十字架失去光芒，我看教堂有問題。」堺真里直接做了決斷，「先前法海也說過鎮上有該煩惱的事，我想有東西潛伏在鎮上了。」

「法海？」班奈狄克擰了眉，瞥向芙拉蜜絲，「哦……那個新轉來的金髮少年。」

「很詭異的人，不太正常，我還摸不清他是什麼……到底是闇行使？還是妖類，完全看不出來。」堺真里舉起右手，大拇指向後比了比，「芙拉跟他走得很近，都不聽我的話。」

喂！芙拉蜜絲瞪圓了眼，幹嘛把法海扯進來啦。

「我知道了，你快去，總是要避免事端。」班奈狄克拍拍堺真里，「芙拉的事我會處理。」

堺真里禮貌的跟班奈狄克道別，再回頭向露娜道謝美味的紅茶，轉向芙拉蜜絲時就是一副妳最好乖乖聽話的模樣，然後就匆匆離去了。

他一走，客廳突然靜了下來，父親一雙火眼金睛就這麼盯著她，母親扣著手不打算讓她遁逃回房間，溫柔的眼神帶著嚴厲，正盯著她的側臉。

「我……」她心跳得好快。

「早知道妳是，」露娜輕柔出聲，「否則上次也不會讓妳背對付魑魅的咒語了。」

芙拉蜜絲眨了眨眼，上次……就是一個多月前——媽媽這麼久之前就知道了！

「好了，上樓來，我教妳唸咒語。」班奈狄克沉著聲走到她面前，「別忘了剛剛真里說的，內斂！我們不想失去妳！」

露娜鬆開手，再度和藹的輕輕推著她，像是一種催促。

芙拉蜜絲點點頭，起身拿過自己的書包，趕緊跟著父親往樓上去。

「爸……不覺得奇怪嗎？為什麼我會是闇行使呢？」上樓時，芙拉蜜絲小聲的問著。「無緣無故的——」

「凡事都有因。」班奈狄克打斷了她的話語，「對我來說，妳就是我寶貝女兒，僅此而已。」

芙拉蜜絲似懂非懂，但是她充分的感受到爸媽是站在她這邊的，這無疑給了她最強大的力量。

她一點都不孤單，堺真里是闇行使，法海也是，爸爸甚至藏有一堆別人沒有的咒文書，雖然大家都有秘密，雖然這些秘密見不得光，一旦公開就會出事，但是她卻一點都不害怕。

即使如履薄冰，但是她卻有強大的支撐。

噹——遠處的教堂敲鐘了，冬季太陽下山時間為五點鐘，這是四點的鐘聲，依照慣例的響著，噹——噹——噹——

芙拉蜜絲難受的鬆開手，手裡的本子全散落在樓梯間，雙手緊摀住耳朵，身子不支的倒向牆邊。

「芙拉！」

「啊……好可怕！」她喊著，「好可怕的慘叫聲！」

那哪是什麼鐘聲啊，夾在鐘聲間的，還有個淒厲無比的慘叫聲啊！

啊——啊啊——呀——哇啊啊啊——

四點，教堂神聖的鐘聲敲響之後，人們聚集在教堂前的廣場上，甚至已經溢出街道，佔據了原本的大路；學校的鍛鍊課程結束後，學子便陸續放學，因此聚集了更多學生。

「集會好像開始了……」江雨晨匆匆往門口奔去，「我得先過去了。」

「去吧，我就不去看熱鬧了！」鐘朝暐揮手跟她道別，「芙拉呢？完全沒看到人。」

「她好像早退了，應該回家了啦！」江雨晨率先往門口去，媽媽果然在門口等著接她，「我走囉，再見！」

「BYE！」鐘朝暐招著手，遲疑了幾秒，雖說他不是信奉西方宗教，但去瞄一下應該沒關係吧？

想著，他的腳步不由自主的往教堂那邊移動聚集。

事實上許多非信眾也是如此，畢竟這是具有公信力的宗教組織，加上神蹟出現警告意味，還有加上這幾個月來鎮上的不安寧與死傷慘重，人人都想知道什麼時候能回到平安的日子。

所以教堂四周的人潮越來越多，自治隊幾乎全員出動，要避免任何衝突或是煽動性的狀況產生。

而在學校邊角的附設小學中，可愛如洋娃娃的男孩就坐在門口，等著有人來接他，他那藍色的眼睛咕溜溜轉著，跟同學道別，看著許多人都往教堂湧去。

「許仙，哥哥還沒來嗎？」老師親切的問著。

「我叫 Du Xuan，D-u Xu-an。」男孩很無奈的重複著，「老師我一個人在這裡等沒有關係，哥哥等等就來了，我看高中已經放學了。」

「沒關係，老師陪你！」老師笑得很開心，事實上不只她一個人陪著等嘛……旁邊還有很多女性同胞都願意陪伴洋娃娃，等那俊美的少年哥哥。

不一會兒，從高中部那兒走來金髮少年，他俊美透明得像畫裡走出來的人一樣，那五官那神態，簡直美得不像這世界上的人……嗚，高中部的老師們真有眼福，每天都能看見美男子。

雖說是少年，卻有著比一般學生更沉穩的氣質，假以時日，這個男孩一定會成為萬人迷……噢，事實上他現在就已經是萬人迷了啊！

法海還沒走到門口就看到一堆老師在那裡，明明一班才一個導師，怎麼每天都有這麼多人陪這傢伙一起等他啊？

「老師。」法海敷衍的頷首，沒等靠近就伸出手，「走了！」

「是！」許仙飛快地揹起書包，朝著法海直奔而去，歡天喜地的牽握他的手。

嗚，要不是有兄弟的偽裝，他幾乎不可能這樣牽著主人的手一起在路上走呢！

「老師再見！」男孩興高采烈的轉過頭去，跟老師們揮手。

「再見，許仙，小心點喔！」導師不忘交代著。

法海皺眉，「還叫你許仙？真是有夠難聽的！」

「對啊，很難糾正耶，只要是亞洲裔的都叫我許仙，只有歐美裔外國人會能叫我 Du Xuan。」許仙有點沮喪，「我終於瞭解主人之前為什麼會在家裡咆哮大家不會唸 Forêt 了。」

「別說了……」法海無奈至極，牽著他的手往大路走去，「唷，真熱鬧啊。」

許仙遠遠望去，露出可愛的笑容，「黑色的教堂耶，主人！」

「真有意思。」他低頭，搖搖手，「想不想過去看看？」

許仙亮了雙眼，「想！」

「那走吧。」法海挑了挑眉，「我可是很久沒接近教堂了呢，總該去拜會一下了。」

醒目的兩兄弟從容步向教堂，廣場上正人聲鼎沸，自治隊圍成一圈，築出一個界線，而堺真里正來回巡邏，在他眼裡，這個教堂根本極度不祥。

忽然身後一陣騷動，他回身瞧見法海跟那可愛的男孩，不由得皺眉。

「你們來兒做什麼？」他走上前去。

「參觀啊。」法海笑了起來，「見證神蹟呢！」

「你根本是來看熱鬧的吧？」堺真里極度不滿他的說話語調。

「怎麼這樣？我跟 Du Xuan 可是虔誠的教徒呢！」他仰起首，看著教堂正門那晦暗無光的十字架，「我們跟那十字架的淵源可深了……」

「淵……源？」堺真里還想問下去，群眾驟然安靜，教堂的門打開了。

咿——他回身，呈警戒狀態。

神父們走了出來，為首的自然是白神父及凱利神父，他們神情肅穆的走下台階，手輕輕高舉，現場的騷動立刻靜了下來。

「大家都知道神蹟發生了，泣血的神像血流不止，象徵著最近在鎮上發生的慘案，以及層出不窮的鬼獸、魑魅入侵事件。」凱利神父滿懷憐憫的說著，「我們都希望能過平安的日子，所以我們想要試圖找出神對我們的警告。」

一旁白神父微微蹙眉，狀顯不安，突然打斷凱利神父的發言，「其實有時候神蹟也可能是代表一種否極泰來，說不定是神將降福給我們。」

咦？完全相反的說法來自兩位神父，現場起了一陣小小的騷動，人們交頭接耳的竊竊私語，堺真里挑了挑眉，這是樂觀與悲觀的代表嗎？

凱利神父瞥了白神父一眼，看起來不是很高興，但是他沒多說什麼，只是走下台階，那兒早先擺放了一張桌子，然後教堂裡再走出一個人。

全身素黑，頭戴黑紗，很明顯的是個女人，但是令人看不清她的相貌，她是鎮上的塔羅占卜師：黑貓，大家都知道她，平時占卜還要預約，而且永遠都看不見簾後的她；準確度見仁見智，畢竟不是什麼靈力強大的人。

只見她向神父們頷首，接著現場陷入一片寂靜，所有人都屏氣凝神，黑貓點燃擱在桌上的蠟燭後，拿出手中的塔羅牌，輕輕的洗牌，切牌，再鋪放在紅色桌布之上。

一切的動作都是那麼的熟練、流暢、優雅中帶著一種不容侵犯的莊嚴，因此現場靜到一種極致，眾人連呼吸都不敢使力。

戴著黑色手套的手在牌上游移，接著停在一張卡片上面，黑貓抽起，直接翻開。

她明顯顫了一下身子，握著牌的手微微發抖。

「死神。」她的聲音總是低沉沙啞而緩慢，「這是不祥的牌面。」

神父們上前，看著桌上的那張牌，不由得面露愁色。「果然是警告！鎮上有異端！神在警告我們，有什麼混在我們之中！」

「噫！」人們開始恐懼緊張。「是魑魅嗎？還是妖類？」

最有可能潛伏在人類之中的就只有這兩種，因為牠們一個可以附體，另一個可以化作人形，偽裝到與人類無異，普通人根本難以辨識啊！

「我們會找出來的！」凱利神父雙手高舉，「這也要靠大家的合作，這些妖類都以為可以潛伏在人類之中，但再怎樣他們都已經不是正常人，只要大家仔細觀察，一定能發現舉止不正常的地方！」

咦？堺真里心中閃過一絲狐疑，這說法怎麼不甚妥當？

「凱利神父……」白神父也趨前，「這種事不能胡亂猜疑的，我想我們應該請專人過來看看。」

「會的，我會請闇行使過來！」凱利神父肯定的接口，「我與楓林鎮的神父有信件往來，他們鎮上之前也發生了類似的事，正是有魑魅潛伏在鎮上，後來更擅放地獄惡鬼進來傷人，就如同我們之前的狀況一樣！因此在闇行使來之前，我們一定要互相監督、互相幫助！」

互相監督？這哪是監督啊，這根本是在鼓勵大家懷疑彼此啊！既然附身的魑魅或是妖類普通人認不出來，這樣的做法只會造成大家相互猜忌或是被有心人士利用罷了！

「等等！」堺真里忽地揚聲，「魑魅附體沒有人看得出來的，現在也還不能證實，一切等闇行使來再說……我會即刻去請闇行使火速過來的。」

「啊，隊長隊長，真是辛苦你了。」凱利神父衝著他微笑，「這陣子以來自治隊相當辛苦，也多次請了闇行使到鎮上來驅走邪惡，重建結界——但是，禍事仍然層出不窮啊，一直有人被附身、被殺害，我不是否認您的努力，但是您請的闇行使明顯有瑕疵啊！」

什麼？堺真里怔住了，凱利神父在公然的指責他？

「是啊，之前請鬼獸殺了這麼多學生後，請闇行使來也沒用啊，又變成小孩子被拐走！」

「就是，隊長請的闇行使好像沒什麼用，不是灰就是藍，什麼時候能請闇行使者啊？」

站在後面的法海揚起嘴角，手上牽的小男孩哇了一聲，雙眼發直的看著這有趣的畫面。

「上次的事件是有人破壞了結界，不是結界無效！」堺真里據理力爭，「這對闇行使不公平！」

「公平？噢，隊長，你是不是跟闇行使太過親近了？別忘了闇行使才是造成現況的主因啊！」凱利神父忽而轉向大眾，「五百年前若不是天譴，法則不會扭斷，我們不會過著飽受妖魔魍魎威脅的生活啊！」

「對！喔喔喔！」

現場一片譁然，群情激昂，處處是惡鬼處處是妖類的日子大家都過怕也過厭了，人打從一出生開始就要面臨死亡的威脅，這些人把罪過歸在靈能者與天譴身上，數百年如一日，未曾變過。

五百年前，也正是他們認定天譴必殺，得送還予神……才會造成這一切的啊！

不過他們沒認錯過，因為他們不覺得自己有錯。

「我會請我熟悉的闇行使來，隊長，無意冒犯，但我也是有舊識。」凱利神父和藹的衝著堺真里笑，但他現在卻覺得那笑容真是親切到令人作嘔，「我相信他會為我們鎮上築起最強力的屏障，並找出是什麼東西潛伏在我們之中！」

眾人欣喜的祈禱著，感激上蒼感激神父，感謝神蹟的警告，接著凱利神父不間斷的要求大家務必留意蛛絲馬跡，好好的保護自己，而且對任何可疑的人事物都得報告。

「噗……」輕笑聲刺耳，堺真里回首看去，隔著層層人牆，瞧見悠閒自在的法海，滿臉堆著笑意。

他擰眉瞪眼，這傢伙是在笑個什麼勁。

「你有得忙了。」法海用嘴型說著，「大家都有得忙了。」

纖長的手指輕輕揮動，他朝著堺真里道別，就這麼牽著男孩離開了，可愛男孩從人群中出現好不容易能看見他時，也瞇起眼，笑出一臉天真無邪。

可惡！他雙手緊握飽拳，上頭的白神父正與凱利神父低語交談，人們鼓譟。

「不該引起猜疑！」堺真里仍舊努力的阻止，「闇行使很快就到，非人真要偽裝我們無從抓起，大家千萬不要因為這樣隨便對人猜忌！」

「是！」白神父連忙應和，「沒有證據證明誰是附體的魑魅，胡亂猜疑不但會傷感情，還會引起不必要的紛爭！」

他口氣有些微慍，對著凱利神父說著，表現出不是很高興的模樣。

「那萬一有呢？」凱利神父反問著，「在闇行使來之前，因為大家的疏忽，他開始吃人了怎麼辦？」

「啊啊……」台下發出驚恐的叫聲，父母們將孩子緊緊擁著。

信心的喊話總是比恐懼的蔓延弱上許多，人們根本只在乎害怕，只圖自保，所以他們不會在乎別人的。

他可以想見接下來幾日的騷動，舉報某某是魑魅的人數一定大量爆增！

堺真里迎向了凱利神父，這個神父為什麼要如此執著？他何以認定鎮上一定有魑魅？就算有，又為什麼要讓大家草木皆兵？

「呀——」正在大家鼓譟之際，那桌前的黑貓倏地起身，驚慌失措的推開桌子，踉蹌後退。

她的舉動讓眾人錯愕，幾個神父趕緊往前一探，年輕神父頓時臉色蒼白，緊握著十字架唸著禱文，步步驚退！

白神父與凱利神父也遲疑著上前，但被其他年輕神父阻擋，這狀況引起更大的恐慌，堺真里不假思索的即刻撥開人群一馬當先，朝著那占卜桌走了過去。

尚未走近，啪噠瞬間那張死神牌竟倏而騰空飛起，現場引起一陣驚呼聲。

塔的牌面彷彿存在另一個空間，鮮血自上而下淋滿整張牌面，活生生的在眾人眼前發生，堺真里及時止步，那張牌裹著龐大黑氣，不是普通的牌！

緊接著，轟然一聲橘光燦燦，那張牌就這麼燒了起來……騰空燒著，火燄由橘轉黑，向上竄升，在火裡映照出一張猙獰的臉。

大家都見過的，在許多描述惡魔的故事中，總有這張猙獰的、邪惡的，惡魔的臉龐。

『嘻……呵呵呵……哈哈哈哈！』令人毛骨悚然的聲音倏而從那火燄中傳來，藏在火燄裡的臉也跟著狂笑！

在這個瞬間，理智崩潰，恐懼漫開了！

「呀——」所有在教堂前的人們尖叫四散，大家飛也似的往自己最堅固的家裡狂奔而去。

入夜之後，便是妖魔鬼怪活躍的時刻，沒有人類敢在夜晚外出，而「住家」便是最堅固的堡壘，因為每一戶人家從牆壁開始就都寫有咒文與封印，從牆、窗子、門甚至是屋頂，全部都有封印，能避免任何邪物侵擾！

現下的恐慌讓人們自然而然就往家去，加上太陽即將下山，現值逢魔時刻，占卜牌又出現異狀，根本就是一場混亂！

「冷靜！大家不要亂跑，留意孩子！」堺真里吆喝著，自治隊員早在人群陷入混亂暴走時就迅速拉出道路，盡可能不讓情況失控。

堺真里留意著腳下可能因為人群衝跑被撞倒的孩子，飄浮的牌仍在燃燒，尖笑聲不斷，他二話不說即刻拿出短刀，朝著那張牌射了過去——短刀自然是經過咒文加持著，所有人的武器，都必須經過闇行使的咒文加持、保護，對付妖魔鬼怪才有成效。

刀子穿過卡片，笑聲立止，咻的從幾個神父身邊掠過，咚的直插在教堂那扇對開檜木門上，牌子只剩零星火花，然後燒成灰燼，風一吹便四散了。

「快進去！」堺真里指著教堂大喊，「全部進去！」

神父們趕緊相互扶持著，催促著奔入教堂裡，白神父嚴肅的擰起眉心望著眼下一片混亂，手上緊緊握著十字架，身體不停顫抖著。

「走了，神父！」年輕神父拉著他跟凱利神父。

「不該是這樣……不該引起恐慌的！」他低斥著，毫不猶豫的朝向凱利神父，「你怎麼能這麼說呢？」

「白神父，這不是我的錯啊！」凱利神父大聲喊冤，手一比指向了插在門上的那柄刀子，

「你也看見了，惡靈出現了！這是神給我們的警示，逼牠現身！」

「啊啊……」白神父顯得痛苦難受，年輕神父拉著他們兩個，踉踉蹌蹌的直往教堂裡去。

堺真里搖了搖頭，回身高舉白色旗幟，在自治隊所負責留守的人立即敲響自治隊的特殊三角鐵，以固定的節奏敲響著清脆的聲音：噹——噹噹——噹——噹噹。

「宵禁——點燈！」渾厚的聲音一個傳一個，傳遍整個鎮上，緊接著擺放在路中央的路燈一盞一盞的亮了起來。

「佛號之徑」點燈，所有自治隊員開始往燈光下道路集中。

雖說夜晚妖孽橫行，但每晚自治隊都還是必須固定夜巡，以防有什麼非人傷害人類，但他們都必須走在佛號之徑上；一整條道路的路燈上均繪有佛號、並且誦經加持過，每盞燈之間都有神社之繩繫住，全部施以驅魔咒、護身咒，才能讓自治隊員安心巡邏。

佛號之徑設置在道路正中央，面對各方均在射程之內，亮起的佛燈就會自然築成一片結界，妖鬼不侵，連低等妖類都能驅趕，一旦太陽即將下山，燈便會亮起，接下來最好就只能走在這裡頭了。

住比較遠的人們驚恐的跑著，但也不忘進入佛號之徑的範圍，自治隊員開始依照工作領域分散開來，留意大家是不是都回到家了。

「選日落前搞這種事也太不明智了。」與堺真里交好的小隊長忍不住抱怨，天色陡然暗去，他們已經失去太陽的庇護了。

「小心點，巡邏完快點回站內報到。」堺真里嘆口氣，眼睛盯著那張鋪著紅色桌巾的桌子。桌上其他的牌已經不見了，黑貓不知何時早已趁亂跑走，教堂的門業已緊閉，在他眼裡，這座教堂根本已經失去了過去的光澤，他不免懷疑其所具備的防禦性……如果真有惡靈之屬，這座教堂能保護那些神父嗎？

唉，教堂不能，至少神可以吧？他這麼想著，將短刀從門上拔了下來。

牌早已灰飛煙滅，他拿起腰間手電筒照著刀尖，刀尖泛黑代表剛剛那張牌的確有問題，妖？魔？惡魔？或者只是一些低等妖怪的把戲？

不管是什麼，跟未來的狀況相比都已經不值得懼怕……堺真里緊緊握著刀子，一旦大家開始相互猜忌，認定有被附體的人生活在鎮上，那才是真正令人恐懼的開端！

正如法海所言：「大家都有得忙了！」

可惡！

「凱利神父！」

白神父吃力的走上石階，找尋著多年的好友，年輕神父燃著蠟燭在樓梯間頷首，告訴他凱利人在頂樓圖書室。

只是上了頂樓，蠟燭燃得極少，牆上的燭台間隔三盞才燃一盞，燈光昏暗，唯有前頭桌上的燭台較為光亮，而凱利神父正站在落地窗前，背對著他。

教堂的玻璃盡是彩繪玻璃，繪有聖經故事，並經過祈禱及聖力加持，即使是玻璃妖魔亦不侵，矗立數十年安全無虞。

「凱利！」白神父既焦躁又帶有微慍的上前，「今天這到底怎麼回事？跟之前你說的不同啊！」

「啊？」凱利神父微微側首，「不要這麼氣急敗壞的，今天很順利啊！」

「順利？你那是煽動大家猜疑彼此啊！」白神父急忙的走到前頭，「凱利，你是怎麼了，你知道你那樣做會讓有心人士運用，或是讓脆弱的人崩潰……這個時代，人心禁不起考驗啊！」

「唉，白神父，您太多慮了。」凱利神父緩緩轉過身，搖了搖頭，「您也看見塔羅牌的異狀了，難道您能容許異類潛伏在我們身邊伺機而動？」

「不能，所以我們要聘請闇行使……這件事應該是要跟鎮長商議，而不是我們片面的猜測！」白神父走近凱利神父，「更不該叫人們去懷疑彼此！」

「我沒有。」凱利神父否認著，「我只是叫大家互相注意……」

「這只是用詞的不同！」白神父難得怒從中來，「這樣是假藉神的名字製造動亂……神蹟不是我們可以解釋的，不是一張塔羅牌可以解釋的，神或許不是這個意思，或許是降福……」

凱利神父深吸了一口氣，用一種哀怨的眼神望著白神父。

「神父，真的不是降福。」他搭著他的肩，另一手拿起燭台，「至少對你們而言，不會是。」

嗯？白神父一時沒聽清楚凱利神父的用語，他只是被扳著往前，看著前頭高聳的十字架。巨大的十字架立在圖書室正前方，上頭釘著一個他見過的人，活生生的人被釘子釘穿在上頭，還在不停地發抖失血。

「認識的吧？」凱利神父笑了起來，「釘在這上頭真好看。」

……白神父不可思議的看著凱利神父，「你、你不是凱利神父……」

凱利神父親切的笑著，忽地一伸手扣住十字架上那人的腳，下一秒狠狠拽了下來──他的手掌跟腳掌都還釘在十字架上啊！

血花四濺，僅以左手就扯下一個人，那人張大了嘴彷彿在尖叫，但是他沒有發生任何聲音，只是摔在地上渾身抽搐，看著自己沒有手掌的雙手，看著血如湧泉般噴出。

白神父回身想要大吼，一陣冰涼隨即貼上後頸項，下一秒他就感受到一堆東西在他身上蠕動！

「什──」他張嘴要吼，卻感覺一條條東西迅速的從他袍子裡鑽進，也往前鑽上他的臉，鑽進了他的嘴！

這是什麼！白神父驚恐的看著爬滿身臉的粉紅色條蟲，牠們正亟欲鑽進他的皮膚裡啊！

白神父痛苦地跌落在地，蟲鑽著他的皮膚，鑽進他的嘴裡，在他的食道裡啃囓著，一小口一小口……

「親愛的神父，一般人我都會給他們兩個選擇……」凱利神父緩緩的走來，站在他身邊睥睨著他，「你是要這樣痛苦死去，還是與我融合，成為一體，繼續活下去……」

咦……魑、魑魅！凱利是被附體的！

「但我可以猜得到你的答案，你這麼虔誠，我也不要難操控的人類。」凱利神父擠滿微笑，探向右手邊，像在拔取什麼東西，幾秒鐘後又轉了回來。「你就忍耐一下吧，牠們保證會把你吃到連骨頭都不剩，就是有點痛罷了。」

白神父瞪圓雙眼看著凱利神父手上拿著像是斷手的殘骸，直接一口往嘴裡塞了進去。

然後他眼前一片模糊粉色，數百條蠕動的粉紅條蟲擠到了他的眼睛前，他還來不及緊閉雙眼，牠們就這樣啃進了他的眼球裡，眼界一片血紅，牠們正一口一口的吃進去。

萬蟲啃囓的痛椎心刺骨，但是白神父一句話也喊不出來，蟲在他身體裡鑽著，啃蝕著他的心臟與器官，他在地上痛苦得扭動抽搐，身旁另一個瀕死的人正被打開頭蓋骨，凱利神父忙著生吮腦子。

牠雙眼盈滿微笑，看著人這麼痛苦，而外面還有一堆人相信牠，真是有趣極了，太有趣了。

呵呵……牠轉過身，再次面對著落地窗，看著那皎潔的月光跟其下燈火通明的人家……

想著再過沒多久就有幾百人可以享用，牠就得用很大的氣力才能克制自己不笑出來啊！

「神蹟……呵呵……神蹟啊！」哈哈哈、哈哈哈哈……

芙拉蜜絲坐在書桌上，剛剛寫完作業後，便迫不及待的拿出咒文書，開始練習將咒文唸熟，這些都是古漢字，幸好自小爸媽都有教他們，雖說不太好唸，但看得懂就不需使用英文拼音了。

怎麼調整呼吸，怎麼壓制在體內亂竄的靈力，爸爸不說她都沒注意到，原來讓身體這麼不舒服的東西是靈力，原來只要調整氣息就可以讓一切變得順利……原來爸爸是咒文專家、真里大哥是闇行使……哇塞哇塞！

這個大概是她今天最訝異的事情了，大家都隱隱於市，說不定在這個鎮上，賣菜賣水果的都是靈能者，只是不敢顯露出來而已。

呼，專心！芙拉蜜絲拍拍臉頰，她得專心的練習咒文，下午的事已經傳開了，鎮上似乎真的有妖類，萬一遇到的話，她就要來試試這些咒語的功用！

左手邊，房間另一邊角落的弟妹們在看故事書，幾個小鬼頭玩在一起，所以芙拉蜜絲不敢唸太大聲，爸媽交代過不能讓弟妹們知道這些事，或是接觸到這些書的。

魑魅的、妖魔的，鬼獸的……她專心致志的唸著，越唸只覺得身體逐漸發熱，血液傳達到指尖，似乎微微泛著橘光；每一次她在跟非人廝殺的最後，都會這個樣子，身體像被燒紅的炭一樣，發出橘色透明的光芒。

噠，有人下了床，芙拉蜜絲一瞟，大妹走了過來。

「芙拉姐姐。」小女孩抱著故事書走來，芙拉蜜絲從容的把咒文書蓋上，擺到一邊去。

「怎麼啦？」撫著她一頭捲髮，「還不想睡？」

「姐姐認識許仙嗎？」女孩趴在桌緣，用一點害羞的神情說著。「他哥哥好像跟姐姐同班？」

「許仙……噢，對，我認識啊！」芙拉蜜絲眨了眨眼，湊近了妹妹，「怎麼了啊，妳想認識許仙嗎？」

妹妹微微羞赧了臉，「已經認識了啊，許仙好像洋娃娃，長得很漂亮……可是……」

「可是？」真是嘖嘖，兩兄弟都是萬人迷嗎？

「可是我覺得許仙怪怪的。」妹妹噘起嘴，「手都冰冰的，而且兔子不見了。」

「嗄？」芙拉蜜絲有點閃神跟不上，「手冰冰的跟兔子不見有什麼關係？」

法海的手也都一直很冰啊，基本上現在是雪天，手不冷很難吧？

「許仙看兔子的眼睛好可怕，紅紅的。」妹妹噘起嘴，指指自己的眼睛，「然後他抱著兔子去玩後，兔子就不見了。」

紅紅的？芙拉蜜絲微蹙了眉，許仙是個藍色眼珠的可愛男孩，而紅眼這種現象幾乎不可能是人。

「妳確定嗎？就是這麼近看見紅色的眼睛？」她湊近妹妹鼻尖。

「咯咯，沒有，遠遠的看！」妹妹笑了起來，「好像是紅色的，我也不確定……但就是覺得怪怪的。」

「遠遠的？那妳有可能看錯啊，紅色的眼睛都是惡鬼耶，我覺得許仙一點都不像惡鬼呢！」芙拉蜜絲搓揉她的頭，「法海也不像。」

「嗯……」妹妹握著小拳頭在下巴上擱著，晃呀晃，「很帥！嘻……」

她說著笑出一臉天真，還帶有可愛的神情，看來許仙在小學部也是很受歡迎的啊！

然後，妹妹的頭微微向左轉去，面對著緊閉的窗戶，一旦入夜不僅關門關窗，連內部的木條窗都會放下鎖緊，不讓魍魎魑魅有任何入侵的機會，所以她不懂妹妹看著木頭做什麼。

「怎麼啦？」

妹妹轉過來，小眉頭蹙起，指指外面，「外面有人。」

嗯？芙拉蜜絲一怔，這是二樓，外面怎會有人？她眼珠子朝窗子瞟去，但這也不是特例，之前窗外的確就有過在牆上行走的聲音，連她衣櫃都可以出現亡魂，現在對她而言一點都不意外了。

「去睡。」芙拉蜜絲催促著妹妹，「都去睡覺，記得把蚊帳放下來。」

妹妹一聽，即刻領命，旋身疾步往角落的雙層床去，她還會照顧年紀更小的弟妹們，幫他們關燈蓋被，然後自己再鑽進溫暖的被窩；芙拉蜜絲走到床邊為他們放下蚊帳，冰天雪地的季節自然沒有蚊子，但是這蚊帳是法器，爸爸花高價跟闇行使買的。

弟妹們總是可以輕易進入夢鄉，外面發生什麼事他們都不會知道，更不會受到任何傷害。

關上這區塊的燈，芙拉蜜絲緩步走回自己書桌，一雙眼盯著窗戶看，她不會白痴到去打開木條窗，看看外面有「什麼」在，因為就過往的例子而言，這些亡者最後都還是會進來的。

是啊，奇怪……家裡明明窗子牆上到處寫滿咒文，亡靈們為什麼還是進得來呢？

坐回書桌前，伸手拿過手邊的鞭子，她雖然一個月沒練習了，但是不表示會坐以待斃……啊，對了，她看著咒文書，進來的通常是亡靈，那她就來練習對付亡靈的咒語吧！

叩叩。還沒開始唸，窗子居然傳來輕叩聲。

這麼有禮貌？芙拉蜜絲瞪著窗子看，什麼時候這些傢伙懂得敲門……窗了。

叩叩……那像是敲窗聲，但動作很輕，很像是外頭風刮玻璃的震顫聲，時值冬日，最近零下十幾度，夜晚風雪更強，總是撞得玻璃嘎吱作響，所以她得仔細聽……

究竟是不是有人……喀喀……

『救……救……』幽怨的聲音傳來，芙拉蜜絲立刻離開窗子邊，真的有人！

『來不及……救命……』這聲音帶著低泣，而且跟前一個完全不同——不止一個人？

芙拉蜜絲倏地緊握長鞭，向後退了幾步，總要給自己揮鞭的機會，玻璃的顫聲越來越大，彷彿有人在外頭想拆了窗子似的。

喀啦……面前的事還沒解決，她左後方的衣櫃裡驟然傳來聲響，是眾多衣架子相互碰撞的聲音……喀啦喀啦喀啦！芙拉蜜絲轉身瞪著自己的衣櫃，緊掩的櫃門又不對窗，這衣架在裡面響個不停還能有什麼原因？

怪了，為什麼常常這樣？窗外有亡者在呼喚，緊接著就能進入，而且總是前往她的衣櫃，這是有人在房間外面的窗戶設路標嗎？告訴他們從哪個窗進來後再進入哪個櫃子？

她旋過腳跟即刻往衣櫃走去，一點都不想說自己現在有多討厭開櫃子，不管什麼櫃子都一樣，對她而言根本像是驚喜盒，敞開的那瞬間永遠不知道有什麼在裡頭等待。

不過，她從床頭櫃拿出兩張符紙，直接貼上櫃門！

她才不想在衣櫃裡見到有的沒的，喜歡待在裡面就待到底吧！

「芙拉。」門外突然傳來聲音，是媽媽。

她嚇了一跳，趕緊打開房門，露娜只是對著她微笑，然後瞥了一眼衣櫃上的符紙。

「那個……衣架子在裡頭喀啦作響。」她轉了轉眼珠子，「剛剛窗子外面好像又有……東西。」

「我知道。」露娜輕笑著，轉向衣櫃，伸手貼著衣櫃門，幾乎要貼上衣櫃。

這讓芙拉蜜絲有些緊張，她很擔心裡頭的亡者會突然抓狂，萬一傷及媽媽怎麼辦？只是才伸手想拉開母親，露娜卻要她退後。

「芙拉，身為闇行使是有責任的，妳不只感覺得到，還得分辨善惡是非。」露娜下一秒竟唰的撕開符紙。

衣櫃頓時像被什麼衝開似的開啟，黑色的影子從裡頭衝了出來，芙拉蜜絲直覺性的就要揮動手上的鞭子，露娜立時上前，握住了她的手。

「媽！」她緊張喊著，看著那模樣的影子一個接一個……哇靠，這麼多個，衝出她的房門！

「我們在等他們。」露娜壓制她的手，「他們並沒有想傷害我們！」

咦？芙拉蜜絲怔住了，「等……等他們？」

「不然妳認為憑我們家的銅牆鐵壁，連妖魔只怕都進不來，更別說是區區靈體了。」露娜嘆了口氣，「他們無處可去，我們也想知道為什麼會有這麼多受殘害的亡者。」

芙拉蜜絲愕然，眨了眨眼，老實說媽媽說的話她不是很懂啊！難不成……她看看窗子再看看衣櫃，想起過去發生的一樣狀況，還真的有路標？

「媽，妳在窗子外面做記號嗎？」她錯愕問著。

露娜點了點頭，「不然他們怎麼知道可以進來？以前妳感應不到，近來敏感多了！記得伊兒莎嗎？她就是來求救的！好了，別想太多，睡前記得練習咒文，然後早點睡。」

伊兒莎？那是鬼獸事件的——不對！

「等等等等……」芙拉蜜絲忙拉住母親，「媽，你們在超渡亡者嗎？」

「簡單的，基本咒文唸一唸就可以了。」露娜微微一笑，「我要上去幫妳爸了。」

芙拉蜜絲驚愣的愣在原地，看著母親轉身走出她房門，人若過世本來就會超渡，倒不需要多強的能力……鎮上最近去世這麼多人，都有固定法會會進行超渡——那為什麼還有無主靈在徘徊？

爸媽就是在幫助沒有被超渡的靈魂嗎？沒有被超渡到的，多半都是死於非命……或是根本沒人知道他們死亡的人，他們多半都是被惡鬼殺死、吃掉的人。

她走到衣櫃前，看著仍在些微搖晃的衣架，原來家外面根本掛了招牌，就像寫著「超渡裡面請」的感覺，窗子應該每扇的咒文也不同，經過過濾的亡者就能進來，再前往她的衣櫃，接著再往外走去。

所以之前伊兒莎為什麼在作法事前會先跑來警告她，還有好多奇怪的例子。

瞥了一眼衣櫃裡的鏡子，今天沒有突然出現什麼人真是可喜可賀，她意外發現自己經過這麼多事後，很能接受這樣的事實，爸媽在做的也是善事，只要亡者們不要都躲在衣櫃裡嚇她就好。

檢視著有沒有東西被弄亂，她彎身把幾個滾下的襪子撿起扔回，卻看見有個東西落在裡頭。

狐疑的伸手去拿，摸到珠鍊，然後拿了出來……是一串雪白的十字架，簡單但又不失華麗，搞不好是象牙做的十字架呢！

嗯？她微皺了眉，這十字架好像在哪裡看過……是哪個神父的嗎？

第四章

一夕之間，風雲變色，芙拉蜜絲至今才明白這個道理。

早上跟巷口的大餅嬸打招呼時，她正跟幾個人在八卦，說著哪個人被抓走了，被檢舉疑似魑魅附體，還因為這樣多裝了一塊餅給她；再往前走，看著鎖匠叔口口聲聲說另一條街的鎖匠老闆是魑魅，她怎麼看都覺得是惡意陷害。

貓爺爺原本在自治隊附近看熱鬧，養的一窩貓圍在他腳邊，接著看到一堆人拖著別人過來檢舉叫囂，嚇得想躲回家，她還扶他老人家回去，路上貓爺爺問她說，養這麼多貓會不會也被檢舉成魑魅附體？

上學路上才半小時就這麼多事，賣花的小琪手裡還拿著花束在廣場跟人爭吵，幾個隔壁班同學的爸媽也要自治隊去抓人，還拍胸脯保證一定是魑魅，這已經夠亂了，結果她才走進校園，就看見拉扯與爭執，幾個男生拖著同學在校園裡走，口口聲聲嚷著大家閃開，他們抓到了被附體的魑魅人！

「我不是！我不是！」被綁縛住的男孩拚命叫嚷，「我沒有跟魑魅合體！」

「少偽裝了！你一定就是！我們觀察你很久了！鬼鬼祟祟！」一群男孩子們趾高氣揚的

朝教官室前進。

芙拉蜜絲瞠目結舌的看著走來的學生，後頭那男孩瘦小得很，雙手雙腳都被繩子綁住，根本是在地上被拖行……這是怎麼回事？教官跟老師呢？

「學校裡也開始了嗎？」鐘朝暐冷不防的站在她身邊，「一大早我們巷口的鄰居就被人檢舉說可能是魑魅人了！」

「啊？」芙拉蜜絲緊皺著眉，「檢舉？大家看得出來誰被魑魅附身？」

「看不出來啊，昨天教堂的神父說，有可疑就檢舉，互相監視，我們鎮上一定有魑魅潛伏。」鐘朝暐聳了聳肩，「今天早上就這樣了。」

「太扯了吧？」芙拉蜜絲邊說，一邊直接一步向前，擋住了那群學生的路，「喂！幹什麼？放他下來。」

「芙拉……」全校原本就都認識芙拉蜜絲，那宛如火燄般的少女，「芙拉，妳別管，他很有可能是魑魅人，我們要先把他帶去自治隊。」

「你這麼厲害，知道他是魑魅人？」芙拉蜜絲雙手扠腰，「怎麼判斷的？」

「他跟小動物說話，動不動就跟動物交談！」後面有人補充說明，「而且很陰沉，常常用詭異的眼神看著大家。」

「噢……」芙拉蜜絲冷冷一笑，好牽強的理由。

「還有他最近變得很怪，不跟大家來往，一個人躲在角落裡吃飯！」

「我那天還看見他吃生肉！」

「吃生肉？」這點就值得探討了，芙拉蜜絲喊著，「喂，你要解釋嗎？」

「我是吃牛肉！我媽送來給我的午餐，好不容易買新鮮的牛肉，煎成五分熟給我做三明治的！」男孩哭嚎著說，「我才不是魑魅，我真的不是！」

「三明治……我的天哪，你們是在搞什麼？你們有面對過真正的魑魅嗎？我面對過，鐘朝暐也遇過。」芙拉蜜絲不忘把同學拖下水，「他們吃肉還煎喔？做成三明治喔？應該是整隻就咬開吞下，還三明治咧……」

面對過魑魅耶……全鎮都知道芙拉蜜絲、江雨晨跟鐘朝暐的豐功偉績，不得不說很多人都把他們視為英雄偶像，現在一提出事蹟，又招來一堆欽羨的眼神。

但是，也不乏嫉妒的眼神。

「魑魅附體後，就是半人半魑魅了，根本分辨不出來，他們要假裝人類非常容易。」高年級的學長，袁翔從旁走出，「現在大家都在危險之中，昨天的塔羅牌已經顯現一切了，我們不能放過任何可疑人士。」

「袁翔學長……」芙拉蜜絲圓睜雙眼，那是三年級的會長，相當聰敏的人。「現在是寧可錯殺一百不可放過一人嗎？」

「正是。」袁翔說得斬釘截鐵，「否則出了事妳能保證嗎？」

「就是！」長髮的女孩也出了聲，她是副會長，一樣精明的竹內秀琦，「我們不能確認他是魑魅人，那妳能確定他就不是嗎？」

芙拉蜜絲皺著眉看向這兩位領頭的學長姐，也算校內風雲人物，不過她從來沒當一回事就是了！更討厭他們成群結黨的樣子，掌控多數學生。

「我不管。」芙拉蜜絲直接走向被綁縛的男孩子，「今天我在這裡，我就不允許你們這樣傷害同學。」

芙拉蜜絲倏地拿起腿間的短刀，說時遲那時快，附近一堆學生即刻拿出各自的武器對著她。

刀槍劍戟，還真是各類武器均有啊……芙拉蜜絲挑著滿不在乎的笑容，動手將男孩手腕上的繩子一刀切斷。

「芙拉蜜絲！」袁翔怒喝著，「妳到底在做什麼！」

「我們還有法律！」芙拉蜜絲俐落的從腰後取下長鞭，「要調查他也不能這樣五花大綁還在校內拖行，誰要帶走他得經過我這關！」

啪——鞭子揮在地上，傳出響亮的聲音，「烈火芙拉」向來是名不虛傳，個性如火，烈火性子，總是不管三七二十一的衝動性格。

「在做什麼！你們！」教官的聲音總算傳來，學生們仍在對峙。「現在是鍛鍊課嗎？」

學生們遲疑，但還是聽話照做，芙拉蜜絲逕自蹲下身子割斷綁縛在男孩身上所有的繩子，老師們也奔跑而至。

「不許動私刑！真的有確切證據再來報告，也得讓自治隊處理，由不得你們這樣……綁人又拖行的！」教官對著所有學生怒吼著。

「教官！」女孩舉了手，「這麼麻煩，萬一潛伏的人一發現自己身分曝光，直接殺掉我們怎麼辦？那就來不及了耶！」

「就是啊，我爸媽說魑魅動作很靈巧的，我們只是學生根本不是對手！」

「應該直接打暈吧，還是請自治隊駐校？」

眾人你一言我一語，芙拉蜜絲已經悄悄的催促男孩子快跑，基本上她強烈建議他請假回家，今天不要待在學校比較安全。

所有人在校內吵成一團，她逕自朝教室走去，鐘朝暐在確定安全後才放下弓，他一直是芙拉蜜絲的後援，剛剛只要誰敢妄動，他會毫不猶豫的射出箭矢。

一進教室，江雨晨就急急忙忙的衝過來。

「好危險喔剛剛！」他們教室就在校門口前棟，樓下的紛爭看得一清二楚。「鎮上整個氣氛都變了！大家都在檢舉彼此，我家那邊早上有爭鬥打架。」

「無憑無據，大家現在憑著懷疑就可以抓人嗎？」芙拉蜜絲擰眉，她一路來學校的路上也沒多安寧。

「昨天的塔羅牌太可怕了，我現在想起來都還心有餘悸。」江雨晨竟然哽咽起來，膽小如鼠的她只怕昨夜輾轉難眠。「塔羅牌這麼燒起來，火燄裡有惡魔的臉啊！」

「聽說了。」芙拉蜜絲轉向鐘朝暐，「你們呢？不是有請人算掛？」

「是啊，哪有這麼戲劇化？」鐘朝暐點了點頭，「就算出一個字：亂。」

亂？芙拉蜜絲的位子就在窗邊，她望下看去，這的確是亂啊！根本天下大亂！

剛剛在路上看見連販售豬肉的肉販大叔都被人架到自治隊，因為他被懷疑從事生肉屠宰是因為方便自己食用，所以找了個掩飾身分的工作，天哪！

「神父到底是在說什麼？」芙拉蜜絲不可思議的問著江雨晨，「他要你們這麼做嗎？」

「有魑魅或妖類潛伏在鎮上很可怕啊，對方還刻意燒毀塔羅牌，像示威一般，就是仗著我們難以確切的找到他！」江雨晨咬了咬唇，「……所以神父說了，他會請闇行使來，但在這之前，我們可以仔細留意觀察，相互監督！」

「監督？這哪能叫監督啊？」芙拉蜜絲只覺得不可思議。「這應該叫、叫——」

「自相殘殺。」後頭揚起帶著笑的聲音，所有人不約而同的轉頭去看，金髮的美少年劃滿臉笑容，悠哉從容的站在他們身後，「借過。」

鐘朝暐忍不住怒眉一揚，不甘願的讓開走道給法海通過，誰叫他們塞住走道了，還聚在他位子附近？因為他就坐在芙拉蜜絲隔壁，見他將書包往旁邊一掛，從容坐下，心情看起來可好了！

「你很煩，為什麼每次遇到這種事就是笑？」芙拉蜜絲對這點頗有微詞，「講五百年前的浩劫也笑，現在發生這種事也笑，你很喜歡不好的事厚？」

法海挑了眉，輕蔑的笑容彷彿同意似的。

「我覺得法海說得好像也沒錯耶……」江雨晨認真的蹙眉說道，「持續下去說不定會變成這樣！」

芙拉蜜絲嘖了一聲，拉開法海前面位子的椅子反著坐下，瞅著他問，「你知道昨天教堂的事嗎？」

「嗯哼，我在現場。」他的回答令人吃驚，「我接 Du Xuan 放學經過時，那兒正在占卜，『順便』繞過去看。」

江雨晨也很訝異法海會去，但昨天人太多她沒留意到法海。

「你覺得呢？」她認真的看著他，「那個教堂……」

法海留意到芙拉蜜絲使的眼色，原來她已經看到教堂的變化了嗎？

「現在教堂神父都不是重點，重點應該是這裡。」法海指指桌面，「今天學校應該會很精采吧？」

「精采？」芙拉蜜絲怔了幾秒，「你幹嘛說話都不直接說啊！拐什麼彎！」

唉，法海一臉懶得理妳的樣子，直接看向江雨晨，「妳聽得懂吧？腦子是用來思考的。」

「喂！」芙拉蜜絲趴在桌上，「你是拐彎罵我啊！」

「沒拐彎，認真的。」法海忽地湊近她，反而叫芙拉蜜絲嚇得後退，「思考思考，什麼都靠衝動跟直覺是沒用的。」

這麼近幹嘛……芙拉蜜絲忍不住泛紅了臉，法海明知道自己那張臉漂亮得有點天怒人怨，還湊這麼近做什麼！

一旁的鐘朝暐一看見她臉紅，無名火即刻燒了起來，上前一步就把芙拉蜜絲往後拉，講話就講話，沒必要製造那種狀似曖昧的距離！

「法海應該是說猜忌會持續擴大吧？剛剛就已經發生了，那男孩不會是冰山一角，一定有很多人會藉機生事。」江雨晨咬了咬唇，「有意無意都行，反正現在只要懷疑就可以檢舉。」

「厚！」芙拉蜜絲斜眼看向江雨晨，「只有我覺得你們那個神父很莫名其妙嗎？他的做法根本唯恐天下不亂！」

哦，鐘朝暐連連點頭，因此瞎眼婆婆才會測出「亂」這個字啊，真準。

「神父也是擔心啊，如果真的有魑魅潛伏……就像之前一樣，背地裡傷人殺人，我們根本防不勝防。」江雨晨其實內心也很矛盾，「神父應該沒有想到會變成現在這個樣子吧？」

是嗎？法海翠綠的眸子閃爍著，從眼神到笑容都透露著輕蔑，他才不信這套說詞。

「反正各自小心吧。」法海一一審視著他們三個，「你們三個根本是顯著目標。」

咦？哪三個？芙拉蜜絲看著自己，再回頭看向身邊的同學，手指頭來回比著，「我們？」

「妳說呢？」法海冷笑著，真是後知後覺。

他們三個……等等，因為連續獨戰鬼獸或是妖獸而倖存嗎？芙拉蜜絲倏地站起，緊張的回首看著要好的同學，江雨晨緊擰著眉心，她剛剛瞬間理解到法海的意思，他說得沒錯，他們三個根本是大目標。

「就因為我們活下來嗎？」鐘朝暐有些緊張。

「不只，我們還除掉了惡鬼……」江雨晨一臉膽顫心驚，「這種要做文章太容易了。」

芙拉蜜絲做著深呼吸，她就是闇行使啊！的確因為她具有靈力所以才能在面對鬼獸的廝殺存活下來，甚至除掉非人怪物……但是、但是——她不由得看向坐在位子上悠哉悠哉的法海，每次他都有幫忙啊，怎麼他一副不擔心的樣子！

廢話！因為雨晨他們從來都不記得法海跟他們一起並肩作戰過，記憶力清除得一乾二淨，根本沒人知道法海的能耐。

真的有記憶消除咒嗎？應該學兩招吧！

芙拉蜜絲盯著法海看，他一臉很喜歡大亂的樣子，被他這麼一說搞得大家憂心忡忡，萬一真的被揪出——咦？她顫了一下身子，寒毛直豎，有股扎人的視線直襲來。

她立刻朝前後門看去，外頭現在正熱鬧呢，聚滿了人，身後是其他同學，但是她真的感覺到有敵意，令人不快的視線正在暗處偷窺著她。

真是令人不舒服的感覺，不單單只是視線，還有種龐大的壓迫感，讓她的指尖微微發顫，感到……恐懼。

恐懼？為什麼她會有這種感覺？狐疑的張開手掌，卻從指縫中瞧見正前方的金髮少年，曾幾何時已經正視著她。

法海？她放下手，發現他認真的瞅著她看。

芙拉蜜絲隻手壓住他的桌面，彎身前傾，幾乎要貼上他的耳畔，「學校有什麼在嗎？」

「哇……」幾個女生不可思議的看著這一幕，也太親暱了吧！芙拉跟法海什麼時候……進展到這地步啊！

鐘朝暐雙眼都要冒火了，芙拉怎麼可能如此主動！才想往前，立刻被江雨晨攔住，還一臉責怪他不識相。

法海瞧見鐘朝暐一副盛怒的樣子只覺得莞爾，更加親密的趨前，金髮搔在芙拉蜜絲的頰畔，微微側首，簡直像親上去般的曖昧。

「有。」

有？芙拉蜜絲兩眼發直的瞪著教室牆面，學校裡真的有非人存在！

她微顫著退後，驚慌的看著法海，「魑魅嗎？」

「不只。」他輕聲說著，「提高警覺吧。」

第五章

不只。

這兩個字實在令人生厭，為什麼不直接告訴她有些什麼呢？學校四周都設有結界，能潛進來的以魑魅最有可能，跟人類融為一體，本來就不畏結界可以自由進出。

為什麼會有這麼多魑魅在鎮上？什麼時候進來的？為什麼每個人都會自願與之結合，不惜被操控著就為了苟活，但是卻進而可能犧牲其他絕大部分的人。

芙拉蜜絲換上泳衣，心頭繫了好多塊石頭，心驚膽顫。

法海說得一點都沒錯，今天根本沒辦法上課，中午之前就發生了許多事件，較文靜內向的學生都被指為魑魅人，被暴打被群毆，狼狽不堪的被拖離學校。

以前稱之為霸凌的狀況現在變得合情合理，有多少是趁機挾怨報復的，大家都心知肚明，可是就因為「恐懼」，沒有老師敢錯放一人——誰能保證被檢舉的學生是否是魑魅？

凱利神父請的闇行使越晚來，只怕事情會更加嚴重。

學校暫時停課，因為老師跟教官人手不夠，必須把被檢舉的學生送去自治隊。剩下的人待在學校進行鍛鍊，如果鎮上真的有魑魅或妖類潛伏，就更要加強，以策安全。

「可惡！」芙拉蜜絲心浮氣躁，她厭惡什麼都不知道的感覺。

戴上泳帽，她決定來這邊游個十圈八圈，好好發洩一下怒氣與緊張感，伸手扭開水龍頭，原本想先沖個手的，但卻沒有水流下來。

搞什麼？她把水龍頭轉得更開，不過上方的蓮蓬頭或是下方的水管都沒有流下任何一滴水。直覺性的拍拍水管，水管卻傳來一陣嗚咽的聲響，但是感覺不到水流在流動。

「停水嗎？」她側耳貼著牆壁，好端端的怎麼會停水咧？

手指在出水口下沾著，還真的一滴水都沒有，剛剛在外頭洗手都沒問題，肯定是這間的管線出了狀況，她得去跟教官報告！

旋身要拿過擱在上頭的包包，卻看見自己伸手的指尖上帶著血。

咦！她受傷了嗎？芙拉蜜絲趕緊檢視指尖，不會痛啊，什麼時候受的傷……她向右下看著出水口，這不是她的血！

芙拉蜜絲立即蹲下身子，隨便撕過一張紙扭成細長狀就往出水口裡塞，抽出時驚見一片黏膩血紅！

有問題！她看著管線，水管裡有什麼嗎？妖類擁有各種變化，連魑魅都不知道確切形體為何，他們可以藏在任何地方，也沒人會知道。

水管……她緊皺著眉，源頭在哪裡？

「呀——」

外頭忽地一聲驚叫，伴隨著水花聲，嚇得芙拉蜜絲趕緊唰的拉開簾子，往外衝了出去！

一堆人站在泳池邊圍觀，竹內秀琦雙手交叉胸前的站在池邊，睨著被推下水池的女孩。

「怎麼看都知道妳一定是怪物！還不現出原形！」竹內秀琦指著裡頭的女孩說著，周圍的觀戲者都皺起眉，「其他人看什麼看啊？做自己的事啊！」

芙拉蜜絲趕緊趨前，竹內學姐早上照過面了，是對她挺有意見的，但被推下水的學姐並不是什麼文靜的女生，原來是竹內學姐平時死對頭，姜馨。

姜馨跟竹內秀琦向來不和，這大家都知道，不和的原因很無聊，芙拉蜜絲沒仔細研究聽過，通常不是成績就是男人，也或許是風光程度，純粹因為女王蜂只該有一個這種芝麻蒜皮大的小事。

「竹內！妳少血口噴人！」姜馨指向竹內秀琦，「不要以為我不知道你們在玩什麼把戲，故意利用這種機會亂檢舉人是怪物，根本變態啊你們！」

「我就覺得妳是，只是偽裝得很成功。」竹內秀琦挑了挑眉，「妳最近都沒有在教室裡吃便當，去吃了什麼？人類食物不合妳胃口？」

「我去吃什麼要妳管？我只是沒帶便當而已，礙到妳了？」姜馨向前走著，想要上岸，竟然被其他的學生用長柄拖把朝身子戳去，「喂，做什麼！」

「有人看見妳帶了便當，但是沒吃，倒掉了？」竹內秀琦繼續說著，「還有妳最近活動異常，什麼都要參與，開朗得讓我覺得很噁心！」

「我哪有倒掉！是哪個混帳說的！」姜馨忿怒的揮掉抵在她身上的拖把。

後方有個女生怯生生的往前，「我、我不是說妳倒掉，我沒這樣說……」

竹內秀琦倏地回頭，瞪著那個如驚弓之鳥的女孩，這又是哪來的！「妳哪班的？」

「我只是說妳帶便當到學校角落去，我們沒有說妳倒掉，真的！」學妹慌張的說著，一邊抬頭看向竹內秀琦，「學姐，妳不要亂講，我……」

「閉嘴啦！反正有嫌疑就舉發！」竹內秀琦竟一把將那個告密者學妹直接推進泳池裡，再指向了姜馨，「還是妳要打算現出原形，讓我們知道魑魅的厲害？」

芙拉蜜絲感到簡直不可思議，不悅的趨前，「喂！妳白痴嗎！她要是真的是魑魅還怕妳啊！」

大家不約同往她這邊望過來，站在角落觀看的江雨晨連忙跑過來拉住她，才說好不要招搖的啊，芙拉一見路不平又要拔刀了啦！

「喲，又是妳，芙拉蜜絲。」竹內秀琦冷冷的笑著，「怎麼？又要來談妳面對魑魅的經驗有多豐富，還是怎麼殲滅鬼獸的嗎？」

「魑魅不是那種小白兔小老鼠的，他們是怪物、惡鬼，要殺我們根本易如反掌！」芙拉蜜絲不爽的說著，「妳現在挑釁說要魑魅現身是在找死嗎？」

「我們會不知道嗎？是誰白痴啊？」竹內秀琦高傲的笑了起來，「芙拉，泳池子的水都是咒文加持過的，是在怕什麼啦！」

芙拉蜜絲轉向泳池，的確，每個進水孔都貼有符咒，所以連水都具有力量，萬一有鬼獸入侵也不敢碰水，但是、但是人們生活的一切幾乎都是為了「鬼獸」準備的，咒文、武器、加持術，可是對付鬼獸的東西，不一定能對付魑魅啊！

江雨晨搖著芙拉蜜絲，別說了別說了，說越多只是更讓她成為目標而已！但是無論她怎麼拽，芙拉蜜絲就是不為所動，她正在想著水管、想著水，想著管線裡是藏著什麼。

「這個水說不定只對鬼獸跟亡靈有效。」她幽幽的說著，凝視著波動的水面，「我們有許多咒語對付魑魅根本完全沒用，妳們真的以為平常練習的那些是萬能無敵的嗎？」

之前他們也傻傻的使用過，結果根本沒效！

這種理論對於沒有經驗的人根本不瞭解，女孩子們只是狐疑的看著芙拉蜜絲，長久以來大家的保護咒都有效果，她們不懂其中的差異。

「真瞭解。」竹內秀琦勾起邪惡的笑容，「說到底你們都好厲害喔，自治隊受這麼多訓練，遇到鬼獸死亡率都高達百分之六十，為什麼你們三個不但可以活下來，還可以把鬼獸解決掉啊……」

「就是。」一旁的學姐也答腔，「好像闇行使喔……」

芙拉蜜絲心一驚，媽呀不要太會猜！

「或是妖、還是魑魅？！」竹內秀琦繼續揚聲，「乾脆也檢舉她們好了，哪有面對妖獸還可以全身而退的，太扯了！」

什麼！江雨晨嚇了一跳，勾著芙拉蜜絲躲到她身後去，為什麼要針對她們！

「喂！不要太過分喔！」芙拉蜜絲立即擋在前頭，「話都隨便妳們說的，那幹嘛不說妳就是魑魅，為了挑撥離間所以在這裡引起騷動！」

這話果然引起大家的留意，說的也是，一整天都是她跟袁翔學長在那邊檢舉人，氣氛被他們搞得亂七八糟，學校還因此停課，這豈不符合魑魅最愛的：離間嗎？

「說得好，芙拉蜜絲！」在水裡的姜馨放聲大笑，一邊在水裡游著，「其實就是妳吧！妳才是真正的問題者。」

「胡說八道什麼！」竹內秀琦掀眉，抓過剛剛旁人手上的長拖把，就狠狠往姜馨身上戳，「先檢舉她，把她帶去給教官！」

姜馨哪會讓她得意，她已經到岸邊了，隻手撐住身子，藉著水的浮力一躍而起，冷不防抓住竹內秀琦的手，直接把她也拖進了水裡。

「哇呀——」竹內秀琦立即落進水裡，沒著泳衣的她弄得一身濕。「姜馨，妳幹什麼啊！」

「也看看妳是不是被魑魅附身的人啊，哈哈！」姜馨得意的笑著。

「我沒事，這水對我來說沒有殺傷力，很抱歉讓妳失望了！」竹內秀琦用力擊著水面，朝姜馨不停潑水，「我制服全濕了啦！」

「彼此彼此。」姜馨驕傲的說著，「水也沒傷到我，那也證明我不是魑魅了。」

是在……瞎攪和什麼啊！芙拉蜜絲覺得頭痛，剛剛她在說都沒人在聽嗎？這水只能對付鬼獸跟亡靈吧？別種妖類根本不見得奏效啊！

「芙拉！」江雨晨倏地緊握住她的手臂，「妳看泳池！」

泳池？芙拉蜜絲聞言定神瞧去，往前走了兩步忽然聽見噗嚕噗嚕的聲響，她抬起腳，腳底板正踩著一個水蓋口，其下傳來湍急的水聲，呼嚕呼嚕……狐疑的往圓孔蓋裡看去，倏地有個東西飛掠而去！

朝前？芙拉蜜絲立刻抬手直望，泳池的方向？

等一下！她倒抽一口氣，立馬衝上前，「離開泳池，快點！」

所有人往她這兒看過來，在水裡的學生們一陣困惑，芙拉蜜絲又是在喊些什麼，這烈火芙拉總是說風就是雨的。

「水……水在減少啊，大家沒看見嗎！」江雨晨也失聲喊了出來，「快點出來！」

水？經江雨晨這麼一喊，大家紛紛低首往泳池看，這才發現應該要到頸部的水現在已經在胸部了，其他學生下意識往排水孔看，水突然加速排放，傳來噗嚕噗嚕的聲響。

「快點離開，管線裡有東西——」芙拉蜜絲大喝著，「不要再看了！」

有東西！這個警告異常有用，就近的學生立即上岸，一個天藍泳帽的女孩在泳池中央，靠岸的比較慢，慌張的想趕緊跟上——咦？她突然感覺到腳底一抽，整個人猛地噗的沉進泳池裡，激起白色水花。

「怎麼？」剛上岸的同學嚇得回頭，就已經看不見同學了！「藍藍？」

緊接著還待在泳池裡的學生，倏地一個個都被扯下水去，強大的吸力突然襲捲了所有人！

「欸……」靠近排水孔的女生浮起掙扎，但整個人被往後吸去，「哇啊……救命！呀——」

「啊啊……」另一個叫藍藍的，就是剛剛被竹內秀琦扔下來的，她舉步維艱，加以水的浮力，眨眼間也被另一側的排水孔吸了過去。

「天哪！」竹內秀琦離岸近，早先抓住了岸邊，姜馨抓住她的腳，因為她身邊就有個方形的排水孔，正將她們兩個吸住！

而岸邊那些平常跟在竹內秀琦身邊的嘍囉們早就在尖叫聲中逃離，誰敢管她們的生死啊！

「救命！喂！拿東西來！」竹內秀琦尖叫著，「這吸力太大了，絕對有問題啊！」

有學妹邊哭邊喊邊跑，至少還懂得按下警示鈴，等等教官他們就會來幫忙了！芙拉蜜絲謹慎的湊前，看著四個排水孔像排水似的，將人吸了過去，排水孔是方形細鐵格紋的，一般泳池都會同時進水與放水，這種大排水孔是把水全洩光時才使用的，根本不可能開啊。

江雨晨已經跑去找放水閥了，擔心是有人刻意轉開，現在她們都寧願是有人惡作劇，因為這吸力根本不尋常，一般放水的話，再怎樣都不可能有這麼大的吸力！

「芙拉蜜絲！」竹內秀琦大叫著，死命攀著岸緣的手都泛白了。

「不要吵，妳們兩個還有東西拉！」芙拉蜜絲跑到另一邊去，「有人沉下去了！」

有學生被側邊的吸住，根本沉進了水裡，正在裡頭掙扎著！芙拉蜜絲左顧右盼的找到剛剛他們在戳人的拖把，就往水裡伸去，「抓住！聽得見嗎？趕快抓住！」

啪！女孩子及時抓住拖把柄，浮上來換了口氣，「呀呀——有東西抓住我的腳！救……噗……」

沒說話，她就被拉了下去。

抓住……芙拉蜜絲瞪圓了眼，管線裡果然有東西！

「哇呀！」姜馨的手鬆開了，她整個人向後倒去，卻被池底的排水孔抓住，直立的卡著，「我的腳！」

因為水正在減退，她不至於淹到口鼻，只是插在那兒而已。

芙拉蜜絲趕緊奔回，從包包裡拿出長鞭，得先把快淹死的那個人拉起來才行……女孩正在水裡漂浮掙扎，泳池裡有東西纏住了她的腳，像水草似的，緊緊抓住她的雙腳，而且用力的往裡頭拖！

所以不是排水孔吸住她們，是有東西拖著她們！

女孩子用力扭腰，她試著想要把腳上的東西剝掉，但是卻發現那像觸手的東西根本是眾多鬚條組成的，緊緊纏繞住她的腳……在排水管裡，有東西存在啊！

她驚恐的瞪圓雙眼，在鐵網的另一側，彷彿看見了圓溜溜的眼珠子……幾十個眼珠子，從另一頭看著她！

「噗——」她雙腳抵著鐵絲門努力抵著，她快沒氣了，誰來救她——

「喂！把手伸出來！」芙拉蜜絲站在岸邊喊著，鞭子入水是沒有足夠力道圈住她的手的。

「先救我啊，芙拉蜜絲！」姜馨高喊著。

「能呼吸的不要吵……」她焦急的回頭對擠在門口的人喊著。「喂，妳們幾個過來幫忙啊，先把學姐拉上去！」

女孩子們猶豫著，大家都戰戰兢兢，沒人敢上前一步，狀況有輕重緩急，芙拉蜜絲必須先幫這個快淹死的同學……但是、但是她不敢進入水裡，全身都在抗拒！

女孩留意到岸邊的芙拉蜜絲，她終於使勁將手伸出水面——芙拉蜜絲喜出望外，就要拋出鞭子。

說時遲那時快，女孩感覺腳上力道一緊，她整個人倏而被往鐵網裡拖了進去，無視於鐵網上的細格，她就這麼被硬生生扯了進去——唰！

大量紅血瞬間自排水孔裡湧出，那伸出水面的手霎時消失，水波劇烈激盪著，芙拉蜜絲甚至可以聽見鐵網破掉的金屬聲，然後池下就沒有任何學生的身影了……

姜馨驚愕的回首望著，血花甚大的水裡浮出了東西，一塊……兩塊……三塊……那像是被過窄的排水孔削下的肉塊皮膚，正一一的浮上水面。

最終，浮上的是那隻原本要抓住芙拉蜜絲的斷手。

芙拉蜜絲驚恐踉蹌的退離池邊，那個女孩居然被吸進孔裡！？

「啊呀——」泳池裡的跟上頭的女孩子們，幾乎同時失聲尖叫！

「叫什麼啊很吵耶！」怒斥聲倏地傳來，「快點去把人拉起來是不會喔！」

咦咦咦？芙拉蜜絲錯愕的看著從門外走進來的女孩，外表一樣是她熟悉的同學，柔弱甜美的江雨晨，但是那口吻她熟得很——當雨晨恐懼到極點時，會冒出的第二人格！

「快點啦！」她抓著鄰近女生的頭髮就往前推，「去把人拉起來！」

她粗暴的一個推著一個，女孩子又驚又懼的不明白學校有名的「柔水雨晨」發生了什麼事，怎麼變得這樣粗魯又兇悍？

「雨晨，學姐交給妳了，我來拉姜馨！」芙拉蜜絲倒是喜出望外，因為雨晨的第二人格既暴躁又天不怕地不怕，處理事情來比膽小的江雨晨快多了。

芙拉蜜絲揮出鞭子，纏住姜馨的胸際，試圖將她拉起。

「快點快點！」姜馨哭著說。

「不要急，妳的腳能不能動啊，妳不離開我沒半法拉！」芙拉蜜絲緊握著鞭子，把鞭子前頭朝自己手臂上繞了幾圈，用以固定。

「卡住了……有東西抓住我的腳！哇啊啊！什麼東西！」姜馨扭動著身子，歇斯底里，「真的有東西從水孔竄上來抓我的腳了！」

竹內秀琦被江雨晨等人急速的拉起，拖離了池邊，現在就剩下直立卡住的姜馨，跟剛剛那個叫藍藍的學妹了。

「有東西……」芙拉蜜絲咬著唇，「雨晨，妳的飛刀在水裡準嗎？」

「當然不準，刀子在水裡作用太低了。」江雨晨否決，「而且現在根本什麼都看不見！」

「不可能啊……水裡怎麼會有什麼！」上岸的竹內秀琦氣喘吁吁，「這水、水都經過咒文加持，蓋子上、磁磚上全是咒語，我……」

「是聽不懂芙拉蜜絲剛講的話嗎？這些咒語只對鬼獸、亡靈跟低等妖獸有用啊……呵呵……」

陰沉的聲音陡然傳來，咯咯笑聲帶著殘虐與喜不自勝……芙拉蜜絲全身僵直著，不是因為那些話語，而是因為聲音是從她身邊傳來的。

藍藍，所謂告密者已輕鬆的離開應該吸住她的排水孔，悠然浮出水面，她的四肢已然不是人類模樣，而是由無數細小肉條觸鬚般交錯而成，將她撐出水面。

那個學妹早已被魑魅附體了！

「下一個！」她大笑起來，江雨晨上前將芙拉蜜絲拉了向後，而插在孔蓋上的姜馨瞬間被往下拖了幾吋。

「啊——」姜馨感覺到腳趾頭進了孔，指尖的皮膚撕裂開了。「啊啊我的腳！」

紅色的血絲從下方徐徐冒出，姜馨腳下的排水孔與其他大片網狀的不同，那是個圓蓋，蓋上間隔距離刻有長條型的洞，正中央還有圓洞，姜馨的腳趾就是被吸入那圓孔中，連她的腳板都塞不進去的窄小。

「很痛嗎？」藍藍笑了起來，「那這樣呢……」

唰——姜馨整隻腳倏地被巨大的力量抽下，所有的骨頭頓時碎裂，塞不進圓孔的小腿肉頓時被削去，整團小腿肚撕離了她的骨頭，因為那圓洞只恰好能容納比骨頭大一點點的空間。

「——啊啊——」淒厲無比的慘叫聲傳來，才變粉紅的水頓時就冒出了一陣紅，姜馨整個身體往那小孔裡被拽去，她劇烈的抽搐著，不絕於耳的慘叫聲聽得出來她有多痛苦！

「可惡！」芙拉蜜絲俐落的將繫在姜馨身上的鞭子抽離，直接朝著藍藍那兒鞭了過去。

怎知藍藍竟然噗溜一聲直接潛進水裡，讓鞭子硬是打上水面激出水花，卻什麼都沒打到！

外頭終於有了聲響，幾個教官衝入，看見血色的泳池跟慘叫中的姜馨，一時還愣在原地，萬萬沒想到校內竟有魑魅！

「哇啊！哇啊啊啊——」姜馨逐漸的被往下拖，絲毫沒有停止的跡象，她的右小腿都已經被扯進了排水孔，左腳也被莫名的東西纏住，往那圓孔蓋上細小的彎月長條洞裡拉扯。

好痛，姜馨幾乎要痛到不能呼吸了，無數細條纏上她的腳，她知道彎月形的孔有多小，因劇痛而滿佈血絲的雙眼看著水裡猙獰笑著的魑魅，她知道……魑魅一定會將她整個人都拖進蓋子裡的。

「殺掉我！教官……」姜馨拚著最後一口氣厲聲喊著，「快點先殺我，我不想——」

唰啦，她的身體頓時向下一沉，水淹沒了她的慘叫聲，但是更多的血跟肉塊瞬間浮了上來。

「哪有這麼容易……」藍藍再度浮了起來，「那未免太沒意思了吧？」

「出……出去！」教官推著學生們，「全部都出去！離開這裡！」

「呀——」女學生們蜂擁著往門口擠去，竹內秀琦在攙扶下起身，渾身滴著水的她望著在水面下的姜馨，不停地發抖。

平常在學校鬥歸鬥，但那也只是高中生的意氣之爭而已啊，她從來、從來沒有想過這種事的！

「不可能……」她牙齒打顫著，「難道牌面是真的……」

「出去了啦聽不懂喔！」江雨晨忽然一把揪住竹內秀琦的衣領，極其粗暴的往後拖，「囉哩叭唆的！」

竹內秀琦連站都站不穩，腳跟著地的被拖行，然後江雨晨真的旋身把她「扔」向一團往外跑的學生們。

「想去哪裡？這個鎮就這麼大，你們誰都逃不了的！」藍藍囂張的笑了起來，可以看見她身邊的水突然急速減退，「這可是難得的饗宴啊！全部都是我們的食物！」

饗宴個頭啦！芙拉蜜絲冷不防再揮鞭，藍藍又想蹲下潛離，但她的速度更快，一鞭鞭上魑魅的頸子，但藍藍只是冷冷笑著。

「鬼獸咒文的武器，哼。」藍藍二話不說，將千萬肉條鬚反纏住芙拉蜜絲的鞭子，她急欲收鞭卻為時已晚。

對，鞭子的加持是對付鬼獸的，她一時忘記了……但是她有把金色小刀卻可以傷害魑魅，不過現在被拉住了她收不回來啊！

咒文呢？對付魑魅的咒文——芙拉蜜絲深吸了一口氣，開始唸唸有詞。

「芙拉蜜絲，妳做什麼！」教官其實相當卻步，他們用著自己熟悉的武器，不管是刀還是鏢朝藍藍射去，根本徒勞無功。「放手，放開鞭子！」

才不要！芙拉蜜絲緊抿著唇，這是她的戰友耶，哪有棄戰友而去的道理！

看著水面降下，姜馨已然奄奄一息，芙拉蜜絲沒辦法專心，看著池水染紅，肉塊浮動，她就覺得反胃！

「男人也很好吃。」藍藍轉紅的眼一笑，芙拉蜜絲打了個寒顫——男人？

唰唰唰唰……水管突然傳來摩擦聲，所有人一陣驚愕，順著聲音到處去看，芙拉蜜絲只感覺腳下在震動……她的腳下？

低首看著，她的腳正踩著那小小的、圓圓的排水孔——不會吧！

她大跳一步向後，說時遲那時快，無數肉條鬚倏地從排水孔裡竄出，直接朝芙拉蜜絲的腳撲來，而銀光閃爍，旁邊突殺出一刀，江雨晨手持大刀俐落砍斷一堆肉條鬚，俐落得令跌坐在地的芙拉蜜絲咋舌！

「站起來！」江雨晨大喊著，轉動刀子，一骨碌插進排水孔裡，「好恐怖超噁心的啦！」

芙拉蜜絲即刻滑步向前，也握住了那柄刀子，開始唸著對付魑魅的咒語。

「哇——」蓮蓬頭裡、水龍頭中紛紛噴出了細長肉條，它們疾速的捲上教官老師們的腳，不在更衣室附近的老師教官，也被地板上的排水孔肉條鬚給捲住！「住手！住——」

三年級教官被高高舉起，重重的朝更衣室裡的牆壁撞去，像是有人拿著個布娃娃朝牆面不停猛烈撞擊一般，只能聽見骨頭碎裂與血花四濺的聲響，一百九十公分高大壯碩的教官，一下接著一下的變扁、變薄、變碎。

另一頭的理化老師被硬扯往直徑只有十公分大的排水管裡塞去，慘叫聲不絕於耳，芙拉蜜絲顫抖著發現咒文似乎起不了太大作用，最多只是那肉條觸手沒有從她們面前這個孔上來而已！

「去幫老師！」芙拉蜜絲一把推開江雨晨。

兩個人分別向後滾離彼此，中間的排水孔再度竄上肉條鬚，芙拉蜜絲扣著自己的長鞭，必須先把長鞭抽回來……可是……她抵住地板，現在的她，竟直直被往前拖。

「啊啊——」江雨晨的大吼聲傳來，一刀斬斷教官身上的觸手，但是教官已經連頭顱都撞碎了。

回頭想要救理化老師，他的右腿已經全部塞進狹窄的排水孔裡了，沒有任何觸鬚可以砍啊！至於其他兩位教官，都已經被拖進水裡了，是哪裡來這麼多噁心的肉條鬚啊！

「馬的超嚇人的！」江雨晨手持的原本最擅長的飛刀，毫不猶豫的朝藍藍射去。

或許有恃無恐，藍藍不閃不躲，但當刀子插上身子時，金光乍現，她的臉龐即刻轉黑扭曲——「啊啊——這什麼！」

她瞬間鬆開所有的肉條鬚，胸前泛黑，痛苦的向後退了好幾步。

有效？芙拉蜜絲的鞭子一鬆，她也因為反作用力跟著踉蹌，看著一邊抱頭一邊喊好嚇人好害怕、同時又緊握大刀目露殺氣的江雨晨，雨晨的飛刀換過了嗎？居然對魑魅有作用？

不管，鞭子拿回來的話……她奔向自己地上的包包，她的金刀在背包裡！

藍藍哀鳴著，又羞又怒，江雨晨跑到排水孔邊想拖過理化老師，但是他右腿已成殘肉剩骨，氣息虛弱的倒在地上，推著江雨晨叫她走。

「不要囉唆，我現在很害怕你知道嗎？」江雨晨怒吼著，「我害怕可是會失控的！」

一邊吼，她一邊拖著老師離開。

「妳們兩個——防礙大餐的人就該先死！」藍藍的臉已經完全扭曲了，觸手再度活躍，

「把你們一一解決掉，我們就可以慢慢享用所有人了！」

所有人？芙拉蜜絲正將鞭子繫上一把金刀，卻對藍藍的怒吼感到困惑。

下一秒，池中的姜馨眨眼間消失了！

芙拉蜜絲在岸邊不遠，她是看著姜馨被往下拽去的，看見原來這樣的疾速拽扯，讓一個人通過排水孔蓋，竟會出現血肉泉般的景象——因為姜馨通過了那許多小孔，通不過去的骨頭擠成一團斷裂四散，就這麼堆在了池底。

她死了吧死了吧！芙拉蜜絲嚇得臉色蒼白，姜馨終於死了吧！

「嗚哇——」同時，理化老師的叫聲傳來，他雙手來不及扣住地板，左腿再度被攫抓，再往那小小的孔洞拖去。「江雨晨！」

「呀！還來！」江雨晨尖吼著，好像還帶了點哽咽，長刀一劃及時砍斷觸手，彎身才要再度脫離老師，觸手卻再度捲住老師的腳。

池水已乾，另兩個被拖進池裡的老師並未噤氣，他們被高高舉著，不撞擊不敲碎，藍藍用欣喜的神情讓細小的觸虛鑽進他們的眼耳口鼻，一點一點的虐待著他們。

「嗚——」兩個教官在觸鬚的緊縛下劇烈震顫，芙拉蜜絲只覺得作嘔，顫抖的手讓她綁不緊刀子，而且她忘記她現在離更衣室有多近。

近到從水龍頭裡伸出的粉色肉條，正密密麻麻的由後伸向她！

「芙拉蜜絲！」江雨晨正在與肉條拔河，那繩子就是理化老師，「妳後面！」

後面？芙拉蜜絲一驚，回身只見如花般敞開的肉條迎面撲來，下意識驚恐的緊握金刀就是一劃——金刀真的不大，長二十公分但是只是輕輕一劃，所有觸鬚立刻熔斷，還傳來焦味。跟江雨晨的長刀砍斷不同，她砍斷的肉條鬚還會再接再厲，但是現下那些斷口處是焦黑的，而且藍藍正在尖叫。

「嘎呀——」藍藍的臉已經看不見了，她的臉在蠕動，上頭有無數肉條在爬行似的，又驚又怒的吼著，「那是什麼……妳居然有……」

電光石火間，所有攻擊他人的肉條鬚全數收還，教官們摔入池底，老師腳上的觸鬚也回收，但芙拉蜜絲背後的更衣室每個蓮蓬頭跟水龍頭都竄出肉條鬚，她身邊的排水管裡也竄出——全部針對她一個人！

糟了！芙拉蜜絲被包圍了，她根本來不及啊！

瞪圓著眼看著肉條鬚停在自己面前，芙拉蜜絲僵直著身子，即使她手中擎著刀子，緊握長鞭，也來不及對付這突如其來、三百六十度的攻擊……但是，觸手在她周遭，卻沒有刺進、纏住或是觸及她一分一毫。

「誰！什麼人在！」藍藍歇斯底里的吼著，連聲音都開始變了，「為什麼出手妨礙！」

不能動？芙拉蜜絲不假思索，即刻以自己為圓心，手握金刀原地轉了一圈，將包圍住自己的觸手盡數砍斷。

「不不不——這不可能！」藍藍咆哮，但是身體還是沒動。

芙拉蜜絲鬆開刀子，用力握了握鞭子，平心靜氣……調整氣息，雖然近月餘沒練習，但是手感不該會忘，鞭子尾端現在繫著刀子，重量改變，卻可以更加明確的對準目標——深呼吸，芙拉蜜絲。

對付魑魅的咒語是什麼？昨天晚上才背了一個不是嗎？

右手悠然的抬起，芙拉蜜絲大幅度的揮動長鞭，每個人都有擅長的武器，她就是鞭子，從小到大都是鞭子，鞭子在她手上的揮動像跳舞般，流暢、優雅，而且準確。

金刀在藍藍身上硬是劃了許多刀，連遠處的江雨晨都可以聽見皮膚綻裂的聲音，有什麼東西在藍藍體內蠢蠢欲動，不過芙拉蜜絲知道，怎麼能給魑魅脫身的時間？

高舉起手，輕震手腕，長鞭一個迴旋，尾端的金刀直接穿過藍藍的咽喉，然後芙拉蜜絲不收鞭。

她的身體正發熱，指尖也是熱的，所以鞭子也呈現高溫，消滅魑魅的咒語在嘴中不停的唸著，專心一志……法海教過的，她現在必須心無旁鶩，只要專心想著怎麼解決這殺千刀的魑魅！

啪啪！兩聲擊掌倏地自更衣室的入口傳來。

「好了，芙拉蜜絲。」那聲音清揚，江雨晨目瞪口呆的看著從女性更衣室外走出的金髮男孩。「妳也是，江雨晨。」

法海朝著江雨晨一彈指，她連多餘的動作都沒有，手上刀子一鬆，鏗鏘落地，整個人倏地跌在幾乎失去意識的理化老師身上。

但芙拉蜜絲沒有聽見，她的鞭子正轉成橘紅色，如紅炭般的豔麗。

「夠了。」冰冷的手背裹住她持鞭的手，「自治隊要上來了。」

芙拉蜜絲瞪圓了眼，冰冷的手為她收鞭，魑魅跟一灘爛泥似的落進池底，但是還沒有消滅啊！

「喂，你做什麼，那個東西還沒——」她轉過身，眼前瞬間一片黑。

法海輕柔的抱住她軟下的身子，另一組蹦蹦跳跳的足音傳了進來；身上壓著江雨晨的理化老師眼界迷濛，但是那個男孩子……好像是法海的弟弟吧？

「把她的刀子收起來。」法海扳開芙拉的手，把鞭子握柄遞出去。「你不要碰到刀子。」

「是。」許仙小心翼翼的取過鞭子，忽地抬頭，「他們進這一棟樓了喔！」

「嗯。」法海直接將芙拉蜜絲往地上一扔，走向了池邊，泳池裡殘餘著水，裡頭有著數具屍體，一堆碎肉塊，還有一個傷痕累累的女孩。

另一邊的洋娃娃男孩則歪著頭看著側躺在地板上的理化老師，一步步的逼近，閃爍的雙眸發現到似乎依然存有意識的老師，他蹲了下來。

「嗨。」男孩劃滿應該可愛至極的笑容，卻透露出些許貪婪的光芒。

為什麼……小學部的人會在這裡呢？這是理化老師最後一個念頭。

「嗚……」藍藍淒楚的抬起頭，渾身是傷，楚楚可憐的看著岸上，「法海……法海學長，這是怎麼回事？」

法海瞇起眼，微微笑著。

「再演就不像了。」

嘎呀——

第六章

校園內的魑魅事件完全印證了凱利神父的話，鎮上真的有潛伏者，藍藍的父母哭得泣不成聲，他們不敢相信自己的女兒原來早就被附身，一點兒異狀都沒有，生活起居完全跟以前一樣啊。

芙拉蜜絲套上制服，她處在保健室裡，醒來時已經在這裡了，身上沒有什麼傷口，她記得自己正專心唸咒語，尚未完成就被打斷了。

法海，他是怎麼進女子更衣室的啊！

攤開雙手手掌，再用力緊握，之前的無力感已經不在了，今天揮鞭的手感也還算熟悉，只是力道的確不足，這就是一個多月沒練習的結果！

有沒有把魑魅解決掉她不知道，但是門外的騷動未曾歇止，她知道外面絕對有人在等她，自治隊勢必已經介入，而有學生被附身的事情傳開，現在整個鎮上已經風聲鶴唳。

她要交代什麼？她記得的部分嗎？啊啊，還有雨晨呢？她突然暴走，好多人都看見了，江雨晨與她從小一起長大，一水一火，溫柔如水又聰穎的她被人稱做「柔水雨晨」，就是那似水般的溫柔，根本不可能會扛著長刀，動作粗暴。

被他人看到那個樣子的她，芙拉蜜絲覺得一點都不妥當。

剛醒來時只有她一個人，簾子是拉起來的，她動作故意放得很輕，因為不確定保健室老師是否有在裡頭；制服疊好放在一旁，但是她袋子裡的武器不見了，這讓她有些惱火。

偷偷掀開簾子一角，座位上沒有護士……

「偷看什麼？」唰啦簾子猛然被拉開，她嚇得摀住嘴，差點叫出聲。

法海帶著優雅的笑容，慵懶的伸了個懶腰。

「你、你怎麼在這裡？」她壓低聲音說著。

「我在隔壁床啊，身體不舒服。」法海說得自然，「老師剛剛出去了，要去幫忙安撫目擊學生，但是他們把保健室鎖上了。」

「鎖上？」芙拉蜜絲瞪向門，「我是犯人嗎？」

「保護目擊者的安全。」法海皮笑肉不笑的說著，眼裡帶著嘲諷，「睡飽了嗎？有哪裡不舒服？」

芙拉蜜絲心生不悅，瞥著法海搖搖頭，「我沒什麼事……也沒受傷，其他人呢？」

「還沒死的都送醫了，其他還在收集，畢竟整個泳池都是肉塊！」法海看著擺在地上的袋子，「嗯？鞭子被拿走了？」

「就是！」她噘起嘴，「無緣無故幹嘛拿我的武器？萬一現在有怪物來了我怎麼辦？」

「怪物？」法海忽地揚起眉角，「我嗎？」

芙拉蜜絲怔了一下，登時滿臉通紅，「我不是那個意思啦！我是說……」

「妳的確是該擔心。」法海卻笑開了顏，「遇上我可不是鞭子或是那柄刀子就能解決的喔！」

笑什麼啦！芙拉蜜絲咬著唇，法海知不知道自己笑起來超好看的，會害人心跳加速，超電人的！

他的笑、他的聲音，他甚至輕蔑的勾起嘴角，都是王子系啊！

「咦？等等。」她忽地斂起神色。「喂，剛剛你是到女生泳池嗎？跑去阻礙我？」

「我是幫妳，芙拉蜜絲小姐。」法海往她床上一坐，「妳希望自治隊闖進來時，看見被除掉的魑魅，還有發光的身體跟鞭子嗎？」

啊！對厚！如果被看見，再白痴也知道她是闇行使了！芙拉蜜絲趕緊也坐下，很感激的望著法海。

「謝謝你，我真的沒想到！」她放軟了聲音，「我只想著要快點把魑魅除掉，要不然說不定我跟雨晨都會慘遭不測……咦？那個魑魅突然像不能動似的，也是你做的嗎？」

「這件事不能說喔。」法海上身前傾，逼近了她，「關於我的部分，一句話都不能說。」

幹嘛這麼近！芙拉蜜絲往後縮了身子，「知、知道啦……」

「江雨晨的記憶我處理了，妳只要記得說自己攻擊到一半失去意識，然後就什麼都不知道了，懂嗎？」法海綠色的眸子睇凝著她，「再多問其他，妳就把事情都推到水管上去，很多東西會從水管流走的。」

「水管？人都被拖走了當然啊！」她努力回想著，「對啊，莫名其妙為什麼我又會失去意識？」

「靈力耗損。」法海回答得極快，「妳還沒經過修練，只是用蠻力亂闖亂碰，要不是有我，妳現在應該已經被分屍了。」

「唔……」芙拉蜜絲微微一顫一顫身子，法海的話讓她想起姜馨的慘叫，被撞成爛泥的教官還有活生生被扯進排水孔的理化老師。

那些血肉橫飛的畫面，伴隨著魑魅的笑聲，都只是叫她膽寒。

「嗯……我該走了。」法海站起身，「妳加油。」

「咦咦咦！」芙拉蜜絲跳了起來，「你不留下來陪我喔！」

法海回身，眼神朝門的方向瞟去，「護花使者來了，用不到我。」

護花？芙拉蜜絲才在錯愕，果然聽見開門聲，她錯愕的拉開另一端的簾子，保健室門一開，先衝進來的是鐘朝暐。

「芙拉！」他緊張兮兮的要朝她奔來，卻被後面的人攔住。

「不要過去！她現在是證人。」堺真里將鐘朝暐逮到外面去，「看好他，不要讓他亂跑。」

看著堺真里步入，芙拉蜜絲心頭卻在緊張法海，他在旁邊那張床嗎？等等真里大哥會不會先一一搜查啊！

「衣服都換好了喔？」堺真里留意到她眼神向左飄移，「妳在找什麼？」

「啊？沒有啊！」芙拉蜜絲搖搖頭。

堺真里看向隔壁拉起的簾子，不經思索的直接大步向前，芙拉蜜絲映在他身後的粉拳緊握，看他俐落的掀開簾子——空無一人。

怎麼會？芙拉蜜絲驚愕的望著其他床，其他床都是空的，保健室只有一個門口，法海人呢？窗戶在高處，現在緊閉，他也不可能這麼快就爬出去啊？是躲到哪裡去了？

「雨晨呢？」她先提問。

「雨晨人在醫院，理化老師正在急救，後者狀況不理想。」堺真里輕嘆著氣，「妳呢？我知道妳沒受傷，其他狀況呢？」

「好得很。」她點點頭，「別的教官跟老師……」

「根本分不清楚誰是誰了。」堺真里走到她身邊，為她拎起包包，「走吧，妳得到現場一趟。」

「沒問題。」芙拉蜜絲突地伸手握住自己的包包帶子，「我自己來就好了。」

堺真里嗅出一絲敵意，芙拉不高興？他鬆開手，她果然用力拽回包包。「怎麼了？」

「我的鞭子跟刀子呢？」她也直言不諱，「我是目擊者不是加害者，憑什麼沒收我的鞭子！」

唉呀，堺真里痛苦扶額，就知道該是這麼回事。

「我也沒辦法，這是鎮長的意思，現在大家草木皆兵，事情沒清楚前把所有武器都沒收了……江雨晨的也是。」堺真里趕緊安撫她，「先別急著動怒，因為魑魅的事搞得人心惶惶，一下午死了幾個人？泳池那邊才可怕，一堆人等著聽妳的說詞，想知道妳跟魑魅間發生了什麼事！」

「哪有什麼事？」芙拉蜜絲咬著唇，「就沒人為我活下來高興嗎？」

「芙拉，現在所有人腦子裡想的就只有一件事，」堺真里眉頭深鎖，「眼前的人是不是魑魅附體。」

嘖！芙拉蜜絲將包包揹上肩，能活著都是法海出手，要不是法海她現在早已被吃掉……而且還死得異常痛苦，說不定連雨晨都不在了！

然後呢？又要被當嫌疑犯受審嗎？什麼東西！

她帶著滿臉不爽的進入泳池，外頭繞了三道封鎖線，黃色是普通的，藍色封鎖線上面有可以傷害低等妖獸或魔物的咒語，自治隊使用一道黃兩道藍，芙拉蜜絲睨了幾條封鎖線一眼，實在很想說，大家到底知不知道那些對魑魅沒有用啊！附身在人的身上，那就是人啊！

果不其然，泳池邊站了一堆非相關人士，鎮長跟一些代表們，連凱利神父都到了。

她連正眼都不想瞧他們，逕自看著滿地的鮮血淋漓，理化老師被拉進去的排水孔邊緣還沾黏著肉屑，地上的肉塊都被清理乾淨了；被砸爛的教官也被帶走，部分濺出的小碎塊依然沾在簾子上。

走到泳池邊，將姜馨拉下去的圓孔蓋分毫未動，鐵製的圓形孔蓋，中間一個圓洞，兩旁彎月狀，真的難以想像一個好好的人能這樣穿過蓋子上的小洞，被扯成無數塊，能通過這孔洞的部分僅有少數。

牆邊的方形網狀孔更噁心，四周都是殘屑，有個女孩也在裡頭死於非命。

「這邊有兩個教官跟老師……」她指向池底，「我記得有被摔下來……」

「我們到的時候他們已經往生了。」堺真里上前，「最後現場唯一活下來的只有妳、江雨晨跟理化老師。」

呼……芙拉蜜絲吁了口氣，也發現當時其他女學生都默默的聚在一旁，坐在泳池邊的看台區。

「芙拉蜜絲。」導師走了過來，「大家有話要問妳。」

「嗯。」她板著臉，勉為其難的轉過身，朝著鎮長他們走去。

眼睛瞟著那群女學生，竹內秀琦也在，正低垂著頭蒼白著臉色，看起來很害怕的模樣，一反早上囂張的姿態。

「要問什麼？」她沒好氣的一一掃視鎮長、相關代表、家長會長等人，最後視線落在凱利神父身上，「神父，出大事了，你的闇行使到了沒？」

「芙拉！」主任低斥，怎麼對神父這麼沒禮貌。

「欸，沒關係，學生受到驚嚇了嘛，芙拉蜜絲好不容易才活下來的。」凱利神父立刻和藹上前，「闇行使明天就會到了……我沒想到會發生這樣的事，真的！」

「芙拉蜜絲，說說事情的經過吧。」導師溫和的站在她身邊。

「她們都說了吧！」芙拉蜜絲直接指向一大群目擊者，「她們看得比我清楚，我急著要救人，很多事看不清楚。」

「她們是都瞧見了，不過也只到妳跟魍魅面對面，教官後來到了之後就把大家都趕出去了。」主任認真的望著她。

芙拉蜜絲深吸了一口氣，簡單的述說當時狀況，她只說了自己眼界看見的，從排水孔被扯走吸走的姜馨、老師，被控制著往牆上撞的教官，還有另外兩個被肉條鬚鑽進體內的。順便強調鞭子無效，水也無效，太多咒文是為了鬼獸設置，卻忽略了高等魍魅是可以抗拒的。

「但是妳傷了魍魅？」鎮長秘書手裡握著她的鞭子，「用這樣的鞭子？」

「啊！我的東西！」她二話不說上前就要搶下，鎮長身邊的人居然出面擋住她，「喂！那是我的武器耶！」

「先回答我們。」鎮長開口了，用近乎鄙夷的口吻，「妳用這個只對鬼獸有效的鞭子，傷害了魍魅？」

芙拉蜜絲眸子轉為銳利，她可以猜得到大家在懷疑什麼，想知道什麼。

「不，當然不是。」她揚起笑容，「都說沒效了怎麼可能傷得了魑魅，你們腦子不清楚嗎？能傷害魑魅的是鞭子尾端繫著的刀子。」

金刀？秘書將刀子擱在掌心反覆看著，不過這柄刻滿花紋的刀子，居然有此功效，「是法器嗎？」

「嗯，似乎是可以對付魑魅的法器。」堺真里上前說明，「上次在萬人林裡時，芙拉就是靠這把刀逃出生天的。」

當然，還加上她與生俱來的靈力，但這點不能說。

「原來啊……」鎮長拿起刀子端詳著，「那最後呢？」

「嗯？最後？」芙拉蜜絲聳了聳肩，「我跟魑魅對戰到一半，她是受傷了，可是也拉住我的鞭子……後來我只覺得眼前一片黑，醒來就在保健室了。」

在場眾人莫不錯愕，彼此驚訝的交換眼神，「就這樣？」

「嗯……對啊，我昏過去了。」芙拉蜜絲認真的回應著，轉向堺真里，「那魑魅解決了嗎？」

堺真里眼神閃過一絲驚詫，「不……魑魅不是妳解決的嗎？」

芙拉蜜絲驚愕的眨眨眼，現在是在說什麼？

「我不懂。」她極速搖著頭，「刀子是傷到了魑魅，但是她沒有被殲滅啊，她還在泳池裡——」

「她不在這裡。」堺真里激動問著，「妳沒有殲滅她？」

芙拉蜜絲搖了搖頭，「沒有……我昏過去前她是活著的——」

法海？她心裡閃過一股聲音，當時只有法海在場，她昏過去後，法海把魑魅解決了嗎？但是她什麼都不能說，法海還特地交代，不能說出他在現場的事，問題是你這樣害到我耶！

現場果然起了騷動，因為自治隊抵達現場時除了屍體之外，沒有任何非人的蹤影，就算是被附身的藍藍也不在現場，這豈不是代表被附身的女學生還在外面遊蕩……隨時會傷害人啊！

「芙拉，妳確定妳沒有殺掉那個學生？」堺真里箝住她的雙肩。

「沒……我來不及！」芙拉蜜絲肯定的說著，「藍藍還是人形的樣子，或有裂開，但是我連魑魅的本體都沒看見！」

她也慌張的看著泳池，被附身的人幾乎都是維持人類的模樣，半人半魑魅的，非到不得已的狀況，魑魅不會把原形現出來……看著池底殘餘的血水，芙拉蜜絲想起法海交代她的。

他說的水管原來是指魑魅逃走嗎？他怎麼可能讓魑魅逃離？

「有循著水管去找嗎？剛剛水沒這麼少。」她指向壁上的大洞，「那個網子之前因為魑魅將一個女生拖進去時弄壞了，說不定她順著水管流走了。」

「水管……」堺真里立即發號施令，「快順著水管流去找！就算屍體也要撈出來！」

兩組小隊即刻出發，鎮長跟代表們眉頭深鎖，祈禱著魑魅已亡，而不是帶傷還在鎮裡亂竄！

「如果還活著就麻煩了！」代表問向芙拉蜜絲，「怎麼沒有除掉呢？」

「……欸，我要是這麼厲害，那還要闖行使幹嘛？」芙拉蜜絲心虛的應著，「我是學生耶，這好像不是我該負責的吧！」

代表一怔，有些難為情的別過頭。

「是啊，芙拉蜜絲的確很有一套，但她還只是個學生，這不是她該負責的事，她已經盡力了！」導師連忙幫她說話，「她不但沒有錯，相對地我覺得應該要表揚她試圖救大家的行為！」

就剛剛目擊學生的說詞而言，芙拉蜜絲真的救下許多人！

「還有雨晨啊，她救了竹內學姐也救了老師！」芙拉蜜絲邊說，立刻指向竹內秀琦，「學姐對吧！」

竹內秀琦深吸了一口氣，點點頭，遲疑的走了出來，「其實她們可以逃的，但真的是為了大家所以冒著危險跟魑魅對戰。」

「說到底也是危險，下次不該這麼莽撞，妳們都是珍貴的女性，應該先逃再說。」主任邊說，一邊把鞭子遞向前，「若不是芙拉蜜絲有法器，只怕也不敢這麼冒險吧？」

芙拉蜜絲趕緊上前，想拿回自己的東西。

「等等。」鎮長忽然拿過鞭子跟刀子，反覆端詳，「這刀子是哪裡來的？為什麼妳會有這種東西？」

金刀上面刻滿符號紋路或是咒文，其實鎮長看不太懂，他只是狐疑，其他人也紛紛聚過來，對付魑魅的法器甚少，闇行使若是要販售總是高價，鮮少人願意花大錢去買呢。

芙拉蜜絲偷偷瞥了堺真里一眼，他也走上前去，「法器到處都有，這是班奈狄克大哥在別的鎮買到的，不過當初只覺得像古董，沒想到意外有這效能。」

「是嗎？」鎮長反覆望著，旋身走向凱利神父，「神父，您要不要看看？」

鎮長攤開掌心，鞭子跟刀子就擱在他手上，凱利神父鎮定的望著，搖了搖頭，「不必了，能有效就好，這不是什麼邪物。」

他揮揮手別過了頭，然後緩步走向了泳池。芙拉蜜絲趁機上前一把搶過鎮長掌心上的東西，充分表達出自己的不悅，鎮長還有些微惱的瞪著她，彷彿在責怪她的態度。

「這是我的東西！」她再三強調。

「怎麼可……居然會有這種事……」站在池邊的凱利神父喃喃自語，深鎖的眉頭滿是憂慮。

「被附身的人本來就難以察覺，只是沒想到會在學校裡大開殺戒。」自治隊也趨前，「或許是肚子餓了。」

「是啊……是啊……」凱利神父點著頭，還是一臉費解的模樣。

「真里哥，那我可以走了沒？」芙拉蜜絲跑了過來，「我不想待在這裡，跟犯人似的。」

「啊，應該可以了。」堺真里轉頭看向鎮長他們，正圍成一圈在激烈討論著。

教官們吆喝著目擊的女學生，她們也可以回家了，每個女生都在發抖，看著同學那種被吸進排水孔的死狀，任誰都會恐懼。

「堺隊長。」鎮長忽地轉過來，面容凝重。「我們必須實行紅色警戒。」

「紅色警戒？」堺真里嚇了一跳，「全數管制嗎？」

「對，鎮上的進出都要嚴格審核！只進不出！」鎮長嚴肅的說著，「凱利神父請的闇行使就快到了，不能讓魑魅有逃離的機會，封鎖鎮上才能一併解決。」

哇塞，芙拉蜜絲暗暗吃驚，紅色警戒是指很嚴重的狀況，整個鎮上會進入鎖鎮狀態，任何人不得進出，除非特殊份子或擁有特別命令的人，無論白天夜晚都進入非常狀態。

「我贊成。」凱利神父忽地旋身，踅回，「這是必要手段，不能讓魑魅有逃離的機會，不但要封鎖整個鎮，我還希望大家能到教堂一趟。」

「到教堂做什麼？」堺真里不解，「不是每個人的信仰都一樣。」

「但是我的神顯現神蹟了！」凱利神父認真的說，「我相信真正的魑魅是不敢進教堂的。」

是嗎？芙拉蜜絲滿心懷疑，那個教堂都已經黑氣重重，誰曉得裡面有什麼啊？她挑著眉在後面看著凱利神父，神父都不是闇行使，無法察覺出教堂哪裡有異狀，不過她可以確定，教堂裡的亡魂淒厲聲總是不絕於耳，伴隨著鐘聲慘叫著。

「附身在人類身上的魑魅，並不會畏懼教堂吧？」堺真里提出中肯見解。

「不……顯靈的神像或許有作用！」鎮長竟然贊同凱利神父，「隊長，我們擁有多少對付魑魅的東西？」

「不多，畢竟所費不貲。」

「所以就讓大家到教堂來，沾取神蹟之淚，無論如何，非人不可能承受神之淚。」凱利神父恭敬沉穩的說著。

「這個簡單，好！」鎮長立即同意，「我現在就去召開臨時會，隊長，麻煩你儘快準備，紅色警戒一旦通過，我們就要即時進入鎖鎮。」

「是。」堺真里頷首，就等命令。

每個城鎮雖有鎮長，但還是民主社會，有八個代表與鎮長同時決議，並須超過三分之二票贊同才能實施，任何大事小事亦然。

「教堂巡禮要快，就定在明天。」凱利神父接著開口，「闇行使稍晚就到了，也能順便讓他給予大家護身符。」

「嗯，一次辦妥，也比較不會引起騷動！」鎮長點頭，甚為同意，「那就這麼做了，趕快去召集代表們。」

秘書領命，疾速離去，芙拉蜜絲將鞭子妥當的繞在腰後，揹上包包也準備離開。

「我要去醫院看雨晨！」芙拉蜜絲跟堺真里說著，「她醒的話我就順便接她回去了！」

「不行！」堺真里沒回話，凱利神父倒是出聲了，「那個女的不能離開！」

什麼？芙拉蜜絲不可思議的回頭看向神父，「為什麼？」

「所有人都見到了，她有反常態，與平時不同，恐怕正是異端！」凱利神父振振有詞，「我剛剛已經請鎮長擬好命令先拘禁她了！絕對不能讓她離開！」

「什麼異端！她是我同學耶！」芙拉蜜絲氣急敗壞的嚷著，「喂，她剛剛救了多少人，真有問題早就一起殺了！」

「個性丕變，還沒有問題？妳說同學……剛剛在這裡大開殺戒的，也是學生啊！」令人訝異的，答腔的是別的自治隊員，「芙拉，我們都知道妳跟雨晨要好，但是她真的太奇怪了，所有目擊學生都說那根本不是江雨晨！」

不是江雨晨！這句話是多麼嚴重的指控！說得就像是江雨晨被附身了，所以才有不同的性格表現！芙拉蜜絲領悟到現實狀況的嚴重性，但她又不能說出雨晨之前就有類似的狀況！恐懼到某個極點，就會變樣嘛！但她、她絕對沒有被附身！

「大……」她轉而向堺真里求助。

堺真里卻抵住她的身體，擰起的眉心用眼神示意搖頭，江雨晨的狀況沒有辦法開脫，十幾個同學舉證歷歷，那個粗魯的江雨晨不是溫柔的她啊！

「回去，待在家裡，靜觀其變。」他只說了這幾個字，遠遠的招手，「鐘朝暐！過來！送芙拉回去！」

「我不要！我自己會走！」芙拉蜜絲甩開堺真里的手，她知道真里大哥職責所在，但是現在這個草木皆兵的時候，萬一江雨晨被誤認為異端——天哪！

鐘朝暐奔了過來，想幫芙拉蜜絲接過袋子也被拒絕，他明白她的心情，也只能低聲安慰，要她千萬稍安勿躁。

「現在大家不會錯放，妳要是也蹚進這件事，我們就很難幫雨晨了。」

芙拉蜜絲緊抿著唇點點頭，她懂。「我知道，所以我沒在那邊鬧……」

「先走吧，這裡簡直是是非之地。」鐘朝暐拉過她的手臂，趕緊離開。

外頭幾個自治隊的人奔進來，伴隨著大喊，「報告，醫院剛傳來消息，理化老師過世了！」

過世了！芙拉蜜絲難受的低下頭，傷成那樣子，股動脈的出血的確難救，但是她原本希望還是可以多少救到任何一個人的！

「不要難過……」鐘朝暐趕緊安慰她，「我聽說發現老師時就已經知道救活的機率很小了。」

她只是點點頭，人總是會存著一絲希望。

走出泳池館時，樓梯口竟然站了竹內秀琦，她煞有其事的瞥了她一眼，然後旋身往樓梯下走去。

眼神交會的瞬間，芙拉蜜絲就明白。

「你慢慢走，我先下去！」芙拉蜜絲邊說，立刻往下跑。

「欸，妳要去哪裡？」鐘朝暐狐疑的問著已經疾走下樓的她。

芙拉蜜絲回頭，比了個噓，什麼話也不說又三步併作兩步的衝下樓了；竹內秀琦走得極快，芙拉蜜絲連忙追下去都不見身影，直到要下到一樓時，才發現竹內秀琦站在那兒，若有所指的看著她。

芙拉蜜絲不由得停下腳步，看著學姐的眼神，順著注意到掉落樓梯間的紙張。

緩步走下三階，她彎身拾起，竟然是一張塔羅牌——這是什麼意思？芙拉蜜絲驚訝的抬首看向竹內秀琦，她只是微微頷首，即刻旋身就往外跑走。

樓上傳來足音，她趕緊將塔羅牌收進口袋裡，假裝從容的繼續往下走。

「芙拉？」下樓的是鐘朝暐，他仍舊一臉疑惑。

「沒事啦！」她回首，假裝若無其事，放在口袋的手不肯拿出，想確定塔羅牌不會掉出來。

鐘朝暐自然相當狐疑，他邊走下來一邊左顧右盼，附近是沒什麼人了，竹內學姐早就已經離開了校舍，她的確不想讓人注意到，但是就鐘朝暐對芙拉蜜絲的瞭解，她那模樣鐵定有事，只是不想說。

走出校舍大樓外面時，只剩下零星幾個學生在，比較意外的是角落裡竟然站著袁翔學長，像是監視般的盯著她。

「他們今天抓了幾個去自治隊？」她問著鐘朝暐。

「十幾個，加上竹內學姐檢舉的，今天全校一共檢舉了二十一個人。」鐘朝暐也義憤填膺，「現在連雨晨都被捲進去……」

「雨晨比被檢舉的人還慘，她在大家面前都展現出第二人格的樣子，也動手了，任何人都會覺得她有問題！」芙拉蜜絲最擔心的是這個，「最可怕的是一旦雨晨醒來，說一句她什麼都不記得就更糟了！」

要說她被附體全部的人都信！只要大家恐慌一點、再恐懼一些，就可以將她殺掉！因為處決附身者是不違法的！

「芙拉姐姐！」

興奮的叫聲突然傳來，洋娃娃男孩直接從門口奔了過來，芙拉蜜絲愣了一下，趕緊抱住衝過來的男孩！

「許仙！」她驚呼一聲，抬首向前，校門口邊站著金髮少年，倚著校門口邊的柱子，看起來甚是開心。

綠色的眼睛都笑彎了，懷裡的許仙也超開心的樣子。「我叫 Du Xuan！」

「好好。」芙拉蜜絲朝可愛的男孩笑著，眼神仍然停在法海身上。

鐘朝暐倒是一見到法海就變臉，他為什麼還在這裡？難得有機會送芙拉回去，早應該回家的人為什麼還在這兒？

「真不錯，全身而退嘛！」他難得一臉神采飛揚，「我還以為會看見妳被自治隊押出來呢！」

「喂！你講話客氣點！」鐘朝暐不高興的上前，「雨晨現在就被關在裡面你知道嗎？」

「所以？」法海冷冷望著他，「我的錯？」

「你——」鐘朝暐掄起拳頭作狀攻擊，芙拉蜜絲立刻伸手擋在法海面前。

「朝暐，不要鬧啦！」她咕噥著，「你幹嘛每次看見法海都這樣劍拔弩張的？他又沒惹你！」

沒惹他？是啊，嚴格說起來他們是井水不犯河水，但是芙拉對法海特別好、特別親近就是犯到他了！

「我就是不喜歡他。」鐘朝暐倒也明白，「妳都不覺得他怪怪的嗎？」

「鐘朝暐！」芙拉蜜絲沒好氣的唸著，「好啦好啦，你先回去，我有事要跟法海說！」

「回……芙拉，我是要送妳回家！」鐘朝暐直接拉過芙拉蜜絲的手往校外走，「快走，真里大哥交代的。」

啪！白皙的大手直接扣住鐘朝暐，法海依然八風吹不動的站在原地，朝著他送上笑容。

「我會送她回去的，保證送到家門口。」法海邊說，一邊輕而易舉的拉開鐘朝暐。

他看起來幾乎沒有施什麼力道，但是鐘朝暐卻連堅持都做不到，直接被拽開，還因此踉蹌了好幾步。

「我有事要跟法海說啦！他會送我回……」芙拉蜜絲認真的催促鐘朝暐走，「不對，我自己會回家，幹嘛要你們送啊！」

「芙拉！」鐘朝暐相當氣餒，連她都趕他走！好不容易有的機會為什麼要平白無故拱手讓人啊！

法海勾著嘴角向他招手，還催促腳邊的男孩一起禮貌的跟人家揮手說再見。

掰掰，許仙露出迷人酒窩的笑容。

芙拉蜜絲倒是一副不耐煩的樣子揮手趕人，她有急事要談，朝暐是在這裡耗什麼時間啦！鐘朝暐忍著一肚子悶氣，轉身離開，如果芙拉有想要他留就算了，問題是她真的一臉巴不得他趕快走的樣子。

「喂！」看著鐘朝暐有段距離了，芙拉蜜絲立刻轉向法海，「你要幫我救雨晨！」

「急什麼？她目前還算平安。」法海噙著笑意，終於邁開步伐，「有那位堺真里大哥在，他不會讓人傷害到她的。」

「那是現在！誰曉得接下來會發生什麼事？」芙拉蜜絲緊張兮兮的說，「萬一大家把她當作魑魅附身殺掉怎麼辦？」

「闇行使不是要來了？是與不是他們一看就知道。」法海倒是放心得很。

「喂……」芙拉蜜絲急得跟熱鍋上的螞蟻一樣，他倒是都不急，「奇怪了。你今天心情很好厚？」

「有嗎？」法海回答時，表情可輕揚了。

「有，絕對確定有！」芙拉蜜絲連被牽著的小男孩都瞄了，「連許仙也都是！」

「小孩子本來就很容易開心。」法海今天連眼睛都笑彎了，「不過我今天倒是遇到好事情。」

「今天還能有好事？」芙拉蜜絲現在聽到別人發生好事，一點都無法為別人高興！

嗯哼。法海挑高了眉，看起來真的是喜上眉梢，對比鎮上人煙稀少，一片死寂；不遠處只有自治隊那兒最為熱鬧，還有一行人疾走奔跑，像是發現了什麼，大聲吆喝著。

「剛剛在裡面有聽到什麼嗎？」法海接著問了，「看他們放妳出來，應該是沒什麼事了。」

「那是因為他們重心擺在雨晨跟鎖鎮。」她眉頭緊皺著，「我因為救了人，還有金刀是法器才抹去嫌疑！他們現在忙著找藍藍還有商量鎖鎮的事……啊，那個藍藍呢？我當時咒文還沒唸完耶！」

「我不是說了，水管會帶走東西，很快就會被找到了。」法海邊說，一邊指著熱鬧非凡的自治隊，「說不定是找到了，他們正要調動車輛呢。」

「……所以，死了嗎？」她詫異的喃喃自語，「那個魑魅已經……解決了？」

「嗯，但是被附體的人也不在了。」這是沒有辦法的事，選擇與魑魅共存，就是生命共同體了。

比較遺憾的是，死亡後連靈魂都不完整，不屬於人類。

「怎麼死的？我記得我的咒文還沒唸完，金刀是傷害了它，可是……」芙拉蜜絲倒抽一口氣，回頭看向法海，「你接手嗎？你用的是什麼咒文？」

法海又只是笑，根本不打算回答，「鎖鎮是要將整個鎮封鎖起來嗎？什麼時候開始？」

「很快，鎮長他們在召開臨時會，一旦投票表決通過後，說不定一小時後就會實施。」她鼓起腮幫子，「你不要顧左右而言他，回答我的問題。」

「我並不打算回答。」法海回答得很乾脆，此時後面傳來喇叭聲響，自治隊的車子出動了。

法海將她拉到路邊，車子卻緩了下來，車前方的堺真里正狐疑的望著他們，「怎麼還沒回家？」

「在走了！」她不高興的應著，「要去哪裡？怎麼出動車子？」

車子在現今時代可是很寶貴的東西，因為汽油難買，他們鎮上只有兩台太陽能的發電車，都屬於自治隊。

「有人找到學生的屍體了……魑魅的屍體，我們要過去撈。」堺真里指著前方，「快點回去，別在外逗留，節外生枝。」

「知道了。」芙拉蜜絲敷衍的回答，自治隊現在都沒人嗎？沒人的話……她回身朝著自治隊建築物看去，是不是可以去把雨晨救出來？

「妳救她出來的話，很快兩個人會一起被關進去。」耳邊傳來戲謔語調，「因為同夥救同夥？」

「厚！」她回首斜瞪著他，「你很煩耶，就不能幫我出主意嗎？」

「還不到輕舉妄動的時候，闇行使還沒到呢！」法海遠遠看著步行回教堂的神父群，「我可是非常好奇凱利神父請來的闇行使是何方神聖呢！」

「噗……」小小的男孩居然笑了出來，芙拉蜜絲狐疑的低首，法海同時加重了手上的力道。「哎唷……」

許仙痛苦的皺眉，卻也不敢叫太大聲，只是用可愛的臉龐裝天真，衝著芙拉蜜絲笑。

「好了，該送妳回去了，省得後面的人跟蹤跟得太辛苦。」法海大方的回身，距離他們十公尺處有另一組學生，是袁翔學長帶的頭。

不知道他們是在跟蹤誰！芙拉蜜絲惱怒的回頭瞪著他們，是針對她？還是法海？針對她是自然的，跟江雨晨好朋友嘛！

「喂，那你總該告訴我，在保健室時你怎麼開溜的吧？」她可沒忘記這件事，「你的力量大那個我不懂就算了，可是保健室只有一扇門，你怎麼可能轉眼間離開？還是躲到哪裡了？」

回過頭想要答案，卻發現法海已經往前走好幾步了，芙拉蜜絲氣惱著追上前去，卻赫見筆直走來的男人；一身外出裝備，背上揹著大背包，完全是要外出的模樣。

「爸！」芙拉蜜絲奔了過去，這一喊，袁翔學長等學生立刻找個地方低調躲藏。早看見她了，他停下腳步，先不看女兒，視線卻是落在路邊醒目的金髮兄弟身上，法海輕點頭，小男孩更是九十度鞠躬。

班奈狄克回以頷首，之前在醫院見過，「那孩子是誰？」

「誰？喔，法海他弟弟，許仙。」芙拉蜜絲隨便回著，「爸，你要去哪裡？要離鎮嗎？」

「嗯，有一筆生意，別的鎮請爸去設計屋子，我得親自去看一看。」班奈狄克壓低了聲音，「真里跟我說等等有可能鎖鎮，我得快點先出去。」

芙拉蜜絲的父親是建築師，也是設計師，鎮上許多屋子都是他設計建造的，享有不小的名氣，別的鎮因緣際會曾邀請他去建造房子，名聲因此小小傳開，也就成為到處幫人建屋的設計師了。

「這麼趕，怎麼之前都沒聽你說？」芙拉蜜絲有點不安，「這時候出去……爸，學校的事你知道了嗎？」

「都知道了，妳不要忘記，妳尚在禁足。」班奈狄克殷切提醒，「現在的狀況就是一切遵照禁足令。」

「咦？可是雨晨──」

「不許妳出門。」班奈狄克打斷她的話，不容反駁，「我得加快腳步了，離邊界還有段距離。」

芙拉蜜絲有點不捨，不安的心情逐漸擴大著，但這是工作，她早該習慣的啊！鬆開抓著父親衣袖的手，她認真擁抱道別。

班奈狄克也拍了拍她，要她好好照顧家裡，便疾步朝著邊界走去；掠過法海身邊時，他忍不住多瞥了一眼。

「謝謝。」輕到幾乎無聲的兩個字從他喉間逸出。

法海不動聲色，但從緩慢閉上的眼皮讓班奈狄克知道，他聽見了。

他牽著弟弟上前，催促著芙拉蜜絲回家，瞧著天空陰霾重重，教堂邪氣益重，有什麼在鎮上，但也有什麼從鎮外接近了。

「爸爸他怪怪的……」芙拉蜜絲頻頻回首。

「還好吧，只是去工作。」法海倒是不以為然，「說不定這時離開更幸運……」

「閉嘴啦！」她一個肘擊，「烏鴉嘴烏鴉嘴……」

再次回頭，她卻有些愣住。

「別看了妳！」法海打算轉過他的頸子，卻也發現到突然出現在鎮裡，怪異且格格不入的人們。

那絕對不是他們鎮上的人，是外來客！令人訝異的全是歐美人士，高大、白皮膚，有棕髮有紅髮也有黑髮，居然有五個人，有男有女，太遠看不出容貌，但是依然醒目！

居然有外來客耶！在外頭的人們都超訝異的，看著一臉好奇走在鎮上的異國人們。

嗡——與此同時，刺耳的嗡嗡聲終於從自治隊裡發出，這是紅色警戒，鎮長的會議結束了，自即刻起，全鎮封鎖，不許任何人出入！

「爸爸不知道出去了沒……」芙拉蜜絲看著最後一刻進來的人們，他們不曉得知不知道，從此刻起就難以出去了。

「出去了。」法海肯定的回答著。

所以，法海瞇起眼望著剛進鎮的人們，在最後一刻離開了一個男人，卻進來了五位……絕對是不速之客的人們。

腳邊的小男孩也斂起笑容，滿臉警戒的望著異國人士。

「這裡，可是我們先來的啊！」

第七章

鎖鎮正式開始，安林鎮不許任何人進出，鄰鎮好幾個原本要過來的人也都被請離，原本看守邊界的人很猶豫要不要讓五位旅人進入，但他們擁有稍早在其他城發出的通行證，通過數個咒文結界也沒有什麼問題，加上鎮上未發出嚴令，所以還是讓他們進城了。

至於班奈狄克，自治隊員善意提醒他即將鎖鎮，不過他這次出去過兩天只怕還回不來，既然是有工作在身自治隊也就不好攔他，想他也是需要個數天來回。

五位旅人一位東方血統，其他都是歐美人士，安頓在鎮上的旅館裡，自治隊後來還有派人去詳查了一次，請他們做詳盡的登記；只是這五個人又成了新目標，鎮上的人很難不猜忌外來人士的身分，光是鎮上的人就懷疑不完了，又多了外人……

「路易斯的爸爸之前提醒鄰居湯姆叔叔說後院的柵欄有鬆動，結果今天被拖去自治隊，湯姆叔叔認為路易斯爸爸是故意的，因為柵欄是結界，要害他們更動結界，好讓地獄惡鬼有機會入侵。」弟妹們很驚訝的說著今天發生的事情，「小弟的老師今天上課上到一半也被抓走，因為她跟別班老師吵架，然後要別的老師不要跟兔子班老師好，所以學校覺得她在挑撥離間。」

芙拉蜜絲聽得有點花，怎麼這麼多名字……

「什麼是挑撥離間？」年紀幼小的弟弟妹妹問了

「就是……就是……」大妹試著想要怎麼解釋比較好。

「就是故意說別人壞話，害大家感情都不好，這是魑魅最擅長的。」芙拉蜜絲接口解釋，「也是人類最擅長的……」

「咳！」露娜輕咳了聲，這孩子在說什麼，弟妹們才幾歲大，暫時不要亂教些有的沒的。

芙拉蜜絲心情鬱悶，叉起桌上的水果吃著，她根本也不想講話。

大妹已經是懂事的年紀了，她知道大姐在說什麼，今天好多人被檢舉是魑魅，這些事情看下來，她也大概明白是怎麼回事……她是不確定那些平常很好的人、老師是不是魑魅，但是別人也不確定啊！

她只覺得好像班上同學吵過架，或是誰不喜歡誰，就可以指著對方的鼻子說：你是魑魅，被附身了！

「好了，吃完水果準備上樓去，等等我去檢查大家的功課。」露娜敦促孩子上樓，省得看著芙拉蜜絲，敏感的大妹會有所感覺。

而且，江雨晨被視為魑魅附身的事整個鎮上當然都知道，更已經有一派份子認定她就是魑魅了。

因為，她從醫院醒來後，真的說「她什麼都不記得」！

大妹主動擔起照顧弟妹的工作，一個個趕上樓，偷偷的向媽媽使眼色，要好好安撫芙拉姐姐，最要好的同學被當成魑魅關起來，她心情一定超差。

「芙拉……」好不容易等孩子們都上二樓了，露娜坐到她身邊。「妳要冷靜。」

「魑魅不止一個，但絕不是雨晨。」芙拉蜜絲咬著指甲，「媽，之前兩次我們逃出生天時，雨晨就是那個樣子，她嚇得暈過去，醒來就變成很兇猛的模樣！」

「嗯……我也相信雨晨，不是因為從小看著她長大，而是因為我們家……魑魅是進不來的。」露娜溫聲的說著，「她如果是，就不可能自由進出。」

「我們家……」芙拉蜜絲嚇了一跳，「屋子打造時也有防魑魅嗎？」爸好厲害！

「但是這不能對外說，一來是會洩露我們擁有咒文書的事；二來是……有人會認為雨晨說不定是這兩天被附的身，說詞對她無益。」露娜好言勸說，「闇行使一旦抵達，就會還雨晨一個清白的。」

「我怕闇行使來了會更糟糕。」芙拉蜜絲向著媽媽，「媽，妳沒進去教堂，妳不知道那個教堂……看起來很糟糕！」

「很……糟糕？」露娜蹙眉。

「只要一敲打鐘，我都可以聽見有人在慘叫！」芙拉蜜絲難受的說，「黑氣重重，那個教堂本身就有——」

話未竟，露娜竟一把摀住她的嘴，不讓她說完。

「噓……小聲點。」露娜貼在她耳畔說著，「小心別被聽見了！」

「唔唔唔……」現在是晚上，夜晚誰敢在外面走動，能被誰聽——喝！芙拉蜜絲顫了身子，不可思議的瞪圓雙眼望著媽媽。

夜晚誰會在外面走動？除了人類之外，其他的只要能進入鎮上的，都在外面虎視眈眈啊！

媽媽言下之意是：外面有……魑魅、亡靈甚至是地獄爬出的東西都有可能！

見露娜不動聲色的站起，依然對她比了個噓，接著悄悄的起身走到廚房裡，芙拉蜜絲見狀趕緊拿起水果盤，刻意製造點叉子觸瓷盤的聲響，也跟著往廚房去。

一踏進廚房，露娜即刻將門給關上。

「好了，這裡安全。」露娜接過她手中的盤子擱在水槽，「最近外頭很不安寧，之前的亡靈都是好不容易才逃出來的，有更多的亡者被控制著。」

「可是我們家二樓不是掛了招牌嗎？其他非人看不見？」芙拉蜜絲困惑極了。

「掛……什麼掛招牌？虧妳會形容，對，是等於像招牌，所以這幾天有些亡者跟惡鬼都守在家門外。」露娜顯得有點無奈，「我早上就把路封上了。」

「連惡鬼都在鎮上了嗎？」芙拉蜜絲聽聞有點膽寒。

「嗯，我們放的一些防護措施都有反應，不只是惡鬼，地獄裡爬出來的東西太多了，我猜是有人鬆開了結界。」露娜嘆了口氣，「只能期待闇行使來了。」

「媽，我剛說——」

「我知道，所以我們得等妳爸。」露娜旋身倒了杯水，「教堂有異的事，真里跟妳那天都說了，這兩天家裡外面的花全枯死了，我們就知道事態嚴重。」

「枯……枯死了？」芙拉蜜絲認真的回想，她對花花草草沒興趣，平常都沒在幫忙外頭花圃的事，「不是太冷凍死的嗎？」

「唉……」露娜一臉無奈，「那些都是警示，最外頭的是魑魅、中間的小花是惡鬼……櫻花樹是鬼獸……反正說這麼多妳也沒注意，這兩天凋零的太多，證明我們四周都有問題！」

「哇塞！」芙拉蜜絲瞠目結舌，「好厲害喔，我居然都不知道！」

露娜一點都不意外，「教堂受到汙染，就連神父都失去公信力了……跟關於教堂有關的就都不能信了。」

「意思是神父——」

「不能說全部，但要能讓教堂蒙塵沒這麼容易，畢竟那也是代表神的地方，裡面一定有什麼……唉，不過這別跟妳堂姐說，她可是虔誠得很。」露娜提起吳菜菜又是一陣悲傷，「才遭逢巨變，現在都依賴宗教支撐著，我也不好叫她不要去教堂……」

「但是如果教堂有危險還讓堂姐去不是更糟嗎？」芙拉蜜絲持不同立場。

「妳覺得菜菜會聽嗎？她傍晚還打電話來通知，說明天大家都得去教堂一趟。」露娜嘆了口氣，「她多虔誠妳不是不知道，一有消息還先通知我們，晚飯時里長就確定了。」

「下午神父跟鎮長討論過，他們認為神蹟的淚能有作用……細節我也不知道他們決定如何……可是要我進去教堂……」芙拉蜜絲不耐煩的皺眉，「我一點都不想去！」

「不想去會被當成異端的，今天的狀況再明顯不過了。」露娜沉重的搖著頭，「再這麼下去，我們不必等魑魅動手，就會自相殘殺了。」

魑魅最愛的伎倆，就是挑撥離間……但為什麼人類總是這麼輕易被挑撥呢？

「魑魅不止一個人，今天我跟那個學妹對峙時，她說了很奇怪的話……」芙拉蜜絲認真回想著，「她的意思像是在說，我們所有人都逃不了？還說這是場大餐饗宴？」

露娜凝視著她，「究竟是怎麼說的？」

「我沒辦法記得很準確，好像是說：這個鎮就這麼大，誰都逃不了的，這可是難得的饗宴啊！全部都是我們的食物！」芙拉蜜絲認真的回憶著。「這種說法言下之意好像全部的人都會死？」

「的確……」露娜眼神一轉，「妳怎麼會又跟魑魅對上？幸好沒有被發現妳具有靈力，我接到消息時真是心驚膽顫，幸好妳知道收手！」

「我哪知道收手啊！我要很專心很專心才能唸咒，我沒辦法一心二用的！」芙拉蜜絲說得誠實，「是法海及時阻止我，要不然我真的就曝光了。」

露娜臉色頓時一凜，「法海？」

「嗯啊，他不讓我被發現，阻止了我似乎也解決了魑魅。」芙拉蜜絲提到法海，就會漾鑲著笑意，「能夠全身而退也是因為他，他都幫我搞定了。」

「噢……那個法海，是個漂亮的孩子。」露娜笑得很僵硬，「改天應該請他到家裡坐坐。」

「他今天有送我回來啊，但他不喜歡跟別人打交道。」芙拉蜜絲吐了吐舌。「他也是闇行使喔……哎，他不知道有沒有問問那魑魅鎮上到底有幾個可惡的混帳！現在被關起來的，可都是正常人耶！」

「別急！」露娜拍拍她的肩，芙拉就是這樣，急躁！

「我怎麼不急，教會請的闇行使我不敢信啊，如果有問題的話，雨晨怎麼脫身？」

這話說得有理，露娜微愣了一下，也開始思考後路；關鍵在於請來的闇行使會是怎麼樣的人呢？

芙拉蜜絲焦急的踱步，朝暐剛剛也打電話來說，好多人想要趕緊把魑魅解決掉，認為江雨晨該殺則殺，不該留的話總是夜長夢多！

什麼叫該殺則殺！殺了無辜者也沒關係嗎？對，就是沒關係，因為錯殺總比錯放好！芙拉蜜絲雙手插進口袋裡，卻突然摸到差點被她遺忘的東西——塔羅牌！

她唰的拿出來，黑色的光束包圍住塔羅牌，那不是黑氣，而是黑色的光，她說不上來，但是並沒有不舒服或是邪惡的感覺；露娜也驚訝的轉身，看著那張牌相當吃驚。

「這是？」

「竹內學姐給我的……那個今天一連檢舉好多人，還差點死在魑魅手上的學姐。」芙拉蜜絲看著牌面，那是死神，上面寫著……「這是什麼意思？學姐留言在上面嗎？」

她反覆看著牌，真的就是張塔羅牌，問題是她對塔羅牌又不熟！死神代表什麼她不懂，不是還有什麼正位反位的？她充其量就是會唸上面的英文：Death。

還有呢？芙拉蜜絲翻過來看，完全黑色的牌面，什麼都……嗯？芙拉蜜絲瞇起一眼看著泛出來的光，隱隱約約的連牌面都有光澤，如果把牌拿直的，這角度就是……一隻貓。

一隻黑色的貓。

「黑貓……黑貓？」芙拉蜜絲倒抽一口氣！

「這是死神牌，正位還是逆位？」露娜專住於牌面。

芙拉蜜絲根本沒在聽，她想的是：竹內學姐是黑貓？是那個塔羅占卜師……所以那時她曾脫口一句，難道牌面是真的！

芙拉蜜絲再藉由光影仔細搜尋牌上每一個角落，終於在側邊發現了字跡：十點半，雜貨店的三岔口見。

十點半？芙拉蜜絲立刻舉起腕錶，已經十點多了，竹內學姐真的約她今晚在外面見面？

「芙拉？」露娜注意到她的沉思。

「我得出去一趟……」芙拉蜜絲喃喃自語著，即刻拉開廚房的門，往旁邊樓梯上去。

「什麼？現在？」露娜大吃一驚，「妳有沒有搞錯，現在是晚上，等等就子時了，子時一到就——」

「媽。」芙拉回首，「我不是第一次晚上在外面走了。」

露娜圓睜雙眼，「這是兩碼子事，外頭風聲鶴唳鬼魅橫行，妳上次若不是妳爸用梵音，妳還不知道會出什麼事！」

「我一定得出去，黑貓找我。」她搖著塔羅牌，「妳覺得學姐約我晚上的意思是什麼？她是不是也是闇行使？」

「說不定是魑魅，勾妳出去。」露娜板起臉孔，「因為妳白天殺了她的同伴。」

「那正好，再解決一個。」芙拉並沒有聽勸的意思，直搗房間，開始拿出配備。

「芙拉蜜絲！」露娜厲聲，「這不是禁足令的問題，夜晚出去妳根本是去送死，妳沒有這麼厲害到能夠逃出生天！」

「我知道，我還不行，對上地獄的惡鬼我只怕是死路一條，我沒說過我很厲害！」芙拉蜜絲也高分貝的回應著，房裡的弟弟妹妹嚇得噤聲。

露娜還想再說，芙拉蜜絲卻一把拿起電話，伸直了手示意她先不要說話，她得講這通電話，手指飛快地按著。

「喂，許仙，我是芙拉。」她甜甜的說著，大妹瞬間亮了雙眼，「沒事沒事，我只是要你跟法海說，我現在要出門去雜貨店那邊，就醬子，要立刻說喔，掰掰囉！」

掛上電話，她堆滿笑容，露娜一臉錯愕，「法海……」

「他就滿厲害的。」她很認真的說著，回身繼續準備裝備。

「妳是叫法海陪妳去嗎？」露娜倒抽一口氣，「妳為什麼要找他幫忙？」

「他最可靠啊，我這幾次能活下來全靠他。」芙拉蜜絲檢查鞭子上的金刀，用力繫緊，「媽，他是很厲害很厲害很厲害的闇行使！說不定是最高階的闇行使者。」

「我不認為……我覺得他很危險。」露娜擋在門口，「妳別想出去，有法海陪著也一樣，這是個圈套。」

「我自己會判斷。」芙拉蜜絲深吸了一口氣，「學姐找我有事，這是下午給我的東西，上面還寫了雨晨的名字。」

「那就更是陷阱了！」露娜怒不可遏，「芙拉蜜絲．艾爾頓，妳不聽話嗎？」

「媽！黑貓是學姐！」芙拉蜜絲用嘴型說著，「她今天差點被魑魅吃掉啊！就算演戲，我也要賭它一賭！」

露娜一怔，彷彿對於黑貓竟然是竹內秀琦感到意外！「她是……」

芙拉蜜絲打開衣櫃，先探視一下有沒有亡靈在裡面，很好！鏡子裡只有她跟媽媽，她拿出風衣穿上，這是新衣服，裡面有條帶子機關，可以放許多符咒跟法器。

「芙拉姐姐要出門？」大妹驚覺到了，「怎麼可以，現在是晚上耶！」

芙拉蜜絲回身，彎腰摸摸妹妹的臉頰，「放心好了，芙拉姐姐會走佛號之徑，不會有事的。」

大妹皺眉，夜晚出門無疑是自殺啊。

「為什麼要出去？」大妹恐懼的哽咽。

芙拉不予回應，只是再摸摸她，「我不在，妳得照顧他們睡覺喔！」

「姐姐？」大妹拉住她的衣角，看向母親，「媽咪？」

「姐姐只是去一下下。」露娜也笑著回答，言下之意，是拿芙拉蜜絲沒辦法了！

她心底明白，芙拉個性要強，不管她怎麼禁止，除非打暈，否則關在房裡芙拉蜜絲還是會開窗逃走的。

事關江雨晨，她不可能冷靜。

芙拉蜜絲閃身往房外走去，右轉下樓，露娜安撫了女兒後也趕緊跟下去。

「只是談談的話，談完就回來，不要離開佛號之徑的範圍。」露娜憂心忡忡，「妳真的非去不可？」

「非去不可。」她肯定的點頭，「媽，佛號之徑不是萬能的，但我會留意。」

唉，露娜從一旁的櫃子裡拿出一疊符紙，往她手裡塞，「這些可以搭配各類咒語，不管是惡鬼、亡靈、鬼獸或是魑魅，但是能消滅的只有亡靈，妳背了多少咒語了？」

「剛背完一本呢！我背咒語很強的！」芙拉蜜絲吐了吐舌，「就是專心難了點。」

「真的有事就往自治隊跑，真里在，而且自治隊那一帶的地都是聖地，百鬼不侵。」露娜盤算著，那黑貓約的地點離那邊其實甚近。

「知道了。」芙拉蜜絲彎腰親吻著母親，「可以的話，我想救雨晨回來。」

露娜不語，只是拍拍她，走到門邊深吸了一口氣，將木閂子扳開，回首對著芙拉蜜絲頷首示意，因為門閂一打開，門的結界就薄弱了——露娜門一拉開，芙拉蜜絲即刻閃身鑽出，推開外頭的紗門前，身後的門已經關上了。

她回首瞥了一眼，看見自家的木門突然從門縫邊透露著金紅光芒，是媽媽將門栓鎖上了嗎？原來這就是防護咒作用的瞬間嗎？芙拉蜜絲往前看著附近所有的屋子，每間屋子都泛著隱約的金光，她以前從來沒有看過這種景象啊！

防護咒的強弱原來也能看得出，他們家的明顯厚實很多，別家有的只有薄薄一層，好像多幾個鬼獸或惡鬼衝撞就會瓦解似的。

芙拉蜜絲一出門就立刻衝進前一條橫亙的金光的小路，唯有在佛號之徑裡面才勉強安全；她一出門就感受到路上有非人存在，在黑暗裡蠢蠢欲動，地獄裡妖鬼之類，還有好多模糊移動的影子。

亡者。

她拉緊風衣疾步而去，路上當然沒有人影，入夜後除了自治隊非不得已的巡邏外，根本沒人敢離開家的防護，像她這種衝動型的已經很少了，無獨有偶，居然還有另一個。

鎮上雜貨店有好幾家，不過黑貓能準確說出三岔口那間，就是距離她們家大概五分鐘路程距離的小春雜貨店，大家的日用品幾乎都是從那邊買的；奔過一個大彎，她可以感受到黑暗的背後有人正跟著她，在燈光沒照到的路徑上也有人在晃動徘徊，她一律採取無視，因為暫時沒有威脅性。

終於雜貨店就在前方，就在某盞燈下，站了一個穿著半身斗篷的人影。芙拉蜜絲緩下腳步，刻意與之保持一段距離，正如媽媽說的，這一切可能是陷阱，她要有足以攻擊與防守的距離，不能一下子就衝過去；她右手背在身後，緊握著皮鞭，隨時蓄勢待發。

人影瞧見了她，從倚著燈柱變成直起身子，但對方也不妄動，一時間氣氛變得很詭異，彼此都在盤算著的模樣。

「我就知道妳會出來。」果然是竹內秀琦的聲音，她撩高斗篷帽簷，好讓芙拉蜜絲瞧清她的臉。

「因為事關雨晨，學姐也很厲害嘛，晚上也敢溜出來。」芙拉蜜絲緩步向前，卻還是取下了鞭子。

「我很久很久以前就常在晚上出來溜達溜達了。」竹內秀琦撇了一眼她落下的鞭子，「做什麼？妳也懷疑我嗎？」

「現在誰都有嫌疑。」芙拉蜜絲堆滿笑容，將鞭子尾端的金刀握住，「只要學姐敢握住這柄刀子，我們就可以好好談談了——」

餘音未落，芙拉蜜絲倏地甩出鞭子，鞭子在佛號之徑外掃到了一個什麼，嗚咽聲瞬起，然後鞭子尾端才重新繞回燈下，竹內秀琦瞬而握住。

「對付魑魅的法器都超貴的。」她取下把玩著金刀，「刀子也不利，看起來不能傷人，連割紙都成問題吧？」

「那是拿來對付魍魎魑魅的，誰會拿這種東西來割紙啊？」芙拉蜜絲徐步向前，學姐已經證明了自己是人類。

「妳這樣就放心啦，不怕我是妖？」竹內秀琦挑起眉，很喜愛那柄金刀。

「這刀子對妖也有用。」芙拉蜜絲倏地抽回刀子，在學姐想緊握之際。「好了，言歸正傳，這張牌什麼意思？」

她嘖了一聲，這麼好的法器真想留下來佔為己有！

「妳不懂塔羅啊？」竹內秀琦狐疑的瞄著她，「這是死神牌，我抽到時是正位，意思是江雨晨凶多吉少。」

「我不信。」芙拉蜜絲直接否決，「這種占卜之術我一點興趣都沒有，妳們就隨便抽一張牌，然後隨便妳解釋的……」

「我不否認。」黑貓聳了聳肩，「但它可以流傳數千年，妳不覺得很詭異嗎？」

「人類對未知的東西總是特別感興趣，我不意外。」芙拉蜜絲也聳肩，「妳怎麼證實牌面說的是真的。」

「嗯……如果我說——」竹內秀琦忽而俯首往前，壓低了聲音，「我是闇行使呢？」

芙拉蜜絲登時圓睜雙眼，吃驚的看著她，「妳、妳是——妳既然具有靈力，那為什麼今天學校搞那麼一齣檢舉——」

竹內秀琦上前摀住她的嘴，不耐煩的皺眉，「妳小聲一點，是不怕被聽見喔！」

「唔唔唔……」芙拉蜜絲還在罵。

「誰像妳啊，把自己搞得一副我就是目標的樣子，我這才叫高招！」竹內秀琦還趁機數落她一頓，「當然要把自己弄成跟闇行使敵對才對啊！」

跟闇行使敵對的狀態？那也不必把無辜的人拖下水吧！芙拉蜜絲扳下她的手，依然不能諒解，「妳知道妳這樣做會害慘多少人嗎？」

「只是檢舉而已！」竹內秀琦挑了眉，「而且我不做也有人會做，你沒看袁翔多積極！」

「袁翔……」芙拉蜜絲想到那學長就不舒服，「他今天還跟著我回家。」

「誰叫妳一臉寫著妳是目標？」竹內秀琦還雙手一攤，「我這樣才是正確的，我就是反闇行使，四處檢舉也就不會有人想到我，占卜永遠抓八成準……不過，下午的事是意外，我真的沒料到會發生魑魅事件，所以我要認真跟妳道謝。」

看見竹內秀琦一反常態的嚴肅，甚至還真的九十度鞠躬時，反而讓芙拉蜜絲覺得渾身不對勁。

「好啦好啦，別這麼正式，不管是誰我都會出手的，誰會知道有魑魅混在學生裡，我要是在泳池裡嚇都嚇死了，還料到咧……」芙拉蜜絲深吸了一口氣，「不過我要問，雨晨是妳檢舉的？」

「不是。」竹內秀琦認真的搖首，「我四兩撥千斤的交代事發經過，但是在場的人這麼多，有人講得很仔細……而且江雨晨真的差太多了，任誰都覺得有問題吧！」

「居然就這樣把她關起來了，她明明也救了好多人……」芙拉蜜絲想到這點就怒，「而且我看鎮長跟神父的姿態，根本就是把她當異端了，關在自治隊裡的臨時監牢！」

「很難說服人她不是啊！再說現在這種態勢……所以我才占卜一張，大凶。」竹內秀琦忽地旋過身子，往前比去，「我們邊走邊說吧。」

「走？」芙拉蜜絲愣愣的望著她，「走去哪裡？」

「妳不去救江雨晨嗎？我可不認為她有機會再被放出來喔！」竹內秀琦說得一臉認真，「他們不會放過她的！」

「他們？」芙拉蜜絲緊張起來。

「教堂裡的人、信眾們，還有許多畏於魑魅恐懼的人們！」竹內秀琦扳起指頭來，「首先大家對她存疑，一定認為她被附體，只是用人類那面偽裝可憐；第二，神父會附和，再次說著不能錯放；第三，鎮長本來就是極端派，可能會以臨時動議處決她。」

芙拉蜜絲倒抽一口氣，天哪，學姐說得也太條理分明了吧？

「妳怎麼可以講得一副煞有其事的樣子，牌也可以預知未來嗎？」芙拉蜜絲簡直想喊烏鴉嘴！

「神父那關最關鍵，而我覺得他們一定會認為江雨晨是怪物！」兩個女生一路往自治隊的方向步去，腳步輕快，聲音壓低著。

「神父……」芙拉蜜絲試探著問，「妳不覺得怪怪的嗎？」

「嗯？妳覺得怪？為什麼？」竹內秀琦瞇起眼，「妳看出什麼了嗎？」

學姐不知道嗎？芙拉蜜絲在心裡暗忖，如果學姐不知道或是故意不說，她可不能不打自招對吧。

她劃起笑，搖了搖頭，「就一種直覺吧。」

「我是看不出來，我靈力沒那麼強，頂多就是會用牌而已，但對我而言自保就已足夠……至於神父嘛。」竹內秀琦忽然立定雙腳，「我覺得他有問題，是因為他要我造假。」

芙拉蜜絲怔了住，「造假？」

「那天的公開占卜，是有神父跟黑貓預約占卜，希望黑貓占卜鎮上最近的吉凶，然後要我抽出那張——教堂準備好的牌。」學姐微蹙著眉，「我本來就會接特殊 CASE，做點效果不為過，但是牌上出現的鬼影不是我做的……我甚至不知道怎麼來的！」

「所以那天都是假的？抽到死神牌也是假的？」芙拉蜜絲簡直不敢相信，「哪個神父幹這種事？為什麼要這樣！？」

「我才不管那麼多，我只知道收錢辦事，時間到了負責占卜就好。」竹內秀琦口吻略顯不悅，「只是那天占卜過後就接連出事不說，我那副牌就這麼硬生生給毀了！」

「……毀了？」芙拉蜜絲聽不懂，牌還能毀？「走還是燒掉了嗎？」

「厚，塔羅牌是要養的，我養了好幾年，自從跟那張牌混在一起後一直不準不說，每次摸到牌我就渾身不舒服，所以前幾天我燒掉了。」她邊說，一邊從口袋拿出一疊新牌，「這副也是養了幾年，但沒過去那副熟悉……我想知道那天混進去的牌到底是什麼東西！」

「整個教堂都不祥，神父個個有問題！」芙拉蜜絲咬著唇深思，「所以他們希望鎮上恐慌嗎？巴不得大家互相檢舉，才安排了假的占卜。」

這時，芙拉蜜絲突然覺得瞎眼婆婆占得真好，一個字「亂」，解釋了所有事。

「或許吧，我想去教堂一探究竟。」黑貓重新邁開步伐，「妳呢，快點去找江雨晨吧，她走在鋼索上，很危險的！」

去教堂？芙拉蜜絲動手拉住她，「妳去教堂做什麼！很危險的！」

「不會吧？我從後門溜進去，妳以為我會從正門光明正大敲門說：裡面那個叫我作假的神父滾出來嗎？」竹內秀琦嗤之以鼻的笑了出來，「妳當我笨蛋啊！」

「……後門啊？」噢，她的確是以為要從正門。

「廢話，等等……妳該不會想要從自治隊正門走進去說：我要劫囚了喔！」竹內秀琦驚愕的望著她，「芙拉蜜絲，妳還真的很衝耶！」

「閉嘴吧！」她沒好氣的歪了嘴，「啊不然我怎麼進去找雨晨？」

「唉……」學姐用一副妳沒藥醫的臉色搖頭，一邊搖一邊往前走，示意她跟著往前，眼看著自治隊那塊大空地就要到了。

鎮內有一大塊空地是聖地，未經闇行使加持過，地氣本身就有防鬼魅的效果，基本上每棟建築物上都是佛燈大作，照亮整個五芒空地，所以一旦進入這兒，就不需要仰賴什麼佛號之徑。

黑貓一路帶著芙拉蜜絲走到自治隊旁邊的一條巷子裡，這條巷子有些漆黑，因為燈光被隔壁的鎮辦公室擋住，現在看上去也不是很平和。

「這條走到底，會有幾棵樹擋著，妳直接穿過樹，右邊就是自治隊的後門了！牆上藤蔓無敵多，隨便攀都能上樓。」黑貓邊說，一邊拿起手中的牌，闔上眼認真的抽出一張，「嗯，江雨晨應該是在二樓的，妳可以爬上去。」

芙拉蜜絲有些目瞪口呆，抽一張牌就知道雨晨在二樓喔？啊萬一她在地下室，那她要怎麼從二樓再溜到地下室啦！

「窗戶是關著的妳知道嗎？」

「打破囉！」竹內秀琦說得超級理所當然，「這一區是聖區，沒在怕的，唯有通過這條巷子時小心一點就對了。」

咦？芙拉蜜絲看著眼前黑漆漆的巷子，只有餘光照耀，問題是學姐這樣講之後，她要怎麼放心啊！

「我真的不能從正門嗎？」她無力的問。

「可以啊，這方法其實最快。」竹內秀琦深表同意，「因為妳會直接跟江雨晨關在一起，好聽明喔妳，芙拉蜜絲！」

「嘖！」她皺眉推了學姐一把，學姐的嘴就知道酸人，「好啦，反正如果只是亡魂我能應付……妳呢？」

「我去教堂。」學姐邊說，邊用凌厲的眼神望向兩點鐘方向的教堂。

在芙拉蜜絲眼裡，森黑纏繞，玻璃窗裡似乎都有著人臉拓上的痕跡，以慘叫的姿態。

「不要去，那教堂太陰森。」芙拉蜜絲仰頭望著毫無光彩的教堂，「每晚都有人在慘叫。」

「哦？」竹內秀琦雙眼究然閃閃發光，「那就更應該去瞧瞧了。」

「學姐！」芙拉蜜絲拉住她，「妳不要開玩笑，這種事不能拿來探險的！」

只見學姐回眸，微微笑著，「芙拉蜜絲，具有靈力而不能展現，夜晚只能一個人出來的寂寞妳懂嗎？」

芙拉蜜絲怔然的望著學姐，這扯得上關係嗎？

「不冒險的話，人生就太無聊了。」她收回手，掙脫她的拉制，「放心好了，我要是出事，我的牌會告訴妳發生什麼事。」

她邊說著，握著牌的手一鬆，幾十張牌倏地往地上落去，芙拉蜜絲原本緊張的想去接，下一秒每張牌居然像活起來似的開始在空中排列飛舞，一張接著一張的背面向外，正面向著黑貓，圍繞著她。

牌，是聽她的。

哇……芙拉蜜絲讚嘆般的看著在竹內秀琦身邊飛舞的塔羅牌，她真的也是闇行使耶！

學姐拋給她一朵笑容，下一秒旋身就往教堂奔去，刻意朝陰暗的巷子去，她說過打算走後門進入，所以沒幾秒就隱匿在黑暗之中。

好！芙拉蜜絲倏地向左轉去，面對著一條又長又黑的巷子，右手執握著鞭子，輪到她了。

當踩入黑暗的那瞬間起，芙拉蜜絲就知道不對勁了。

後頭不僅有人在跟，而且是她走一步對方跟一步；耳邊傳來細瑣的碎語，這巷子僅有兩人寬，聲音來自於耳邊、牆上，甚至她的正上方，有多少位她連算都不敢算。

該回頭不該回頭成了很艱難的課題，她隻身疾走在巷子裡，身後的壓力直逼而來。

跑！她決定起跑的剎那，身後竟也傳來奔跑的足音，這是哪門子的追逐戰啊！芙拉蜜絲跑了幾步，倏而回身，手上的鞭子跟著揮將出去——背後空無一人！

什麼？回身的她錯愕異常，剛剛那跟著她的人呢？

『晚上跑出來，不乖喔……』冷不防的，左手邊牆上傳來了聲音。

一個人盤踞在牆上，死白的臉色與空洞的雙眼表明了他已是亡者的身分……不對，基本上人都不可能爬在牆上的啦！

而這麼一瞧，她才發現牆上竟然密密麻麻的佔據了許多亡者靈體，包括兩棟建築物的中間……芙拉蜜絲仰首看去，一個個人形正跨在建築物間，一雙雙帶著死白光芒的雙眸都在望著她。

『怎麼可以在外面遊蕩呢？該罰該罰……』

『妳想做什麼呢？壞孩子……』右上方牆上一具亡者直接就朝她跳撲而下，芙拉蜜絲驚恐的揮鞭，將鞭子環繞著自己，一口氣掃掉好幾個蠢蠢欲動的亡靈！

媽呀！這裡是自治隊耶，牆上難道沒有防護咒嗎？而且鎮上的亡魂曾幾何時這麼多了，再說……她晚歸關他們什麼事啊！

芙拉蜜絲一揮二揮，開始把面前擋路去的亡魂一併掃掉，風颯颯而至，她可以感受到有個速度飛快的東西從後面追了過來——夜路走多了真的會碰到鬼，還真驗證了這句古諺！

她討厭有人跟在後面！

左右兩邊的亡者不停的往她身上撲，但因為只是區區靈體，芙拉蜜絲光身上佩戴的護身符就足以彈飛他們，自天空降下的亡靈縱使擋路，也輕易的被她揮鞭傷害。

亡靈並不可怕，一般方式跟簡單的咒語就能解決，只要不是妖類、魑魅或是惡鬼，什麼都——

『吼——』啪噠一個影子從天而降，猙獰的鬼立在她面前。

她真想認為自己是在做夢……芙拉蜜絲不可思議的看著眼前那個膚色的、赤裸著卻極度噁心、青筋暴露、青面獠牙的怪物，這個在書上介紹到不用再介紹了，是惡鬼！地獄裡爬出來的惡鬼！

金刀，可以對付地獄惡鬼嗎？沒有說明書啊，那咒語呢……有，她有背學校教的跟爸爸給的進階版，她才不想被惡鬼吃掉，結合成只知嗜血的鬼獸！

問題是，惡鬼怎麼對付啊，特性是……芙拉蜜絲還在思考，那惡鬼已經伸長了舌頭，一邊舔舐著滿嘴尖牙，朝著她笑了。

「噁不噁啊你！」芙拉蜜絲緊皺起眉，但下一秒，惡鬼居然啪的就朝她衝過來了。

那是肉眼幾乎跟不上的速度，她連揮鞭都來不及，只看見肉色的手直撲到眼前——然後她身後風壓逼至，只聽得啪嚓一聲撕裂音，她嚇得直覺閉上雙眼別過頭去，聽見狼狽落地滾動撞牆聲咚咚咚。

聲音到了她的後方，芙拉蜜絲不敢遲疑的趕緊直往前奔，回首望去，看見黑暗中有個影子，正拎著頹軟的惡鬼身子……四肢癱軟，連尾巴都垂向地面，她還聽見了水流的涓滴聲，嘩啦嘩啦……嘩啦嘩然……

有液體從惡鬼的身子裡滴落，芙拉蜜絲沒來由的全身發顫，她不知道那個可以秒速內殺死惡鬼的是什麼，但絕對、絕對不會是人！而且那濃厚的血腥味伴隨殺氣騰騰，她知道自己根本身在比惡鬼更可怕的危機之中……

樹，近在眼前，她得趕快穿過去，過去就有佛燈照耀，她就可以——抓著惡鬼屍體的那個影子，突然朝她看了過來，一句話都不說，光是在黑暗裡那金紅色發光的眼睛，就已經讓芙拉蜜絲雞皮疙瘩全站起來了！

跑——她立刻回身往樹叢奔去，但風壓逼近，她想起那迅雷不及掩耳的速度，她必須先抵禦，如果來得及的話——

一隻手倏地抓住她撥動樹叢的手，力氣甚大的將她整個人拽了出去，壓斷了幾根樹枝她不知道，她知道自己被某人緊護在胸前，手臂、胸膛，都牢牢護衛著她。

樹叢那一邊停止了動靜，她可以看見那雙眼睛在樹葉中閃爍，然後後退，轉身……消失。

芙拉蜜絲瞪圓雙眼，她沒有見過那種生物、課本沒教過吧！

「妳當我隨 CALL 隨到嗎？」不悅的聲音傳來，透過胸膛震顫。

咦？芙拉蜜絲倏地抬頭，旋即綻開欣喜若狂的笑容！「法海！」

「笑那麼燦爛幹嘛？」他瞇起眼瞪著她，再往前方看去，「晚上溜出來我不意外，妳繞到這裡來做什麼？」

「我……」才要開口，芙拉蜜絲沒忘記剛剛的壓力，戰戰兢兢的往右方瞥去，樹葉樹叢的另一端漆黑難辨，反而更叫人害怕，「剛剛那是什麼？你有看到嗎？」

「不是妳該接觸到的東西，也不是妳能對付的。」法海沒鬆手，抱著她旋過身子往右方移動，刻意遠離了那幾棵樹的位置，也移開了芙拉蜜絲面對巷子的視線。

她一時見不到暗巷，只能留意到旁邊攀滿藤蔓的建築物。

「那到底是什麼東西？魔物嗎？」她問這問題時，雙臂害怕的一收，抱緊了法海。

「差不多，總之不是妳唸唸咒語或是鞭子金刀能解決的。」他仰首看著眼前的建築物，「這是自治隊，妳來幹嘛？」

「我想去救雨晨，黑貓說她大凶，今晚不救出來會有危險。」

「我看妳還沒救到她就大凶了吧？若不是我在，妳連發生什麼事都不會知道就死了。」法海不悅的瞪著她，「黑貓又是什麼？路人甲說話就值得妳冒險？」

「什麼路人甲？是塔羅牌占卜師！那天在教堂前抽出死神牌的黑貓！」芙拉蜜絲沒說出黑貓的真實身分，「她為雨晨抽了牌，說她命懸一線。」

「我以為妳不信那套。」法海嗤之以鼻。

「不太信，但是就客觀面來看，她被當作異端處理掉的機會太高了！」芙拉蜜絲緊咬著唇，「而且神父有問題的話，就不能信！」

「嗯哼……」法海一臉不是很想聽她說話的樣子，眼神越過她頭頂往後瞟著，這讓芙拉蜜絲狐疑的也跟著轉過頭去，才轉個幾度，立即被法海扳回，「所以妳想怎麼做？」

「呃……」芙拉蜜絲一時錯愕，「黑貓說雨晨在二樓，所以……我是不太放心啦！她抽一張牌就說她在二樓準嗎？」

法海仰首，看著二樓的方向，再往一樓注視，點了點頭，「還滿準的，她在二樓沒錯。」

「咦？」芙拉蜜絲好生驚訝，「你真的好強，能透視嗎？」

「囉唆。」法海往旁邊瞄了眼，「那位黑貓呢？感覺是跟妳一起來的，還有時間抽牌，人呢？」

「她去教堂了，她想去看看教會在搞什麼鬼，汙染了她的牌，還要她作假。」芙拉蜜絲專注的望著眼前的藤蔓，「爬上去……講得這麼簡單。」

下意識又側首朝巷子的方向看去，雖說現在已經被自治隊的建築物擋住，她也在聖光之下，但還是心驚膽顫。

教堂啊，法海輕挑嘴角，真是不知死活才會選擇去教堂探究竟，他不認為對方能全身而退。

芙拉蜜絲微微鬆開手，想著要從哪裡爬上去，一感受到背部的手離開，法海趕緊將她往胸膛緊摟住！

這讓她嚇了一跳，她現在整個人可是落在法海的懷裡耶！而且是法海主動抱住她的，她的臉頰貼在他的胸膛，身體被他的手緊緊扣住，天哪……這叫人好動心啊啊！

「我帶妳上去好了，鞭子給我。」法海主動拉起她的右手，她立即乖乖繳械。

只是芙拉蜜絲並不知道她的背後站了一個可愛的男孩，他正一臉憂心忡忡的望著法海，一臉慌張不知所措的模樣；法海緊抱著芙拉蜜絲是不讓她有機會回頭，就見他手指往那暗巷裡指指，綠色眸子散發著銳利與命令！

去！他握著鞭子的手暗用意指著，發送出著無形的命令。

許仙一臉恐懼，害怕的看著巷子，為什麼要叫他去嘛！嘴巴翹得老高，但主子怎麼說，他根本沒有質疑餘地。

點點頭，頹然的向前走了幾步，唰啦的穿過擋路的樹叢，轉眼消失……樹葉沙沙聲傳來，芙拉蜜絲立即驚覺地想回頭，但是法海卻向上一揮鞭，鞭子纏上三樓的樹藤，下一秒腳一蹬地，芙拉蜜絲感覺到自己飛起來了！

喔喔喔！她嚇得雙手緊緊圈住法海，她真的離地了啦！往下偷瞄，地面離她而去，雙腳根本是懸空的，只能更加用力抱住法海！

……咦？

「到了，妳抱這麼緊是做什麼？」法海踩上樓外牆的邊角，藏身在柱子後，「妳有想到要怎麼進去嗎？窗戶可都是鎖著的。」

「黑貓說打破就好，這兒到處都有佛光，沒關係的……」她說得很心虛，拜託剛剛在暗巷裡彷彿有魔物出沒，黑貓的話太沒保障了啦！

「她跟你同掛的吧？」法海悄悄探頭出去，彷彿透過玻璃窗想探視裡面的人的動靜……但是哪看得見啊，大家在玻璃窗外還有一層木製百葉窗鎖著，根本啥都瞧不見。「好像也是個好辦法。」

「咦？」芙拉蜜絲眨了眨眼，「什麼、什麼！」

「砸破它。」法海把鞭子交還給她，「快點！」

真的假的？她不安的望著法海，他卻一臉不耐煩的催促著……真是，他應該不會突然把她推進去吧？

一咬牙，芙拉蜜絲握著鞭子朝玻璃窗用力的砸了下去——匡啷聲響，裡頭立即傳來警備聲！

「二樓！」好多人的大喝聲傳來，「南邊的玻璃窗！」

芙拉蜜絲緊張的望著窗子，但法海卻再度拿過她的鞭子，往上再一揮，幾經晃蕩，她根本搞不清楚怎麼回事，只知道緊抱著法海怕摔下去，等到雙腳踩到地時，才發現他們已經到了頂樓！

喔喔喔喔，自治隊的頂樓耶！芙拉蜜絲還有些不穩，法海輕扣著她的身子，聽著樓下的紛擾，木窗開啟、自治隊員在喊著被什麼砸上，接著有人下令到後頭去巡邏看看，是不是有亡者或是惡鬼在作祟。

緊接著木條窗再拉下，聲音從二樓漸而遠去。

「走。」法海再度環住她的腰，二話不說一躍而下，芙拉蜜絲根本都還沒做好準備，差點尖叫出聲。

他們從頂樓靠著一根鞭子搖晃來到二樓那扇破掉的木條窗前，玻璃破了，有更好的位置可以抓握；法海拿著鞭子握柄將玻璃輕輕的掃掉，將芙拉蜜絲推到了窗子邊好讓她有位置站。

芙拉蜜絲攀著窗緣，好不容易穩住身子，用氣音問著然後呢？法海指指木窗條，再把金刀交給她。

「這連割紙都有問題。」她皺眉。

法海推著她的手，叫她割就割，芙拉蜜絲咬著唇咕噥，死馬當活馬醫的拿著金刀往下方的卡榫那兒使勁戳去——喀，細微的聲響傳來，她愣了幾秒。

「快進去。」法海往樓下望去，「等等自治隊的人就過來了。」

芙拉蜜絲半信半疑的推著木條窗，真的可以動了，她詫異的看著小金刀，只是輕輕戳一下就可以把卡榫弄斷嗎？她狐疑的瞄著法海，總覺得不是刀子的關係。

法海不耐煩的推著她，聽不見足音嗎？自治隊的門打開了！

「你呢？」芙拉蜜絲邊爬邊問。

「沒空。」他一邊說，一邊使勁推她一把，芙拉蜜絲整個人就摔進了自治隊裡。

唉唉……芙拉蜜絲跌落在地，慌張的回首看向窗外時，法海已經不見了！

動作怎麼這麼快啦！她趕緊把木條窗拉下，低首看著卡榫……才發現根本沒壞！那她是怎麼開窗的？卡榫還能自己彈開？

她抿著唇，總覺得法海他……足音忽地傳來，芙拉蜜絲趕緊閂上木條窗，找了一旁的角落躲藏，腳步聲的主人沒有過來，樓下還可以聽見騷動，許多自治隊到後面來視察了。

動作快！

芙拉蜜絲潛到走廊上，二樓有儲藏室，也有幾間暫時牢房，她記得法海那時看的方向是……左邊！

深吸了一口氣，她旋身往左邊去，盡可能躡手躡腳，會被關在自治隊的人根本不多，幾乎都是今天被檢舉的人們。

「芙拉蜜絲？」有人被剛剛的騷動驚醒，吃驚的看著她。

「噓——」她雙手合掌的拜託，「雨晨呢？」

「妳怎麼進來的？」別的同學一直在問。

「我進來找雨晨問話啦！」她小聲的說，「那邊嗎？」

學生點點頭，心裡不由得驚訝又讚嘆，現在是十一點耶，芙拉蜜絲不但夜晚外出，還潛到自治隊來——天哪，剛剛的玻璃破碎聲也是她嗎？真是太威了。

芙拉蜜絲來到角落，左手邊的牢房就是江雨晨，個人牢房，好VIP！

江雨晨正蜷縮著雙腳，根本睡不著，整個人看起來憂心忡忡，當留意到牢房外有人，抬起頭時依然淚痕滿臉。

她蹙眉，揉了揉雙眼，彷彿不敢相信眼前出現的人。「芙拉？」

「妳沒事吧？」芙拉蜜絲邊說，一邊看著門上的鎖，再望著手上的金刀，這是可以通用的嗎？

江雨晨倒抽一口氣，連忙走到門邊，「妳來做什麼……妳怎麼進來的？」

芙拉蜜絲沒回答她，只是拿著刀子往鎖上一敲——喀噠一聲鎖即刻打開，如果可以驚叫的話，她一定會興奮的又叫又跳的！

裡頭的江雨晨看著門開啟時簡直目瞪口呆，剛剛是發生了什麼事？「妳怎麼……」

「走了！」芙拉蜜絲推開門，一把將她拉出來。

這一走起了騷動，其他的學生都緊張的伸長手，想要芙拉蜜絲幫忙。

「噓——噓噓！」她趕緊說著，「你們明後天就會被放出去了，雨晨不一樣，她會被亂定罪的！」

其他人皺著眉想喊，芙拉蜜絲再次雙手合掌的請求，他們在這裡，早該知道雨晨的狀況與他們不同吶！

江雨晨什麼都還搞不清楚，就被芙拉蜜絲拉著跑，她們本想從原路回去，但是聽見自治隊仍在樓下勘察，無論如何是不可能從窗子再爬下去的……而且就算她可以，雨晨也沒辦法。

「芙拉，這太冒險了。我逃走感覺就好像承認我是魑魅附身！」江雨晨輕聲說著，想拽開芙拉蜜絲的手。

「妳不走就直接被當附身怪物燒死了。」芙拉蜜絲握得更緊，繞到樓梯邊往樓下瞧，「我們下樓！」

江雨晨根本反應不及，又被拉走，她們放輕腳步但是卻走得極快，芙拉蜜絲幾乎確定沒聽見一樓樓梯附近有人，才敢往下走。

但是辦公室裡還是有聲音，輪班室裡也有著吆喝聲，門口更是有人守在那兒等待到後院探查的消息，她們根本無法從正門離開！

斜前方的說話聲逼近，幾乎靠近到了門邊，芙拉蜜絲一驚趕緊拉著江雨晨再往下繞，跑下了樓梯，只能往地下室去！

地下室的厚重鐵門緊緊上鎖，芙拉蜜絲拿著金刀再度如法炮製，門輕易被打開，兩個女孩閃身而入，只是才走進去，腥臭味頓時傳來，江雨晨緊閉上雙眼掩鼻縮肩，躲到了芙拉蜜絲身後。

「這什麼味道……」芙拉蜜絲小心翼翼的把鐵門掩上，裡頭昏暗，只有間隔好幾公尺的牆上有一盞微弱小燈。

「芙拉……我覺得好可怕！」江雨晨緊抓著她，這裡好冷喔！

「不怕不怕。」芙拉蜜絲口是心非的說著，趕緊拿出手電筒照明。

燈光大作，映入眼簾的是陳舊的石牆。比樓上更粗的鐵條柵牢，還有耳邊不止的流水聲。腳下踩的是石頭，也全是濕漉漉的，而且仔細一瞧，他們走的路徑是凸出的高點，兩旁像是小溪潺潺，還有牢房就建立在兩邊，這兒有地下水在流動……而且牢房裡的水更深，芙拉蜜絲狐疑的往前走，每扇牢房的鐵欄杆都異常的粗，上頭甚至還刻有咒文。

這裡是關什麼的？鼻息間嗅聞到的是腐敗味，自治隊有地下牢？水牢？還是……

「我們出去好了，我覺得前面不該去。」江雨晨拉住芙拉蜜絲，搖了搖頭。

「我想知道這是哪裡耶，我從不知道自治隊有地下牢房！」芙拉蜜絲好奇心旺盛，又往前走了幾步。

「可——」江雨晨還想說，芙拉蜜絲回身要她噤聲，雨晨沒聽見嗎……前面好像有人在說話。

聲音很輕，窸窸窣窣的，可是真的有說話聲迴盪著，有男有女，她聽不見在講什麼，實在太遠了；趴在她身後的江雨晨緊盯著地面就怕失足滑下，卻忽然看見有什麼東西在水裡流著……雙手一掐，芙拉蜜絲直起身子，嚇了好大一跳！

怎樣？她用氣音問著，江雨晨顫抖著手指指腳邊的水。

芙拉蜜絲立即將手電筒移過去，看見幾根鬚狀物，第一時間想到的就是那位被魑魅附身的學妹，她的四肢就是長這樣！

她趕緊拉著江雨晨往後退，江雨晨戰戰兢兢的瞪著那肉鬚瞧，隨著水流經過，芙拉蜜絲才留意到那只有一小截……是那個魑魅的遺體嗎？她大膽上前，立刻以金刀刀尖撈起了那肉條鬚。

芙、拉、蜜、絲！江雨晨在心中吶喊著，她怎麼撈那種東西起來了！

果然是屍體的一部分，芙拉蜜絲看著像是手的樣子，奇怪……在她暈過去前，她不記得有切斷魑魅的身體啊，所以這是法海做的嗎？肉色的觸鬚跟肉條一樣，細小的交織著，只是現在成了死白的色調。

水……她將東西放回水裡，聽說藍藍的屍體也是被水沖到水庫附近被找到的，體無完膚，屍體殘缺無全體。

「死的嗎？」江雨晨問著。

「嗯，是下午那個魑魅的一部分，我堂姐發現的，真里大哥他們已經找到屍體了。」芙拉蜜絲看著水流帶走屍塊，突然覺得那被附體的學妹有點可憐。

「我聽說……只找到屍體。」江雨晨若有所思，「好像沒有找到本體。」

沒找到本體？芙拉蜜絲有些疑惑，她聽不太懂江雨晨所言。

「我昨天特意查了，魑魅附身必須經過人類同意才不會排斥，但是因為是附身，所以魑魅會寄生在體內；反正魑魅本來就不是人，可以變化成各種樣子。」江雨晨向來懂得就很多，「不過我今天聽到堺大哥說，藍藍解剖後卻沒有找到體內的魑魅……只有亂七八糟的內臟，變異的四肢跟骨頭，沒有看到本體。」

還有藍藍身體每個器官都有被肉條鬚縛緊、或鑽入，五臟六腑無一完整，連鼻腔跟臉皮底下都鑽滿了肉蟲，真的完全是共生的方式；但是如果真的魑魅附體，本體呢？

「好奇怪！」芙拉蜜絲嘖嘖說著，「怎麼可能沒有本體……屍體是完整的嗎？會不會已經被開腸剖肚拿掉了？」

「我聽說是解剖打開來確認的，聽說除了身上有刀傷、失血過多，還有下顎爛掉之外，沒有別的大傷口……」江雨晨記得有聽見自治隊員在討論，「這感覺很糟糕，堺大哥還要求大家不能說。」

「是因為本體潛逃了嗎？」芙拉蜜絲想起剛剛的殘骸，附身後能這麼俐落脫離本體？

江雨晨搖了搖頭，「我覺得是無限寄生。」

無限寄生！芙拉蜜絲狠狠倒抽一口氣，這是什麼可能性啊！這是最好不要發生的事吧！

所謂無限寄生，是指魑魅利用自己的妖力，讓身上的一部分進行無性繁殖一般的附身在人類體內，但本體其實一直存在某個人身上，其他都只是被它控制的軀殼罷了！

能做到這種事的魑魅需要非常大的力量，不是普通等級的魑魅，一般來說，能有這種妖力，連地獄的惡鬼都得讓它三分！

「我一點都不希望是這種可——」水裡倏地竄出一隻手，冷不防的握住了芙拉蜜絲的腳踝！「哇呀——」

她整個人被往下拖，江雨晨伸手抓住她，但另一邊的水裡也竄出手逮住江雨晨，芙拉蜜絲眼明手快地立刻揮鞭繫住牢房鐵柵，阻止自己被拖下去，左手也同時扣住江雨晨！

什麼東西！她忿忿回首，看著從水裡浮出的人……腐爛的人從水裡出來，開始一吋吋抓爬上她的小腿、大腿……

『走，跟我走……』含糊的聲音在裡頭傳著，『他在等、等妳們這些……』

「放手！」芙拉蜜絲踹著腳，她不敢喊太大聲，萬一驚動自治隊就完蛋了！

『逃亡者，妳怎麼可以逃呢？把自己送出去，送出去我就自由了……』江雨晨那邊根本連續冒出三隻，每個都是人形爛模樣，沒有什麼質變，全部都是亡靈！

而且竟然是不怕她護身符的亡靈？！芙拉蜜絲曲起手，開始將鞭子繞過自己手掌下方以縮短鞭子長度，藉此將自己拉高，與抓住她的亡靈相抗衡。

但是她左手的江雨晨被越拉越遠了，她快拉不住了。

「放……放手！芙拉！」江雨晨倏地鬆開她的手！因為只有鬆手，芙拉才有辦法施展！江雨晨！芙拉蜜絲瞬間失去重心，左手扣緊的江雨晨摔落下去，她嗚咽的緊抱住地面凸起的部分，但依然被拖進了水裡；不過芙拉蜜絲也飛快地鬆開鞭子，讓自己跌落，身子往後一拽扯，就被亡靈也拖下水去，而且……牠們在移動！

她們兩個都沒有淹死，因為亡者是拖著她們兩個往同一個方向而去！最好她會束手就擒！芙拉蜜絲一扭手腕。鞭子在空中劃出個S型，俐落的刺進抓著她雙腳的亡者胸口，牠發出嗚嗚慘叫，芙拉蜜絲即刻落進水裡，隻手撐著地，手上的鞭子沒有停過，割斷抓著她身體的亡者喉嚨，再立刻往前伸展，一刀削斷抓著江雨晨的腐手。

『不不不要反抗，我們要帶妳回去啊啊！』水裡突然噗嚕噗嚕冒出更多亡魂，七手八腳的朝她們爬來，『自由，放我們走，放我們自由——』

神經病！芙拉蜜絲狼狽的爬上小徑，鞭子再怎麼揮動也都及不上不停冒出的亡者，才拉過江雨晨就被扯走，這樣下去根本是體力消耗戰！

「江雨晨，唸驅靈咒！」芙拉蜜絲拿出媽媽給她的那疊符紙，直接撒向空中，劃上結印開始唸咒，符紙獵獵作響的飛舞著，頓時迸出光芒，倏地朝亡靈飛去，穿透靈體，慘叫聲此起彼落。

但是，灰色的腦子再次從水裡冒出，又是下一批——有完沒完啊！

「走！芙拉快走！」江雨晨濕漉漉的站起，忍不住反胃噁心的乾嘔著！「妳快點跑！」

「這只是亡靈怕什麼？」芙拉蜜絲往前要拉住她的手，水裡猛然伸出一道肉條鬚，硬生生阻斷了他們！

「哇呀——」江雨晨嚇得花容失色，芙拉蜜絲也連連踉蹌——魍魅？

這次的肉條鬚不太一樣，交織而成的鬚狀物還化作一隻大掌模樣，所以手伸出水面，張大手掌朝江雨晨攫抓而去！芙拉蜜絲飛快的揮出一鞭繞住那隻鬚手，金刀一彎刺進掌心裡！

肉條鬚手被傷及嚇得縮進了水裡，但是芙拉蜜絲大大失策，因為刀子還插在掌心裡啊——她連思考都來不及，直接被往前拖了！

「哇啊——」芙拉蜜絲將身子後仰也煞不住，直接栽進水裡。

江雨晨見狀不妙，絕對不能讓芙拉蜜絲進入水裡，鞭子進水是發揮不了作用的！她幾乎沒有猶豫，回身就朝剛剛那扇鐵門衝過去，扯開嗓門大喊：「救命啊！」

什麼？芙拉蜜絲措手不及，她雙腳都栽進水裡了，可以感覺到魍魅正在游動，而雨晨居然衝出去驚動自治隊，這不是失去她跑來救她出去的意義了嗎？

「江雨晨！」她喊著，卻敵不過江雨晨歇斯底里的尖叫聲。

冰冷的手倏而由後環住，緊扣她的腰際輕易拖到路上，另一隻手握住她的手腕抽動鞭子，鞭子瞬而自水裡浮起，濺出一片水花。

「別喊了，走人。」她一骨碌被抱起，趴在來人肩頭，雙腳離地火速的後退著！

她聽著外頭的喧鬧，看著江雨晨離她越來越遠，水裡的亡魂還在哀鳴，伸長了手想要再度拖她走，幾根白鬚從水裡伸出跟天線一樣，然後一個彎道後她就什麼也瞧不見！

手電筒早就掉進水裡了，現在的她只看見洞穴跟黑暗，還有環抱她，那強而有力的臂膀。

「江雨晨，妳怎麼在這裡！」堺真里的聲音傳來，遠遠的迴盪著。

「好多亡者，小心！」自治隊開始清理現場。「牆上也有，那是會傷人的亡魂！」

芙拉蜜絲閉上雙眼，她緊握著拳，原本希望離開的時候，是帶上江雨晨的。

沒多久，她被放了下來，踉踉蹌蹌的向後倒上了冰冷的牆，腳下的地是濕軟土地但沒有水，眼前的人影她根本不需要看清楚，光聞就知道這香味便是來自法海。

她在一個小隧道般的洞裡，微弱的光從天花板的角落照進來，那像是縫隙……上頭是路啊，這是路面裂縫透進來的光，因為他們在地底下。

槍聲與哀鳴不絕於耳，亡靈的慘叫一如教堂的鐘聲，法海昂然站立注意著外頭，好一會兒才轉過身來，雙手一左一右的把她罩在中間。

「別出聲，我要妳停止呼吸時，妳就得停止。」法海輕聲說著，「聽到了沒？」

芙拉蜜絲只得點頭，抹去眼角滲出的淚水，貼著牆乖順的聽話；有足音朝這裡靠近，還有狗吠聲，芙拉蜜絲屏氣凝神，法海忽地欺身向前，幾乎要貼上她的頰畔。

好香……芙拉蜜絲一直很喜歡法海身上的香味，可是狗兒都來了，這香味怎麼逃得過狗的靈敏嗅覺呢？

「停止呼吸。」輕柔的聲音在她耳邊響起，芙拉蜜絲用力深呼吸一口氣，閉氣。

她同時也闔上雙眼，心裡想著萬一被抓到該怎麼辦？真的如黑貓所說，她就能跟雨晨關在同一間了嗎？她一點都不想被關進去！因為雨晨一定會被送回去，說不定會換到更牢靠的地方，這次的行動已經證實她想逃亡。

誰帶她逃的？芙拉蜜絲，多少學生都看見了，她會不會變成跟魑魅一夥，然後自治隊會搜查他們家，神父會說她恐怕也被附身了，所以她不能回家了！

有人來了，又離開了，終於等到法海說可以呼吸的指令，她重重換氣，然後不自覺得雙腳往下一軟；她又冷又濕又氣又懼，所有龐大的壓力情緒都一湧而上。

「暫時得待在這裡，不能回去知道嗎？」法海一邊說著，一邊將她攙起，「一定會驚動很多人的。」

「我知道……你又救了我。」她不自覺得偎進他懷裡，緊緊拉住他的衣服。

「偶然。」他低沉著說，事實上是她跟江雨晨打斷了他在這裡的小集會。

找個角落坐下，拉過了芙拉蜜絲，將她往懷裡揣著，氣溫這麼寒冷，她身體又濕又沒壁爐，只能盡量的幫她保溫；脫下身上的外套罩在她身上，法海看著貼在他胸前闔眼的少女……

他到底是欠她什麼了？為什麼老是扯上她的事呢？才要出門就打電話來遙控，偏偏地點又差不多，及時從「那傢伙」口中救下她，還得幫她一路開窗開鐵門？好不容易剛進下水道要處理正事，沒講兩句她又闖進來！

這是招誰惹誰啊？想想上次連在家喝下午茶他們都能來亂，亞洲有八字說，以這個來論，他是相剋犯沖嗎？

當然他沒有出手救她的必要，不過好像幫習慣了，看見她在那裡揮鞭掙扎，就會下意識的出手……這下頭亡魂真多，這麼多死者徘徊不去是為什麼？上頭不是自治隊嗎？陰暗的地方就是有噁心的東西。

也有魍魅潛伏，在這兒觀望，上頭暗處還有被偷放進來的地獄惡鬼，隨時伺機而動，這整座鎮真是盤中飧哪。

芙拉蜜絲安穩的偎在法海懷裡睡著，她心底的角落總是偷偷想像這個畫面，以前想像著像王子一般的人會這樣抱著她，溫柔的疼惜著，她就能偎在王子胸前，感受著他溫暖的體溫，與強而有力的心跳聲。

她對法海當然有憧憬，這樣的情況簡直是她夢寐以求，只是……法海的體溫好冷，沒辦法溫暖她，甚至比不上身上的外套。

這還不是跟想像最大的差別，芙拉蜜絲悄悄半睜雙眸，朝著法海的身上貼得更緊。

法海，沒有心跳聲。

當太陽昇起時，地下道亮了起來，也不知道是幾點了，只知道陽光角度剛剛好從那縫中射入，直照芙拉蜜絲的雙眼；她瞇著雙眼以手阻擋，想要動卻發現全身僵硬，她維持這個動作太久了。

「唔……」吃力起身，不經意對上碧綠眸子。

她有些錯愕的眨了眨眼，好像未完全清醒似的瞇眼看著法海，旋即一怔——「咦？咦咦！」

動作突然變得萬分靈巧，芙拉蜜絲啪啪啪的以手當腳連連後退，吃驚的望著他！

「不要演了，都幾點了搖都搖不醒。」法海扭扭頸子，比比裂縫，「沒聽見上面很熱鬧嗎？」

……對！昨天她被困在自治隊下的地下水道了！被法海所救躲在這兒，不知不覺居然睡著了……天哪，怎麼一點危機意識都沒有？好不容易跟法海在一起，居然沒有好好談談心啊可惡！

伸伸懶腰，全身都僵硬難受，上頭的確有著喧鬧聲，她揉揉眼睛看著手錶，這才發現業已日上三竿！

「九點了……啊！」她驚訝的喊了聲，同時間，教堂敲鐘了。

噹——噹——噹——噹——噹——

呀——啊啊啊啊——

鐘聲總是伴隨慘叫聲，芙拉蜜絲擰緊眉心看向裂縫，今天的叫聲又不一樣了，聽起來像換個人似的。

「好像全鎮的人都聚集了。」法海終於也站起身，舒展舒展筋骨。

「因為這是昨晚的行政命令，九點鐘全體人員都要到教堂前集合。」芙拉蜜絲收好鞭子，用力拍拍雙臉，「什麼抹血淚證明自己不是魑魅……」

「哼，真是笑話！」法海果然嗤之以鼻，「那血能代表什麼？」

「鎮長支持著有什麼辦法，我也不信！」芙拉蜜絲回首，「我倒是很想知道，魑魅在水裡做什麼……」

「牠本來就在水裡的吧，水屬性。」法海隨口說著，「我們走吧！」

「水屬性？」芙拉蜜絲困惑的轉回來，「什麼是水屬性？魑魅屬性是水？」

「不然呢？妳以為在泳池裡的是火屬性嗎？」法海蹙眉，問這什麼鬼問題？

芙拉蜜絲眨了眨眼，很驚訝的趨前又抓住他的衣服，「魑魅有分屬性？」

法海聽出她的意思了，他比她還詫異，「妳不知道？噢，你們是在教什麼的？」

「快說，拜託！」

「這很簡單，魑魅跟大自然一樣，有分屬性，風火水土四大類，像這次的魑魅就是水，所以在水裡都如魚得水，其他依此類推。」法海訕笑著，「真有趣，十六歲了還不懂魑魅屬性？你們真應該讓闇行使來上課！」

「唉，我們鎮上反闇行使的人太多了！」芙拉蜜絲咬了咬唇，原來魑魅有分屬性，這個她從來不知道啊……所以在水管裡、在地下水道裡，因為在水裡更能優游自在啊。

「好了，我們現在可以走了嗎？我待膩了。」法海一步向前，然後回首。

陽光灑在他白金色的頭髮上燦燦發光，英挺的臉龐灑上光暈，芙拉蜜絲有些陶醉般的瞇起眼，瞅著他朝她伸出的右手……啊啊啊，跟王子一樣耶！

甜甜的笑漾起，她忍不住紅了臉，可是卻把握時間趕緊搭上。

法海眼神閃過輕笑，拉過她的手就往前走，他們在下水道中前進，不管前頭的路多窄多不好走，法海走起來總是輕盈優雅，輕盈到芙拉蜜絲一度都懷疑他到底有沒有踩到地？因為她走起來超歪斜的啊，要不是法海牽著，她不知道摔下水裡幾百遍了。

走到一處岔路，法海指指上方，那看起來就是個水溝蓋。

「這是在開玩笑嗎？」她皺眉。

「上去。」法海繞到她身後，二話不說就從後高舉起她，她嚇得輕叫，卻不敢怠慢的趕緊推開水溝蓋。

推開時，她赫然發現這位置在偏僻處，根本沒人會發現，更別說現在大家都聚集在教堂那兒，下方的法海用力再一頂，她整個人順利的爬了出來。

好厲害……芙拉蜜絲站起身拍拍灰塵，法海連地下水道的方位都這麼清楚？啊，她這才想起應該要幫法海，旋身要趴下去拉人時，法海已經穩當的站在她面前。

「哇，這麼快。」她打量著他，還沒沾上什麼灰塵咧！

「走吧！」法海一臉感興趣的模樣，直接往教堂去，「真想知道他在搞什麼鬼！」

「欸——」芙拉蜜絲連忙拉住他，「你覺得我就這樣去好嗎？我昨晚一定惡名昭彰了！」

「去，幹嘛不去？」法海拉起她的手，「他們一定很想知道妳到底是誰，就去證實給他們看。」

咦？這是——芙拉蜜絲根本來不及細想，就直接被法海拖了走。

全鎮的人都群聚在中央廣場上，廣場尚不足以容納全鎮，因此每條大路上也都擠滿了人，跟過年一般擁擠；看得出來人人臉上都帶著焦慮與不安，也有人顯得煩躁，對於來到這兒並不是很甘願。

「感謝大家的集合，這事攸關大家的生命安全，請大家務必配合。」鎮長拿著麥克風說著，「凱利神父聘請的闇行使昨晚到了，他已經確認鎮上有魑魅，並且潛伏已久，也確認了我們鎮上的封印有漏洞……請。」

鎮長話沒說完，現場即刻一陣騷動，每人都恐慌極了，沒有什麼事情比結界有漏洞來得更加嚴重了——有漏洞就表示任何具危險性的東西都能輕易進到鎮上，傷及無辜！

臨時架起的高台上，走上了黑色斗篷的人，他的出現讓眾人吃驚，黑色的斗篷——闇行使者？最高階的靈能者！

眾人驚異但屏氣凝神，闇行使就是這樣的存在，讓人又討厭又依賴又崇拜又敬嘆又恐懼、偏激份子如同鎮長，他再厭惡闇行使，事情發生時也是得對他恭敬有禮，請託他們解決事端。

黑色斗篷讓遠處的芙拉蜜絲瞠目結舌，凱利神父居然請到闇行使者了，她還沒看過黑斗篷的高階使者啊！不過……上次她看見其他闇行使時，可以看見他們身上的靈氣波動，為什麼這個闇行使……她什麼都看不見？

闇行使婉拒了鎮長遞上的麥克風，穩穩的站在上頭，朗聲開口，竟如千里傳音，每個人都聽得清清楚楚。

「在靠近無界森林的結界早已損害，有足夠的裂縫讓惡鬼、亡者、妖獸、魑魅，甚至是妖類精怪潛入，這也就是你們鎮上最近接二連三發生事故的原因，必須拆除重設。」

無界森林！那是被封印的地方，裡面都佈滿各式魔物啊！全場一陣驚呼，那邊有一整片的柵欄封印，上頭都是咒文，所以要將柵欄摧毀嗎？

「至於鎮上的魑魅……由於他們附體在人類身上，就算是我也難以確認，因此今天才會請大家聚集在這兒，依序進入教堂，抹上聖血。」

什麼？現場立刻嘈雜起來，不同宗教的矛盾遂起，抹什麼聖血，有很多人根本不相信那個宗教啊！

「請不要當作是信仰或是崇拜，純粹的只是藉由神蹟來審判！將聖像流出的血淚抹上，如果是魑魅，根本無法承受！」闇行使繼續說著，現場又逐漸安靜下來。

「真的假的？」芙拉蜜絲挑高了眉看向法海，「倒不如叫大家輪流握住我的刀子。」

「問題是沒人信妳的話，也不會信妳的刀子。」他俯頸在她耳邊笑著說。

「笑屁啊！」她嘛著嘴，用手肘輕推了他一下。

「那雨晨呢！我的雨晨她——」人群中，突然爆出擔憂的聲音，芙拉蜜絲一聽就知道是江媽媽的聲音，聽起來正在哽咽。

江雨晨江雨晨……這個名字在人群中擴散開來，原本大家就已經認識那柔弱如水卻能與妖獸奮戰的女孩，昨天大家聯想的是：原來她不是人，難怪。

「那個女孩昨晚涉嫌逃跑，很多事情不言而喻！」鎮長嫌惡的說著，「還有幫助她逃走的芙拉蜜絲，只怕也有問題！」

「那鐘朝暐呢？」有人繼續高喊，「他們三個焦不離孟，還都能殲滅妖獸鬼獸太不合理了，應該三個都是魑魅附體吧！」

有沒有搞錯！芙拉蜜絲緊握飽拳，這聲音很像是袁翔的耶，大家有什麼深仇大恨，非得找碴置人於死地嗎？

急著想往前走，肩上一個緊扣，法海再度把她摟回懷中。

「冷靜。」他說著，「妳沒想過大家就是在等妳衝出去嗎？」

等她——芙拉蜜絲恍然大悟，看著前方所有的群眾都高喊著應該要處決魑魅，魑魅附體不趕快殺掉不行，芙拉蜜絲、江雨晨、鐘朝暐三個名字不停重複著，要求闇行使就地正法。

這是很諷刺的畫面，芙拉蜜絲認得好多人的聲音，不乏熟識的人們，要好的鄰居，學校的同儕……但這些人卻高喊著燒死他們。

是，因為他們可能是被魑魅附身的人，但再怎樣也還是人啊！而且，沒有一個人經過確認，就急著要殺掉他們！所有相關的情感，在與自己生命比起來時，都再也不重要了。

「不！雨晨她不是！」江媽媽哭喊出聲。

「已經確定那個女學生是了。」闇行使語出驚人，「至於協助逃跑的學生跟那位……鐘同學？請他們入教堂接受檢驗。」

確定江雨晨是魑魅了！芙拉蜜絲僵硬著身子，下意識的揪住法海的衣袖，她不可思議的看著他，搖搖頭，「不，她不是，你知道的對吧？」

法海並沒有專注在她身上，只是遠遠的望著黑壓壓的人群，然後漂亮的下巴往前一點，暗示著芙拉蜜絲往前看。

看什麼？她急得跟熱鍋上的螞蟻一樣，都什麼時候了還——人群中有個人高舉右手，手上有弓，這瞬間讓廣場中心的人都靜了下來。

「鐘朝暐在這裡！」鐘朝暐大聲喊著，「我自願第一個進教堂！」

咦？朝暐！芙拉蜜絲詫異的看著他似是往前，因為人潮明顯地朝兩旁散開了！法海扣在她肩上的手突然使勁往前，她眼珠子轉動著，法海同意她所想的！

「芙拉蜜絲在這裡！」她也立刻扯開嗓子，「我也自願先進教堂檢驗！」

「噫——」附近的人沒留意到她在人潮中，竟然像看到鬼般的朝旁邊退散！簡直如摩西過紅海，法海跟芙拉蜜絲往前走，人就朝兩旁散開，他們筆直往鐘朝暐的方向去，鐘朝暐回身先是驚訝的望著她，然後視線落在摟著她肩頭的那隻手——法海？

「嗨，朝暐！」芙拉蜜絲打了聲招呼。

他們三個在大道上，左右兩邊的人牆開啟的大道，正前方正是高台，台上的鎮長、凱利神父跟闇行使都在盯著他們瞧。

「妳昨天真的跑去找雨晨？」鐘朝暐要自己專心，暫時無視那隻手。

「嗯，原本想救她的……因為黑貓說她命懸一線，結果這占卜還真準！」她低聲說，「中途被一堆亡靈跟魑魅攻擊，雨晨為了幫我衝回自治隊喊救命，所以又被抓回去了。」

「那……」鐘朝暐眼神向上，不懷好意的看著法海。

「我救了她，而且一整晚都在一起。」法海衝著鐘朝暐露出理所當然的微笑。

鐘朝暐又氣又惱的看向芙拉蜜絲，但她根本就沒在管他的情緒，伸出右手就推著他往前走，一雙眼緊盯著高台前的闇行使。

「昨晚劫獄的人出現了啊！」鎮長不客氣的酸著，「真會躲，妳不知道昨晚為了找妳自治隊多辛苦。」

「劫什麼獄啊，那是自治隊，又不是監牢！」芙拉蜜絲揚聲，毫不畏懼，「該受的懲罰等事情結束後我願意承擔，多餘的罪少推到我身上！」

「芙拉！」旁邊的人潮裡傳來露娜的聲音，她硬擠著上前，憂心忡忡的望著她，「留神點，小心！」

芙拉蜜絲很想停下，但肩上的力道催使著她繼續往前，法海不讓她停留嗎？為什麼？

「放心好了，我會注意。」

「妳堂姐在教堂裡幫忙，有什麼事就找她！」露娜也跟著擠開人群往前走，「什麼事都要沉得住氣，知道嗎？」

芙拉蜜絲點點頭，總覺得媽媽似乎異常擔心的樣子。不過是去個教堂啊，抹聖血又怎樣，她雖不相信，但也不至於畏懼吧？

露娜牽著孩子仍舊放不下心，但眼神看向一直摟著女兒的少年時，免不了一怔……金色的卷髮跟立體的五官，所謂王子般的美少年，就是法海了吧？

法海那雙綠色雙眼倒是一直瞅著露娜，他溫和的笑笑，暗暗頷了首。

「那就請大家列隊進教堂吧，請按照動線走，自治隊的人已經在聖壇前準備妥當，如果你是魑魅，我勸你不要太過自負。」闇行使在上頭說著，低首看著率先要進入教堂的鐘朝暐等人。

仰頭向上，明明只是斗篷，芙拉蜜絲卻完全看不清那闇行使的臉，漆黑一片。

「等等進去不管看到什麼異狀，麻煩兩位都當沒看見，冷靜的到前方抹了血就出去。」

法海此時突地拉住鐘朝暐，不讓他與自己拉開距離，接著壓低聲音說話，「然後得想辦法阻止大家去拆那個結界！」

「問題教堂裡的問題神父請的闇行使當然也有問題，他整個人怪怪的，跟之前看到的闇行使不一樣！」芙拉蜜絲立刻投贊成票，「所以結界沒有問題對吧？」

「我不覺得這鎮上有什麼大漏洞，小裂縫難免，但是……」法海留意到教堂門口已經有人在那兒了，「鐘朝暐，你能辦這件事嗎？」

「我為什麼要聽你指揮，你誰啊？」鐘朝暐用力甩動身子，掙開法海的拉制，回頭忿忿的瞪著他，大步的就進入教堂。

「鐘——」芙拉蜜絲想喊住他，但是又怕動作太大引起注意，此時站在門口的其他神父正用戒慎恐懼的眼神望著她，還退後幾步咧。

對啦對啦！她是魑魅，最好大家都離她遠一點！

「芙拉！」還沒踏進去，吳棻棻焦急的奔了出來，「妳怎麼……唉，妳昨晚怎麼闖禍了！」

「堂姐……」芙拉蜜絲迎上前，「我就是怕今天這個情況，妳看雨晨被誣指為魑魅了！」

「誣指？」吳棻棻倒是很疑惑，「芙拉，那是闇行使判斷無誤的，她真的被附身了啊！」

「咦？」芙拉蜜絲詫異極了，「堂姐，那種話妳都信？我跟雨晨一起長大，我怎麼會不知道她是不是——」

「神父說的話不會有錯，闇行使用聖血證明了，我在場啊！」吳棻棻打斷了她的話，「抹上江雨晨的臉龐時，她痛苦地發出可怕的聲音，要不是闇行使在，我只怕已經……」

……雨晨對那血感到痛苦？可怕的聲音？江雨晨是虔誠教徒，不說別的，那聖血對她絕對有效用，可是、可是她不可能是魎魅！

難道，是有人作梗？故意讓雨晨痛苦嗎？

「進去就知道了。」法海打斷了她們的對話，「走吧。」

他催促著芙拉蜜絲進入，吳棻棻退到一旁，她也憂心忡忡，用力握了握芙拉蜜絲的手，其他的事她無能為力。

一腳踏進教堂裡時，芙拉蜜絲差點沒被衝鼻的腐臭味襲得暈倒，她伸出手想要掩鼻，卻立即被法海攔下。

「忍住。」他低語。

忍？這怎麼忍啊，超噁心的，這簡直是個不通風的腐爛場所，為什麼有這麼衝鼻的腐臭味？她快要吐了！

但是法海要她忍……她緊皺著眉心往前走，看見前方站了一排自治隊，堺真里就站在一旁，臉色也相當不好看，擰著眉頭望著她。

真里大哥……芙拉蜜絲不敢換氣，連用嘴巴呼吸都作嘔，好像把腐肉吞進去的感覺……她痛苦的加快腳步，想要趕緊把這個莫名其妙的檢驗儀式結束，飛奔出教堂！

鐘朝暐已經在簡單的祈禱後，抹了聖血從另一道門出去，還不忘瞥了他們一眼，此時芙拉蜜絲正走近聖壇，一雙眼瞪得圓大，幾乎要走不下去！

「從容。」身邊的法海沒有鬆過手，撐住她的身子。

從容？她看著被釘在十字架上的神像……自頸部以下一路被剖到肚子，裡面的臟器全數掏空，不留一滴血，四肢都被釘在十字架上，扭曲而慘叫的臉斜倚著，兩眼均被剜出，兩行血淚就是從那眼窩流了下來，臉上更是千瘡百孔——竹內秀琦！

她不會認錯的，那不是什麼神像，那是竹內學姐啊！

法海冷靜的看著這一切，回首看著陸續走進來的人們，他們恐懼的與芙拉蜜絲間隔一段距離，但還是虔誠的對著十架上的聖像劃胸口十字，或祈禱或讚頌，一般人如果看見上頭這屍體，怎麼可能沒有反應？

換句話說，一般人是看不見的。

法海不動聲色，他站到芙拉蜜絲的身後，用力的將她推跪上禮拜墊。

「隨便抹抹就出去了，不要遲疑。」法海彎了腰，「這不是在抓魑魅，這是在抓闇行使。」

魑魅這麼精明，要是真的有能對付制他的東西，他根本不會來參加這個集會，更遑論乖乖的上前抹什麼聖血，這根本是愚蠢的做法……他一開始就覺得不合理，但是，就這腐臭味來看，教堂裡屍體不少，再看到十字架上的花樣少女……

只有具有靈力的人，才能看穿這障眼法——這場戲，要揪出的是潛在的闇行使！

一旦把闇行使全數殲滅，魑魅就能在這裡胡作非為，任其揭起腥風血雨了！

芙拉蜜絲已經明白了，她強迫自己冷靜，用顫抖的手隨手劃了個十字，仰起頭伸出手指，凝視著竹內秀琦那痛苦的吶喊臉龐，輕輕的抹下眼窩中流下的鮮血，塗上自己的臉……

她幾乎要站不起身，是法海將她攙起，他不跪不劃十字，就只是將血往臉上抹去，就半拉半推著芙拉蜜絲往外走去；感受到身上的視線，他回眸看向堺真里，這真是難為那傢伙了，聞著這濃烈的腐爛味、看著被釘在十字架上的女孩，卻得裝作什麼都不知道。

法海緊窒的摟著芙拉蜜絲搖搖欲墜的身子，她完全無法承受，昨晚學姐說要去夜探教堂，最後卻變成那個模樣？被釘在十字架上，偽裝成聖像，就為了揪出闇行使！

「出去外面也得冷靜，別忘了鎮長跟怪神父都在盯著妳。」快到門口時，法海交代著。

她點點頭，必須把想尖叫的衝動壓下，走出另一道門時，吳菜菜在那兒喜出望外的迎接她，因為她已經證實了自己不是魑魅。

「真是太好了，妳別再讓嫂子擔心！」吳菜菜笑著說，「我要進去幫忙了，妳小心點……」

「幫忙？」芙拉蜜絲立刻攔下她，「堂姐，妳進去幫什麼忙？別進去吧……孩子怎麼辦？」

「啊，他們都在教堂裡啊，我答應神父要來協助了，妳別擔心我。」吳菜菜拍拍她，「快點去找嫂子，她還在外面排隊，昨晚一整夜心急如焚呢！」

「不……」芙拉蜜絲使勁抓住吳菜菜的手，「堂姐，帶潘潘他們都回家吧，這個教堂不要待啊！」

肩上被人掐了一下，法海在提醒他不要說溜了嘴。但是這是她堂姐啊，她好不容易才把堂姐的孩子從妖獸手裡救回來，怎麼能再讓她們一家再涉險呢？

「什麼叫不要待？這是我的心靈支柱……我知道妳怕我倒下，我不會的！」吳菜菜搖了搖頭，「我跟孩子，還有現在的工作都很穩定，神給了我寄託與安定，我只是幫神父維持秩序而已，等等結束後我就會帶孩子回去的。」

芙拉蜜絲點點頭，她希望的是堂姐馬上就走！法海扳著她的身子往外走出，在排隊進教堂的隊伍中看見露娜的身影，芙拉蜜絲勉強擠出笑容，對母親豎起大拇指，然後驕傲的用抹血的那張臉迎向高台上的人們。

「噢，芙拉蜜絲不是魑魅的同夥！」凱利神父大聲宣佈著，「唉，只是個為朋友努力的孩子！」

「雨晨不是魑魅。」芙拉蜜絲站在台下，雙眼閃爍，「我會證明給你看的。」

「不必，我會證明。」闇行使上前一步，用帶著嘲謔的聲音說著，卻只有他們聽得見。

高台後方傳來了輪子聲，喀啦喀啦，芙拉蜜絲狐疑的看著現身的輪車，車子裡關著看起來虛弱難受、臉色蒼白的江雨晨，正半暈厥般的靠在囚車裡。

「雨晨！」芙拉蜜絲一看見她，就失控的要衝上前。

「芙拉蜜絲！」幾個自治隊員立刻阻止她，「別靠近，她體內有魑魅！」

「最好是啦！」芙拉蜜絲難受的看著囚車裡的同學，江雨晨聽見她的聲音了，緩緩睜眼。她虛弱的搖搖頭，示意她不要過來。

「江雨晨已經被斷定是魑魅，她的臉頰被聖血灼傷。」

「不不不——」江媽媽江爸爸從排隊隊伍衝了出來，直往車子那邊去，「雨晨雨晨！」

江雨晨一見到父母，立刻激動握住欄杆，手腕上的鈴鐺叮鈴響，伴隨著輪子的聲音、父母的喊叫聲，一路被往前推去。

自治隊員攔下了他們，將他們阻擋在外，車子被押著往大路走去，凱利神父趕緊下高台走向江家人，好聲好氣的跟他們解釋著不能因為他們的私情，置全鎮人民於危險之中。

「你們的不捨我很明瞭，但這就是魑魅啊，附身在人體內，你們怎麼會知道？」凱利神父說得很感嘆，「外表她依然是你們的女兒，可是事實上不是了啊！」

江氏父母哭得腳軟癱地，芙拉蜜絲沒時間去安慰他們，她追著車子後面跑，不明白他們要推去哪裡。

「喂，闇行使！你要把江雨晨帶去哪裡？」她回首，不客氣的指著台上的闇行使問。

「帶到結界去，在我們重建結界時順便殺掉她，這是一種殺雞儆猴，警告其他非人休想進入安林鎮。」闇行使說得振振有詞，在芙拉蜜絲耳裡只得到一個結論：血祭。

結界一旦被重置，誰曉得會變成怎樣？她打從心底就是不相信這個闇行使，她也不相信神父，裡面的腐屍、竹內秀琦的屍體已經證實了這一切，裡頭有著怪物！

在假設教堂就是非人的聚集處的前提下，他們的所作所為只是為了方便自己屠殺罷了——將具保護力的結界拆毀，用江雨晨的鮮血光明正大的昭告天下：這裡有鮮肉啊，快來吃啊！

開什麼玩笑啊！

「檢驗結束的人，我們往無界森林移動，闍行使要重設結界，並燒死江雨晨！」鎮長高喊著，所有人都開始移動。

凱利神父安撫江家爸媽後起身，回身剛好與芙拉蜜絲一直線，她不避諱的打量著他，從頭到腳，那紫黑色的長袍，和藹可親的笑容，慈愛的眼神，十字鍊墜……十字鍊墜？

等等，芙拉蜜絲倏地打橫手臂，竟阻止了凱利神父的去向。

「嗯？」凱利神父沒有訝異，只是好奇的望向她，「怎麼了？」

芙拉蜜絲腦海中浮現在她衣櫃裡掉落的鍊墜，幾乎與這個一模一樣——「我好像很久沒看見白神父了耶！」

她揚聲，帶著絕對誠意的笑容，瞅著凱利神父看。

「對啊……白神父呢？」這個問題果然也是不少人心中的疑問，大家紛紛討論起來，那位德高望重的白神父似乎一陣子不見了？

「好像之後都沒看見他了，生病了嗎？」

「凱利神父，白神父是不是哪裡不舒服？」

「白神父有事離開鎮上了。」凱利神父不疾不徐，「他因為鎮上的異象，所以想去請教會的人士過來，只是他沒想到事情會惡化得這麼快啊……」

「離開鎮上？」鎮長倒是錯愕，「什麼時候的事？鎖鎮前還是……」

「在那之前。」凱利神父回應著，「知道的人不多，白神父希望我守密的。」

是嗎？芙拉蜜絲視線仍落在凱利神父的十字鍊墜上，一模一樣的鍊子，落在她衣櫃裡，那個讓亡靈通過的路徑——白神父曾在她的衣櫃裡！

他已經死了！芙拉蜜絲雙拳暗暗握緊，看那凱利神父還能如此大放厥詞，再看向台上的闇行使，真不敢相信他們可以這樣堂而皇之的操控一切——這就是魑魅！

「好了，事不宜遲，我們快點往結界處移動吧！」鎮長總是不知道在急什麼，是急著大家的安全？還是急著想把闇行使送走？

大部分的人為了生命安全還是會聽令移動，現在心裡只希望快點把禍患解決，大家就能安居樂業了。

「等等——」鐘朝暐的聲音驀地從另一頭傳來，他擎著弓奔跑而來，「我們不認為問題出在結界！」

朝暐？芙拉蜜絲不明白他為什麼會從別的地方出現，剛剛離開教堂後他去了哪裡？

鐘朝暐的高喊引起現場的騷動，就見他後頭帶了一大群人從鎮上的主要道路浩浩蕩蕩而來，同時間也有一票人從排隊的隊伍中脫離、從教堂裡走出來，加入了他身後那一大票。

鎮長吃驚的看著那票人，為首的是鐘朝暐的父親。

「神父請黑貓占卜，我們也請了婆婆算卦。」鍾爸爸禮貌的說著，「婆婆說，那個結界絕對不能拆！一旦動了柵欄，就會有大劫！」

咦？芙拉蜜絲尚且來不及反應，一大群人推擠著她往前衝去，有人叫囂著闇行使都已經這麼說了，他們無緣無故反對什麼？

「為什麼你們占卜的就是真的，我們婆婆的卦就是假的？」鐘朝暐出了聲，「婆婆說一切的亂源就是教堂，黑貓的占卜術也是假的，連闇行使都不能信！」

「你說什麼？居然敢說我們的教堂是亂源？」

「本來就是，連神父都有問題，還有那個神蹟，卦象顯示大凶！」鐘朝暐那邊的人跟著力挺了，「整個都有問題，為什麼不先清查教會，教堂裡是不是有什麼？」

「那是神蹟，神蹟都顯現了居然敢說亂源是我們教會！」教徒們簡直忍無可忍，「神父是神的代理人，闇行使也能解決一切，你們居然因為一個瞎子的話想置大家於危險之地嗎？」

「什麼瞎子！那是瞎眼婆婆，是我們的占卜師！」某人怒不可遏的吼著，「你們那個玩撲克牌的就比較準嗎？為什麼就得聽那個玩牌的！」

塔羅牌的占卜術者……芙拉蜜絲悲傷的望向教堂，已經被釘在上頭了，剛剛每個人還抹了她的血。

你一言我一語，現場吵翻了天，神父們擰眉上前勸架，鎮長也下來排解，教堂裡的自治隊也因為外頭的騷動衝了出來，兩派人馬邊爭執邊衝突，教會派的急著朝結界處衝，東方宗教派的則全力阻擋，戰線拉大，整群人卻明顯地往結界那兒移動。

「先把魑魅送去！」闇行使突然下令，自治隊即刻領命，推著囚車要大家讓開。

雖說眾人有所疑慮有所爭執，但是當江雨晨的車子要經過時卻沒人阻擾，還退讓了一大步，對於有可能是魑魅附體的人，寧可錯殺！鎮上幾乎九成以上，都支持處決江雨晨，還希望越快越好。

看著車子移動，芙拉蜜絲見狀就跟著要往前，堺真里走了出來，臉色鐵青，一雙眼瞪著凱利神父的背影不放。

她上前輕輕戳了堺真里一下，他回首微怔。

「裡面超噁的！」芙拉蜜絲指著教堂說著，「十字架上……」

「我知道。」堺真里留意著凱利神父他們的動態，「那個闇行使……是假的。」

「果然……但是好像也不是什麼邪物，是人去偽裝的嗎？」就說她看不見那種靈氣外散的感覺！

「反正絕對不具有靈力就是，得先拆穿他。」堺真里準備往前，卻被芙拉蜜絲拉住。

「我去。」芙拉蜜絲跟這位假闇行使可有過節呢，「連神父一起解決吧。」

「芙拉？」堺真里愣了一下，瞧她雙眼怒火沖沖，是為了江雨晨跟竹內秀琦嗎？

「你把教堂裡搞定再說。」芙拉蜜絲回眸，直接拉過了法海，「我們走！」

「我……」法海整個人被拽拖往前，他是為什麼要跟著她走啊？

芙拉蜜絲到了看台邊，這是個揮鞭也不會打到別人的好位置，看台前廣場上還有著大批爭吵中的人，雖然往中央大道移動，可是人數依然不少；她默默的取下腰上的鞭子，觀察著情況。

廣場另一頭有幾個醒目的人像是在觀戲一般，是昨天抵達的外來者外國人士，他們滿臉很好奇的看著吵鬧中的大家。

「全部住手！」鎮長拿著麥克風怒吼出聲，「你們是在吵什麼！鎮上都陷入危機了，隨時有人會死亡、被吃掉，你們還有時間在這裡因宗教內鬨？」

「因為這太詭異了，什麼都是教會說了算！」有人大吼著，「這個闇行使能不能信也不知道，結界如果真有問題，非人應該大舉入侵了啊！」

「就是，婆婆的算卦一向很準！」

「啊啊，你們要相信的是實際的人啊！」凱利神父沉痛的說著，「這位闇行使，可是之前幫助楓林鎮解決所有事端的人，他們的鎮上跟我們一樣，被魑魅潛入，然後就像現在這樣的挑撥離間、激起衝突啊！」

「楓林鎮上的確如此，而且魑魅偷偷改變結界，隱瞞了大家，才讓事情越來越糟！」闇行使穩重的解說，「你們這樣的衝突也是魑魅造成的，絕對有人在裡面煽風點火……瞎眼婆婆？是哪個婆婆？她更應該接受檢驗吧！」

闇行使就站在凱利神父的右手邊，順利的話，她可以一次攻擊兩個……不致命，就只是嚇嚇他們，力道也不能太大，萬一是人去裝扮的，還有機會可以抓住刀子。

只要敢抓住金刀，就能證明他們不是魑魅以下的邪物！

「這位闇行使——」宏亮聲音從空曠的另一端傳來，帶著氣喘吁吁，「您上次解決，是位在我們北方的那個楓林鎮嗎？」

咦！芙拉蜜絲愣住了——爸爸？

第十章

所有人都回首，因為聲音是從廣場另一頭奔來，那是前往鎮上出入口的方向，身後跟著看守出入口的自治隊員。

「是的……」闇行使的聲音很遲疑，「這位是？不是說過任何人不得出入嗎？」

「他本來是我們鎮上的人，鎖鎮前外出的！」堺真里立即出聲，「班奈狄克大哥，怎麼了？您知道些什麼嗎？」

「我去了楓林鎮。」班奈狄克站直身子，「楓林鎮已經不存在了。」

——咦？——現場傳來狠狠倒抽一口氣的聲音，堺真里雙眼鎖著凱利神父跟闇行使，神父的眼神瞬間飄移。

「是嗎？出了什麼事？」闇行使頓了幾秒，自然的問。

「腥風血雨，已經被各種非人邪物、惡鬼、妖類全部殺光了。」班奈狄克振振有詞，「整個楓林鎮已經是妖物的地盤，沒有任何一個生還者——這就是您重新建立結界的緣故嗎？」

鎮民錯愕的望著闇行使、看向凱利神父，江媽媽盛怒的趨前，伸手一指，「騙子！」

「等等……」凱利神父一步上前，「大家稍安勿躁，事情不能如此武斷，闇行使離開那

個鎮已經一陣子了，誰知道後來發生了什麼事？不能因此認定是闇行使的錯，他不是騙子，他是我認識多年——」

咻——啪！背後鞭子擊地聲響亮，讓凱利神父停下了話語。

「那換你們被檢驗看看就知道了啊！」芙拉蜜絲餘音未落，即刻舉起鞭子，標準的S型朝著神父鞭了過去！

凱利神父倏地回身，看見金刀閃閃，第一時間是驚恐的後退，而鞭子掃過凱利神父面前後，直抵闇行使！

闇行使即刻伸手要接，凱利神父驚恐大吼：「不能碰——」

金刀尚未觸及闇行使，芙拉蜜絲立刻抽回鞭子，疾奔向前，手腕一轉再將未收全的鞭子二度拋出——這一次，可是對準了闇行使的胸口。

啪！闇行使伸手握住了金刀，「妳這——哇啊啊啊——」

闇行使的右手立時銷融，發出淒厲的慘叫聲！

就在一旁的堺真里見狀，疾速上前揭開了闇行使的斗篷，裡面是個普通的男人，但是在他痛苦慘叫的時刻，所有人都可以看見他扭曲的臉皮底下，彷彿有著無數小蛇在鑽動！

「魑魅！他才是魑魅附體！」堺真里放聲大喊，舉起槍朝向凱利神父，「你——」

凱利神父雙手立刻成了交握的肉條鬚，倏地纏住堺真里的槍一把抽走，另一隻手的肉條鬚就想往堺真里的嘴裡去；但是他有後援，芙拉蜜絲的鞭子不客氣的朝凱利神父背後揮去。

轉眼間凱利神父鑽進了自己的袍子裡，像縮小一般，袍子突然落地，成了一攤布。堺真里上前揭開，才赫然發現凱利神父剛剛一直站在排水孔上！

「哇啊——」驚恐的尖叫聲此起彼落，聚集而來的人們開始驚慌逃竄，每個人都想要逃回最安全的堡壘：家。

假闇行使沒有鑽進下水道，而是直接衝向人群之中，速度快得不像人，立定一躍起就撲向正在逃亡的一個男人！他撲上對方的背，張口一咬就狠狠咬下對方頸子一大塊肉。

嘴裡冒出了許多小觸鬚，直接鑽進了咬下的傷口裡，接著他的眼神，移向了原本站在一旁看熱鬧的異國人士。

「滾！回旅館去！」班奈狄克大吼著，伸手從背上背包裡拔出斧頭，直接朝著假闇行使扔了過去。

闇行使從男人背上躍起，斧頭直直嵌入了男人的背，他的妻兒跪坐在一旁，失聲尖叫。

那群外國人聞言立刻扭頭離開，但狀似從容，芙拉蜜絲奔向前跟父親會合，班奈狄克來到男人身邊，一把抽起斧頭，望著仍在尖叫的妻小。

「快回家，他沒救了。」他一把拉起她們，催促著。

「爸！」芙拉蜜絲跑了過來，眼神原本追尋著假闇行使，但現在他已經隱匿進人群裡了，「那傢伙躲進人潮中了！怎麼辦！」

「我們無能為力。」班奈狄克擰著眉盯著地上的屍體，男人奄奄一息，血從頸口流出。

「我去。」法海突然掠過芙拉蜜絲的身邊，「芙拉，別忘了我昨晚跟妳說的話！」

咦？什麼？芙拉蜜絲丈二金剛摸不著頭腦，看著法海竟然直接往人群裡去……他去？他去做什麼？阻止那個假闇行使嗎？

班奈狄克遠望了一眼，視線重回男人身上，「先說清楚，你剛答應共存了，我必須殺掉你。」

男人蹙眉，眼神流露出悲傷，嘴巴剁剁剁啵啵啵的想說話，卻說不出。

班奈狄克沒有猶豫，高舉起斧頭，狠狠的剁下男人的頭！芙拉蜜絲嚇得後退，完全措手不及。

「爸……」

「魑魅附體，殺掉人是沒有用的，妳必須殺掉魑魅。」班奈狄克轉過來，義正詞嚴的對著芙拉蜜絲說，「這個是剛剛才被附體，尚未成功，所以殺掉他就沒事了；但已被附體成功的人，必須要剖開那個人的身子，找到魑魅並殺掉。」

她讀過，魑魅的附身是像寄生一般，寄居在人的體內，會幻化成跟宿主一模一樣，像是他的分身，控制著宿主的行為、思想，五臟六腑。

殺死人體沒有殺死魑魅，還是會再生的，魑魅可以讓心臟再度跳動。

「我知道了。」芙拉蜜絲用力點頭，看向遠方，「爸，我要走了，雨晨她……」

班奈狄克只是擰著眉，沒有說話，他不知道該讓女兒去？還是阻止她去。

芙拉蜜絲沒有等待他的應允，她緊握著鞭子立刻拔腿狂奔，雨晨已經被推走一陣子了，她必須趕緊追上。

父親沒有喊住她，就應該是另一種形式的同意吧？

路上處處是血，處處是屍體，自治隊正努力守護人們，也努力的殺掉受傷的人，因為沒有人知道這些人在被魑魅所傷時，是否已經答應了讓魑魅附體。

「芙拉蜜絲！」堺真里剛轟掉一個女孩的頭，就看見她奔跑經過。「妳去哪裡！」

「雨晨啊！」她回首喊著，「大哥你要小心！」

「妳才要小心，被魑魅附體的人很多，剛剛都已經顯露出來了！」堺真里提醒著，「救了江雨晨就趕快回家！知道嗎？」

「知道！」芙拉蜜絲敷衍的回著。

立刻回家？那魑魅呢？任他在鎮上為所欲為嗎？而且剛剛大哥也說了有許多被魑魅附體的人原形畢露，那放任他們回家豈不是更糟？

魑魅不是不會吃人，只是那不是牠們主要的進食方式，牠們喜歡附體，寄宿在人的體內，盡情分享血液與生氣！

一路追著車痕跑，跑得她上氣不接下氣，看見路旁民居腳踏車停在外頭，她二話不說就牽走，反正現在也沒有人能出來阻止她！

騎沒兩個路口，一個人倏地摔出來，她及時調轉龍頭才不至於撞上他，大叔痛苦的在地上爬行，一雙腳鮮血淋漓，邊哭邊朝她喊著救命；芙拉蜜絲朝左方的路看去，唷，熟人。

「學長。」芙拉蜜絲其實不太意外，袁翔呈現正常人形，只是手上拿著鋸子而已，「還不回家？」

「芙拉蜜絲……」袁翔笑著，滿嘴都是血，應該是別人的血，「礙手礙腳的女孩！」

袁翔二話不說舉著鋸子朝她劈來，還沒靠近那手突然伸得好長，瞬間來到她面前就要鋸上她的臉！但是芙拉蜜絲早就右手往後牽動鞭子，長鞭由她身後繞到左肩前方，不偏不倚的刺中袁翔如橡皮人伸長的右手。

「哇——」袁翔痛得慘叫，被刀子插中的地方開始冒煙。

芙拉蜜絲深吸了一口氣，不敢遲疑太久，穩住腳踏車身子趨前，再用力把金刀刺進袁翔的手裡！

「住手住手——」袁翔的叫聲中是兩個聲音重疊的，一個是原本的他，一個是身體裡某處的魑魅嗎？

刀子不需使力，熔斷了袁翔的手，他發出淒厲的慘叫聲，鮮血如注，但從那斷口處、肌理中竄出無數粉紅色的小肉條，交織伸展，迅速的生成另一隻右手，只是他未曾戀戰，而是迅速的逃離現場。

「你答應他了嗎？」芙拉蜜絲下一秒，看向了大叔。

「沒沒……沒有！我還沒有時間說話，是他偷襲我的！」大叔驚恐的喊著。

看樣子也還沒，因為學長的本體都還沒顯現出來，事不宜遲，真的殺掉再多的人也沒用，因為魑魅本體未解決，一切就不會結束！

重新跨上腳踏車，她加速的往前騎乘，一路上撞見了認識或不認識的人，早已被魑魅附體，她用揮鞭傷了幾個人，沒有時間停留的直到某個十字路口，失去了車痕，卻看見了倒地的自治隊員！

「承哥！」她跳下腳踏車，滑到倒臥血泊中的自治隊，這是剛剛押送自治隊的人員！

頸動脈的平靜代表著生命的消逝，芙拉蜜絲將承哥翻過身來，看見的卻是槍傷……旁邊還有兩個自治隊員，一樣的死法，被槍打死的，同伴的槍？

有自治隊被滲透了？天哪，芙拉蜜絲深深體會一種無法分辨敵友的壓力，要怎麼判斷眼前的人究竟是不是魑魅呢？

這種分裂人群的方式實在是太有效也太過分了！

站到路口上，才看見往右彎道的路上有著已經崩解的囚車，裡面空無一人，芙拉蜜絲緊張的衝向前看著在地上哀鳴的人們，沒有……沒有江雨晨！

她往這邊跑了嗎？芙拉蜜絲看著前方，卻又猶豫回首，這是個十字路口，照理說車子如果毀去，後有追兵，雨晨只可能往前……但如果是自治隊們正在相互殘殺，趁著空檔，雨晨或許就有機會跑去別的地方，但是三個方向，她會往哪裡去？

風從身後刮至，紙張聲獵獵，有東西從芙拉蜜絲頰畔掠過，她警戒的防備擎起右手，卻看見一張塔羅牌從她眼前飄揚而過……塔羅牌？

地上出現了陰影，芙拉蜜絲立刻仰首看去，在她的上方隨風吹來了無數張塔羅牌，上面染滿了紅血，在空中飛舞，襯著陽光與白雪，那鮮紅異常明顯……牌不會掉落似的群聚在十字路口的中央，接著往正前方飛去——前面！

『牌會告訴妳一切。』

學姐！芙拉蜜絲掄起拳頭即刻回首奔回正路，塔羅牌就在她眼前飛舞，身影翩翩，似乎像是個人在前頭引領著她似的！

路開始上坡，接下來兩旁就會進入林子，這是通往集水區湖邊的小徑，他們夏天很常到這裡來玩的！

「啊呀！啊——」江雨晨的尖叫聲驀地傳來，芙拉蜜絲加速腳上的力量。

「江雨晨！」她扯開嗓子大喊，目的是要引開注意。

還沒看到人，只聽見重物敲擊聲，芙拉蜜絲一顆心七上八下，心驚膽顫，巴不得腳踏車可以飛起來！

好不容易在左轉後看到人影了，芙拉蜜絲欣喜若狂，「雨晨……」

江雨晨站在路旁的疏林裡，看上去依然狼狽，聽得芙拉蜜絲的叫喚聲回過頭來，但是在她回頭的那一剎那，芙拉蜜絲就知道這不是她平常認識的江雨晨！

「好慢！」江雨晨抱怨著，鬆開手上染滿鮮血的石頭，頹然踉蹌的往後靠上樹。

芙拉蜜絲再往前走，看見了躺在地上的另一個人，自治隊員，他的頭被江雨晨敲凹了一邊，右眼珠暴凸而出，雙眼未曾閉上，只是半坐臥在那裡。

但是他還沒死，芙拉蜜絲嚥了口口水，如果這是魑魅附身的人的話，鐵定還沒死！她小心翼翼的往前走，注意到自治隊右手仍然握著的槍。

「那是被魑魅附體的人。」芙拉蜜絲說著，右手的鞭子蓄勢待發，「雨晨，到我這裡來。」

江雨晨沒有回應，她只是喘著氣，輕闔雙眼，接著再睜眼時卻用一種不可思議的眼神看著眼前倒地的自治隊員，還嚇一跳般的顫動身子，再看向自己染滿血的雙手……

「不……不不不！」她尖叫著，「不是我！」

「妳幹嘛這時候醒啊！」芙拉蜜絲哀鳴著，「江雨晨，過來！」

咦？江雨晨驚訝的向左看，對芙拉蜜絲的存在感到訝異，「芙拉！」

她哭喊著向左轉過了身，同一時間躺在地上的自治隊倏地瞪大雙眼，被砸凹的頭一轉，手上的槍登時擎起——芙拉蜜絲的鞭子倏地捲住那把槍，不讓槍口朝向她們！

「就知道妳有問題！」自治隊大吼著，握著槍的手化成肉條觸鬚，急速的纏上芙拉蜜絲的鞭子。

糟！她想抽回鞭子已經來不及了，因為那堆觸鬚都已經把她的鞭子跟槍都纏在一起了，自治隊員立刻與她拉鋸，那力道卻不是芙拉蜜絲區區人類之姿可以抗力的！

「唔……」芙拉蜜絲咬著牙，伸直腳開始抵住，「江雨晨！幫忙！」

「啊啊……」她慌亂的找遍全身上下，她的武器都繳械了！不顧流下的淚水，她伸手握住芙拉蜜絲的手臂，一起阻止槍口對著自己，合二人之力，還是抵抗不了魑魅的力道！

「逃！江雨晨，先跑！」芙拉蜜絲感覺情勢不妙，「快點往回跑！」

「什麼？」江雨晨不可思議，「我怎麼可能先跑啊！妳把我當作什麼人了，芙拉蜜絲．艾爾頓！」

但是她鬆開手，立刻就地撿了比剛剛還大顆的石頭，對，他不會死，但是每次攻擊的時間就足以讓他停下動作不是嗎？

看著江雨晨舉起石頭，芙拉蜜絲心裡衝擊不小，要雨晨拿石頭砸爛一個人的頭，若不是「另一個江雨晨」，根本不可能做到啊！現在她怎麼可能下得了手！

這還在討論範圍之外，江雨晨舉起石頭，自治隊坐在地上的雙腳啪的開出肉條花，疾速的纏住江雨晨的腳。

「哇呀——」江雨晨應聲倒地，直直被拖向了自治隊員。「不不不！」

搞什麼……芙拉蜜絲看著金刀掛在下方，這就是這魑魅絲毫不怕的原因嗎？「江雨晨，刀子！」

刀子？江雨晨哭喊著被直拖到熟悉的自治隊員面前，他的右手即刻朝她的頸子掐來，在這瞬間，她也看到了掛在槍下晃動的金刀，槍身與鞭子被纏住，刀子也太悠閒了吧！

她任自治隊員掐著頸子近身，左手往下探摸，一把握住金刀就朝著自治隊的腋下刺入——「對不起！」

刀子沒入了自治隊員的肋骨下方，他先是一怔，下一秒就是驚天動地的慘叫聲了。

「啊啊——哇啊啊！」他痛苦的將江雨晨拋了出去，但是卻沒有鬆開槍枝與鞭子的交纏，整個人在地上扭動抽搐，因疼痛而衍生的力道大得將芙拉蜜絲整個人都拖了過去！

「搞什……哇啊呀！」芙拉蜜絲緊握著鞭子被左甩上樹，右甩上地，然後整個人直直拖來曳去，看著自治隊員的身子染滿了血，也開始轉黑，但那手上的肉條鬚就是死都不放。

咻——一支箭矢冷不防的劃破空氣，正中自治隊的右手，芙拉蜜絲用腳抵住路上突起的樹根不讓自己太快被拖過去，定神一瞧，哪是一支箭啊，那是三支，分別落在自治隊員的右手及僅存的右眼窩裡！

「不——為什麼！我不想死啊！」自治隊員吶喊出聲，他的右手應聲而斷，雙眼噴濺出鮮血，兩隻手同時掩面，「我只是不想死而已，我真的不想死啊！」

掉落的右手觸鬚鬆了開，槍落地，芙拉蜜絲也將鞭子抽回來了。

鐘朝暐從正對面走來，將手上的大刀扔到江雨晨的面前，還有她的一整袋飛刀。

「鐘朝暐……」芙拉蜜絲好生訝異，「你不是應該在……」

「在哪？跟著大家一起反對神父？我早就開溜了！」鐘朝暐不安的看著仍在扭動的自治隊員，「他怎麼辦？」

「我不知道……魑魅主體不死，這些人殺再多都沒用。」芙拉蜜絲戰戰兢兢的瞥了他一眼，「我也下不了手。」

鐘朝暐深有同感，這是自治隊員，就算體內有魑魅，要他下手根本就……唉！

「死一個是一個！居然把我甩上樹很痛耶你知不知道！」大刀瞬間被從地上拾起，江雨晨毫無煞車跡象，直接就衝往自治隊員，一刀就刺進心口，「就算本體不死，但還是會痛對吧！會痛對不對啊混帳！」

啊呀！又換第二人格了？雨晨剛剛被嚇死了吧！芙拉蜜絲連忙上前拉過，「江雨晨，別這樣，他是被附身的！」

「被自願附身的，魑魅附身要本體自願、自願妳懂不懂啊！」江雨晨狠狠的瞪向她，「這些人是明知道自己會變怪物，還答應怪物的！」

芙拉蜜絲怔然，她知道江雨晨說得沒錯，但是、但是人總是為了求生，不惜一切啊！

江雨晨抓過她的金刀，毫不猶豫的就著自治隊的雙膝雙手刺入，不顧他的慘叫，再一刀刺進胸膛正中央，「芙拉，妳會唸咒對吧，過來唸！」

「咦？」芙拉蜜絲蹲了下來，她跟這個自治隊員不熟，但也認識兩年……看他這麼痛苦，於心不忍。

「婆婆媽媽什麼？快點啊！」江雨晨歇斯底里的喊著，「等一下等魑魅復甦就來不及了！至少要讓他不能動，要不然我們殺不完的！」

芙拉蜜絲深吸了一口氣，緊握住刀子，嘴裡吐著鮮血，自治隊員開始喊她的名字，「芙拉，別這樣，我知道妳的，我……」

「真・如道……」她闔上雙眼，專心的把靈力灌入刀子裡，唸著對付魑魅的咒語。

至少，先讓這個身體不能動吧！

當感覺到掙扎停止時，芙拉蜜絲才睜開雙眼，眼前的屍首維持著不人不怪物的模樣，但是已經不再有生氣，被刀子插進的地方黑色正在蔓延，芙拉蜜絲使勁將刀子拔起，雨晨的力道真大，刀子根本刺穿了對方的骨頭。

「這樣應該有效吧……」鐘朝暐說著卻眉頭深鎖，感覺他們好像殺了一個人。

黑色開始蔓延上臉龐，直到他全身的肌膚都像黑炭為止。

「有效。」江雨晨凌厲的雙眼對上鐘朝暐，「太多人被魑魅附身了，人真的都很怕死。」

抓緊時間，鐘朝暐走近將自己的箭拔起，重新裝回箭袋裡。

「你的箭是新的？」芙拉蜜絲留意到了。

「嗯，為了魑魅打造的，爸幫我設法的。」鐘朝暐滿意的看著雙肩上的肩袋，「箭的數量也比以前多一倍。」

「好，我們必須把本體殺死，要不然我們這樣下去殺光全鎮的人都沒用……我也不想這麼做！」芙拉蜜絲看向江雨晨，「妳現在應該可以吧？」

「身體有點虛，但是一定得照妳說的做。」江雨晨將飛刀袋繫上腰際，等等才好使用，

「不敢殺的就交給我來殺好了。」

芙拉蜜絲皺了眉，接手幫江雨晨繫上腰帶，卻帶著不悅的使勁，「江雨晨不敢做這些事，妳不要讓她難過！」

「妳到底是什麼人？」鐘朝暐也懷疑的看著她，「妳是第二人格？還是？」

「煩死了！這重要嗎？至少我比江雨晨有用不是嗎？」她搔了搔頭，「我也不清楚我是誰，我只知道我討厭會讓我害怕的東西，每天生活得心驚膽顫，昨天在牢裡時我差點沒把牢房拆了。」

第二人格？芙拉蜜絲暗暗下了結論。

「不要抓狂就殺人，這次是人，都是我們認識的、或是生活在同一個地方的——」

「魑魅就是期待你們這樣想。」江雨晨打斷了她，「別忘了，魑魅的專長是什麼？為什麼要附身？為什麼要操控亡靈？這都抓準人性在幹的！」

天……芙拉蜜絲有點難面對這樣的事實，其實她心底都知道，難道就沒有除掉魑魅又能救人的辦法嗎？

她緊閉上雙眼回想著看過的書，好像就是沒有這一條。

「就算本體死了，被附身的人也一樣會死的。」鐘朝暐也沉痛的說著，「我查過書了。」

「要是把魑魅當人，就完了。」江雨晨認真的說著，「如果要做，就要狠下心，不管對方是誰，就是不能把對方當人看！」

「說得容易！萬一是很熟的人呢？是老師呢？是同學呢？」芙拉蜜絲氣得踹著樹幹，「可惡——啊啊啊——」

她仰天長嘯，然後調節氣息，在腦子裡回憶著所有背下的咒文。

「好，出發吧。」芙拉蜜絲恢復了平靜，看起來像是下定了決心。

「有方向嗎？」鐘朝暐狐疑的問，「鎮上這麼大，妳要怎麼知道本體在哪？」

「魑魅有屬性，這次的魑魅屬水。」芙拉蜜絲微微一笑，旋身往前走，「湖裡最近不是很不安寧嗎？下水道裡可以來去自如，那只有往源頭去。」

不是釣不到魚，就是釣客失蹤，只怕都成了魑魅的盤中飧，還有……竹內學姐的牌可是往這兒飛的。

水庫。

水庫位在上游高處，這個水庫並不大，但供應附近四個城鎮的用水，由各鎮輪流管理，水庫所在地原本也是封印重重，畢竟是事關居民用水，從山壁到林子都是依照法陣所設，確保萬無一失。

但終究還是出事了，因為沒人徹底的教育大家，魑魅有分屬性。

芙拉蜜絲一行三個人爬上高處，平時俯瞰著樹林風光、藍天白雲總是叫人心曠神怡，時值冬日，一片白雪皚皚也有著壯麗之美……只可惜，現在沒人有心情欣賞這些。

眼前是一片清澈湖泊倒映著兩旁白雪山景與樹，再過去便是具有高度落差的水庫了。

「魑魅在這下面嗎？」鐘朝暐遲疑的問，「光看著我就覺得凍死了。」

「我也不清楚……雨晨？」芙拉蜜絲轉向最博學的江雨晨，不知道這個暴走版的有沒有保留溫柔版雨晨的知識。

「怎麼可能？又不是魚？魑魅是附身在人體內的……當然也有可能以原形出現啦，但是牠能感染這麼多人，一定是已經附身了，才能接近別人啊！」江雨晨望著這片湖，「但是在水裡牠們便如魚得水，而且對我們也不利。」

「凱利神父鑽進水溝蓋，就是為了水遁吧？屬性偏水的話，水也能帶給牠們力量。」芙拉蜜絲瞪著那片一看就很冷的湖泊，下頭誰曉得躲藏了什麼！

「凱利神父？厚！」江雨晨一臉委屈，「我就知道他有問題，原來他已經被魑魅附體了……那從頭到尾不就他在控制？」

控制大家的思想、控制所有人的恐懼，製造動亂、猜疑、紛爭，還請了假的闇行使來……更別說那個闇行使也是魑魅！

「真是一流，完全是魑魅的手法，就喜歡看大家自相殘殺……我爸說那個鎮已經全軍覆沒了，應該就是被魑魅搞的吧？」芙拉蜜絲認真的思考，「凱利神父是魑魅的話，被附身多久了？牠能接觸的人超多的，袁翔學長也是教徒，說不定做禮拜時被附身的！」

「真噁心，把神聖的教堂當作什麼了！」江雨晨抱怨著，畢竟她也是教徒之一。

「重點是誰是本體？」鐘朝暐問著，「要怎麼把本體逼出來？」

「牠們會找上門的，凱利神父對我非常有意見。」芙拉蜜絲揚起鞭子，「但在這之前，讓我先試試吧！」

咻咻鞭子入水，刀子沉進了水裡，芙拉蜜絲開始唸咒語，將靈力與咒法全數透過鞭子直抵刀子，再讓那刀子於湖裡作用！

就不信，逼不出什麼！

湖面倏而震盪，以刀子為圓心向外激起漣漪，緊接著湖面不再平靜，竟起了浪，自遠方往湖岸而來。

「芙拉！」鐘朝暐拉過她的左手，連連後退，試圖遠離岸邊。

嘩——湖裡倏地竄出了人影，不是什麼熟悉的肉條交錯觸鬚手，而是數個活生生的人！

凱利神父穿著單薄的藍色休閒服，那應該是牠原本在長袍下的衣服，十字鍊墜還掛在頸子上，渾身濕透，光溜溜的頭上都是水，該是親切和藹的神情早已不復存在。

而另一個躍上岸邊的，正是那位假闇行使，芙拉蜜絲不確定記得牠的樣貌，但是牠沒有右手掌，很明顯的就是剛剛在廣場，傻傻握住她金刀的傢伙。

「芙拉……蜜絲……」凱利神父咬牙切齒，「妳絕對不是普通人！」

「神父，你要不要考慮告解一下呢？」芙拉蜜絲雙手執鞭，「例如告訴我一下，你們的本體在哪裡吧？」

「哈，你以為我們會說嗎？」凱利神父猙獰的笑著，一雙眼珠子頓時全數染成黑色，「一旦我們決意要出手，就誰也逃不掉！」

「好不容易戲就要開演了，這是哪裡來的孩子搗亂？」假闇行使看起來瘦乾乾的，感覺被附身很久都快被吸乾似的，「你不是說這個鎮已經是囊中之物了嗎？」

「是，本來是！但沒想到這個鎮裡藏了更多的靈能者啊……」凱利神父直指芙拉蜜絲，「十字架上的人不熟悉嗎？妳居然沒有中招！昨晚妳們還有說有笑的呢……哼哼……」

「誰？」鐘朝暐狐疑的問，十字架上的人？

鐘朝暐跟江雨晨都看不見竹內秀琦，在他們眼裡，那就是一個普通的聖像，並不是學姐；而凱利神父連她昨晚跟學姐在一起都知道，看來不少亡靈都受其控制，監視她的一舉一動了。

「想把有靈力的人一網打盡，再來好好料理其他人嗎？」芙拉蜜絲瞇起眼，怒火中燒，「是不是任何事情對你們來說都能輕易得逞？」

「哼……一向如此！人類是最好控制也最有趣了，你們最愛互相殘殺與猜忌！」凱利神父陶醉的說著，「然後我們可以慢慢享用你們的生氣，這麼多人，任我們挑選，可以吃上好一陣子……」

音。

「那個楓林鎮就是這樣被殲滅的嗎？」江雨晨淡淡的問著，她彷彿聽見後面有什麼聲

「呵……呵呵……」凱利神父與假闇行使相視而笑，笑得非常得意，答案應該就是了。

解決了一個鎮、再挑選下個，安林鎮成了他們這次的主要目標，人夠多的話，還會邀請妖獸鬼獸一起來吃飯咧！

「就先把你們解決了，讓你們變成魑魅……」假闇行使用喜不自勝的表情說著，「這樣好了，讓你們的父母親手殺死你們……噢，我好愛看那種生離死別的場景！」

鐘朝暐怒眉一揚，唰啦的就拉滿弓，弓上三箭已然蓄勢待發。

假闇行使跟凱利神父瞬間防備般的微微退後，但是不遠處的聲音讓牠們揚起了笑容……

咦？芙拉蜜絲不由得回首，那是足音，有奔跑聲，還有東西在林間迴盪，她可以看見樹木劇烈搖動，白雪紛紛震落，一棵接著一棵，由遠而近的、由下而上的來到牠們這邊了。

「我們可是比你們人類團結多了！」凱利神父得意的說著，同時間一個人影倏地出現在樹梢上，再拉著樹梢降落在牠們面前！

那是袁翔學長，牠的手甚至還拉著巨大的杉樹頂，樹幹有牠們一雙大腿粗，可是在學長手裡就像是支軟細的藤條而已，輕鬆的拉到地面上。

跟著疾奔而來的還有貓爺爺、大餅嬸，跟鎖匠叔……芙拉蜜絲有些錯愕，因為看著每天早上朝著大家吆喝微笑的大餅嬸竟然是魑魅附體，心中湧起震撼與悲傷。

牠們為什麼會被選上啊！

「怎麼就你們幾個？其他人呢？」凱利神父低吼著。

「堺真里那混帳在掃我們的地盤，他們攻進教堂裡了！」貓爺爺用那蒼老的嗓音說著，「幾個神父在那兒擋著，不過自治隊的武器很兇狠啊！」

「可惡！為什麼都跟原來的不一樣！」假闇行使歐斯底里的喊著，拚命跺著地，看來這個魑魅的情緒管理不是很好。「那個女生應該被殺掉、這個女生應該燒死——」

假闇行使二話不說，筆直朝著他們衝過來了！

「芙拉，妳負責後面！」鐘朝暐大喝著，鬆開了手指，三支箭分別往眼前兩位魑魅身上射去！

他們身後的袁翔鬆開了樹，大杉樹啪的彈回去，將附近的雪都震掉，僅存一隻手的牠三隻手指都變成肉條鬚，朝著他們伸來；大餅嬸倒是沒有變化，只是眼珠子跟嘴巴換了位子，手上掄著平常切大餅的刀子，咿咿呀呀的砍來。

鎖匠叔拿著錐子跳上跳下，輕盈的彷彿地上是彈簧墊似的，咻的彈起、落下、彈起，再落下時撲向了江雨晨。

貓爺爺輕咳著，老人家原本年歲就大了，只是一陣貓的叫聲讓人毛骨悚然，一大堆貓突然衝出樹叢，張牙舞爪的飛撲而來——如果那嘴巴如虎、舌頭長得捲曲的噁心生物還能叫貓的話。

芙拉蜜絲不敢再跟肉鬚硬碰硬，否則纏死了對她沒好處，所以她大力揮鞭，讓鞭子繞過學長後方，意圖刺進牠的左肩；但是一旁砍來一刀，她嚇得閃離，面對還算人形的大餅嬸，她難以痛下殺手！

收鞭，鞭子咻咻咻的回來，繞過了袁翔的身子跟大餅嬸的臉旁，刀子倏而回到芙拉蜜絲的手上，她改採近身肉搏，橫向一劃差一吋劃上大餅嬸，但是她的速度太快，她根本追不上。

袁翔的肉條鬚到處四竄，若不是江雨晨的大刀砍得快，她跟鐘朝暐早就被拖過去了。

最難纏的是貓，牠們如同野獸般撲來，靠的是芙拉蜜絲使勁鞭笞牠們，一口氣將幾隻掃入湖裡。

「喵嗚——」

「這殺不完的！」江雨晨尖喊著，「牠們不會死，本體不死，殺掉牠們沒用！」

「但至少不能讓牠們再攻擊我們！」鐘朝暐一邊說，一邊射出箭矢，但每一次凱利神父跟假闇行使都能閃過。

不能動……如果能讓牠們不能動那該有多好……芙拉蜜絲擰著眉，持續的閃躲，飛踢、出手，應該叫法海教她這個的，他總是能制住對方的行動啊！

就在分神的瞬間，袁翔倏地纏住了她的身體——「喝啊！」

她急著要揮鞭解套，但那肉條鬚更快的纏住她手腕，將她的手與身子緊緊纏住，絲毫沒辦法施展。

「放開芙拉！」鐘朝暐伸手拿箭，正前方卻突然撲上一隻貓。「哇——」他不得不趕緊將雙手交叉於臉前護住，不讓那貓從嘴裡塞什麼東西進他的七孔，再搞個條件交換！

而江雨晨這兒鏗鏘作響，長刀與大餅鐺的刀子互擊，趁機射出飛刀想為芙拉蜜絲解危，但是她的飛刀對魑魅毫無所用！

「哈哈哈！先解決她——」凱利神父笑著，「把她扔下去！」

扔——扔下去哪裡——芙拉蜜絲還沒猜到，身子跟著被往上一拋，然後肉條鬆鬆開她的束縛，她看著岸邊的凱利神父、假闇行使，正在努力求生的江雨晨跟鐘朝暐……

撲通！冰冷的湖水立刻灌進她的眼耳口鼻，她及時閉了氣，那水凍得嚇人，她全身都痛得發疼，彷彿千萬隻針在扎她一樣。

湖水該是清澈的，但是她眼裡卻一片混濁，她掙扎的想往上游，旋身向上，雙臂開始舞動……然而，黑暗的湖底卻開始伸出一隻兩隻三隻四隻，甚至更多的手，紛紛抓住她的腳。

『芙拉……芙拉蜜絲……』呼喚聲傳來，她嚇得低首，看向黑色渾沌裡冒出一個又一個腐爛的屍體。

他們早已因泡水發脹，腐爛的臉皮與骨頭分離，只剩些許沾黏在臉上，其餘幾乎都已經被魚啃咬殆盡，只留殘肉剩骨，幾許肉絲與衣服在水裡漂浮，白骨緊抓住她的腳踝、小腿，想順著她的身子攀爬而上，或是想將她往下拖……

走開走開！芙拉蜜絲死命踹著，不想去思考這些屍體是怎麼來的，鎮上最近有這麼多失蹤人口嗎？她拚了命的向上游，但這些枯骨卻奮力的將她往下扯，一具接著一具，湖底不知道沉了多少具遺骨！

她快沒有空氣了！芙拉蜜絲掙扎著，鞭子在水裡不能動……她也彎不下身去……一雙骨手已經快繞上她的腰際，眼看著那腐爛的臉就要湊上來了——咒，唸咒。

嘴巴唸不出來，心底唸總行吧！

芙拉蜜絲緊張的在心裡默唸，但湖水凍得她都快沒知覺了，而且肺部已經快沒空氣，這種時候是誰還有辦法唸咒語啊，她想出去——

滾開啊！她拿著鞭子朝真的湊上前的頭顱使勁一敲，那頭顱竟應聲而斷，而且還像是被彈開一般，整具屍骨鬆開雙手漂離她身邊，同時間腳上的束縛也鬆了，她趕緊向上游去，湖水逐漸清澈，可以看見倒映雪頂的白光，還有……

漂浮物？她看著隨著水流移動，掠過她身邊的東西，是塔羅牌！

是竹內學姐幫了她嗎？

「啊——」她竄出水面，大口大口的吸著空氣。

眼前浮出塔羅牌，令人吃驚的是牌擺得整整齊齊，就像是占卜桌上一樣……這是叫她挑一張嗎？

「妳居然活著！」假闇行使在岸上大吼大叫，猙獰一笑，下一秒即刻跳入水裡——糟糕！

芙拉蜜絲隨手抽了一張牌，下一秒雙腳被纏，立刻被拖了下去，噗嚕！

肉條鬚迅速包裹住她的雙腳，並且向上延展，芙拉蜜絲現在完全能體會那天在泳池裡的人感受到的驚恐，掙脫不了、又游不動又被使勁拖拉的感受，只會使人慌亂。

不過她剛剛已經歷過一次，不會傻傻的手足無措，她早先吸飽了氣，左手持鞭右手握住刀子，讓自己冷靜的面對一切；雖然湖水凍到她好想罵髒話，全身都又冰又痛，但腎上腺素依然讓她渾身發熱。

假闇行使就浮在她面前，依然是那瘦乾乾的人樣，全黑的眼珠子眨也不眨，雙手變成了肉條鬚，她喜歡魑魅化成怪物的模樣，唯有這樣她才能把「人」當成「怪物」去砍殺。

然後，牠的右手肉條鬚化成尖銳的一指，直接往自己身上劃去，自鎖骨一路往下切到肚子，那肉條竟也能像利刃般尖銳啊……

紅色的血滲了出來，芙拉蜜絲作嘔的看向假闇行使的身體，牠胸前的皮膚就像件拉鍊拉開的背心，皮膚向兩旁左右掀開，露出裡面的肋骨、內臟跟所有組織……是都不會痛也不會冰嗎？

腹腔內所有內臟都被密密麻麻的粉色細肉條纏繞包裹，若不是如此只怕早就隨著水漂出來了，溢出的紅血大量滲出又立刻被湖水沖淨，而她終於看到在肝臟附近，有個大概拇指粗的肉條，像是具有五官似的正看著她。

有一點像假闇行使的模樣，但是那蠕動的方式只會讓她聯想到蟲。

若不是那蟲突然衝著她笑，她一定不會認為那真的具有五官，有嘴有尖齒會訕笑——這就是魑魅分身嗎？噁不噁心啊！

她捲起自己的身子，金刀往腳上的肉條鬚斬去，可是前方倏地伸來尖韌的肉條鬚，緊纏住她的手腕並且往外扯……她抬首，看向的是魑魅分身身上竄出更多更細的肉條鬚，在她這錯愕的瞬間全數包纏過來。

怎麼水的阻力影響不了它呢？芙拉蜜絲掙扎著，一轉眼假闇行使就已經來到她面前了。

等等！她閉目專注唸咒語，感覺到肉條鬚觸及了自己的臉，然後，她的眼皮被迫撐開了！

眼珠觸及冰水一陣寒，她皺起眉心看著近在眼前的魑魅分身，那大肉條真是令人作嘔，身上冒出的無限細肉條鬚開始往她的鼻裡、嘴裡鑽動……

『我給妳一個活下去的機會……』魑魅幽幽的說著，『跟我融合，妳就能以人類之姿繼續……』

去死。她在心中怒吼著，緊緊抿著的唇依舊被打開，肉條鬚要鑽進她體內了——魑魅真言！她倏地張口反咬住那噁爛的肉條鬚，傾注靈力的疾速唸著咒文，她背得滾瓜爛熟了，應該對自己有信心！

從小到大，她背咒語向來是過目不忘的！

被她咬住的肉條鬚開始轉成橘紅色，彷彿裡面有火在燃燒，假闇行使驚恐的全身抽動，所有的肉條鬚也綁著芙拉蜜絲一起亂擰，束得她根本喘不過氣，急欲鑽進她體內的肉條鬚紛紛被燙到似的退出，一根根鮮豔如火，這下換芙拉蜜絲咬死不放了。

給她一個活下去的機會？這種話也說得出來！

火會延燒，悶燒亦然，每條肉條鬚泛出的橘光的範圍越來越長，朝著假闇行使本體燒了過去，牠既怒又懼的齊力推開芙拉蜜絲，她力道不及魑魅，整個人被向後推離，還害她咬破了自己的舌頭！

向後漂浮了一公尺後，芙拉蜜絲感受到肺部難受的脹起，重獲自由的她立刻舞動雙腳往上游去……但剎那間，又有東西抓住她的腳了！

有完沒完啊！她難受的低首，又是哪個天殺的亡……假闇行使在她腳底下，咧開得意的笑容，那發光的橘色火燄漸而消失，慢慢的黯去。

這裡是水底啊，水怎麼可能怕火啊！

第十一章

芙拉蜜絲吐出最後的空氣，她沒辦法再撐了……死命的往上，卻連湖面上倒映的雪光都瞧不見……瞧……

撲通……水在震盪，眼前一片陰影飄過，她迷濛的雙眼看見在湖水裡漂浮的金色短髮……

柔軟的唇貼上她的，法海徒手揪住一整團的肉條鬚，使勁一拔竟將假闇行使朝上拉了起來；這讓魑魅慌張，他冒出更多的肉條鬚纏向法海，法海根本毫無所懼，抱著芙拉蜜絲往上游去，絲毫沒有被拖下一吋一毫。

快到湖面時，法海反潛入湖底，到了芙拉蜜絲腳邊，雙手抓住肉條鬚輕蔑一笑，握緊左右一扯，硬生生扯斷了假闇行使的肉條鬚……鮮血乍迸，魑魅可是靠著人類的血與生氣共存的。

「啊……」芙拉蜜絲浮出水面大口的換氣，咳個不停，岸上的鐘朝暐留意到她浮上來，簡直是欣喜若狂又謝天謝地！

「芙拉！還好嗎！」他一邊吼著，正一邊用弓弦勒住鎖匠叔的頸子，根本跨在他肩頭。

「O……OK！」她還有空比個OK，再吸飽氣倏地潛回水裡。

一往下潛就看見水裡的法海，金髮漂散，他仰首笑望著她，右手居然纏著肉條鬚……是他捲著肉條鬚，不是肉條鬚捲著他！

靠，這怎麼辦到的……不，是她從來沒有思考過這個可能，根本沒有這麼做過。

假闇行使在掙扎，牠越想游走反而越被法海再多捲一圈往上，他指指假闇行使、再指指胸口那魑魅分體的之處，要芙拉蜜絲過去解決它。

假闇行使明白了，牠索性咬牙自斷肉條鬚，在水裡靈活的游走。

血不停地從假闇行使體內流出，芙拉蜜絲不懂一個人流這麼多血還能撐多久？魑魅為了不被抓到，如此拚命？

不愧是水屬性的魑魅，芙拉蜜絲再怎麼游都游不過對方，看著假闇行使越來越遠，正惱怒之際，身邊咻的游過優雅的身影，她驚愕的看著穿著白襯衫的法海漫游而過……他比魑魅還快吧！

一轉眼，假闇行使停止了游動，還被推向芙拉蜜絲，倒退返回！向左右兩邊敞開的皮膚隨水漂揚，裡面那魑魅分身驚恐的趕緊將開闔的皮膚闔起，卻在最後一刻被法海伸入內臟的手給阻止。

芙拉蜜絲咬著刀子筆直而下，看著掙扎的魑魅分身，不由自主的再往上望向假闇行使的臉……法海卻用手夾住假闇行使的頸子，遮去了他的臉。

因為，他知道芙拉看見人類的臉，是下不了手的。

他朝她頷首，芙拉蜜絲取下刀子，肉條鬚正在做最後掙扎的齊步朝她而來，但是已然有氣無力，證實了這個人體已經奄奄一息，她咬緊牙，緊握著金刀對準魑魅刺了進去。刺穿了魑魅，但同時也刺穿這個她不認識的人的內臟……金刀再度散發出橘色火燄，伴隨著咒語與能力的加乘，一個人就在體內焚燒的狀況下急速轉黑成炭。

在芙拉蜜絲睜眼前，法海用力一夾，斷了假闇行使的頭，也瞬間震碎牠的身子。走！他向上游去，拉動芙拉蜜絲的手，她這才錯愕的睜眼，看見的是散佈在湖水裡的黑色碎塊，來不及看得更仔細，就被法海一路急速的游出水面……

啊！芙拉蜜絲竄出水面，手裡的刀子都還是泛著橘金光澤，法海就在她身邊，撥弄了蓋住臉龐的濕髮。

啊啊啊……芙拉蜜絲都看傻了，好、帥、喔……

「嗯？」法海往她唇邊一抹，「為什麼這邊流血了？」

「咦？」她顫了一下身子，有些羞赧的也抹抹唇，「可能太冷或太氣，剛剛咬唇咬得太用力了。」

「呵……」法海輕輕笑了起來，自然的舔了舔指尖上的血，「傻子。」

咦？法海一怔，眉頭忽然皺了起來，瞟向眼前的女孩，芙拉蜜絲整個人都呆愣住！

喔喔喔喔！法海居然做了這麼誘惑人的親暱舉動啊啊啊！

「芙拉蜜絲．艾爾頓！現在什麼狀況妳還有空發花痴！」岸上傳來咆哮聲，「快點上來幫忙啊！」

咦咦？芙拉蜜絲趕忙回神，尷尬的往岸邊游去，雨晨幹嘛喊這麼大聲啦，這樣子法海不就都聽見了！

「為什麼……妳上來了？」凱利神父拿著十字鍊墜狠狠的掃向江雨晨的臉頰後，往岸邊看來，「他人呢？」

「化成灰了！要再生可得花好一陣子咧！」芙拉蜜絲一躍上岸，才開始凍得直發抖……靠，剛剛明明全身還發熱的啊！

「妳——」凱利神父怒吼的撲上前，芙拉蜜絲原本都揮動鞭子了，卻下意識擔心傷害到牠，又抽回手，導致神父直撲而來。

情急之下，她只能先閃躲，但凱利神父的速度異於常人，及時煞住後扭腰九十度，手裡的十字鍊墜就要套上她的頸子。

咻的一箭射來，讓凱利神父及時抽回手避免被射中，箭矢往湖裡去，被要上岸的法海一把握住。

「不要浪費箭，你是帶幾支過來？」法海端詳了箭矢，「這只能暫時遏止而已，你會唸對付魑魅的真言嗎？」

凱利神父聞言張牙舞爪的撲向法海，芙拉蜜絲即刻揮鞭繞住凱利神父的手，牠卻一躍三公尺高，倏地跳到江雨晨身邊去。

「去那邊！嫌我不夠忙嗎？」江雨晨揮刀向凱利神父，芙拉蜜絲才發現貓爺爺跟大餅嬸不見了。

而且戰線已經移動了，雨晨在更往山上的地方，鐘朝暐則往林子深處。

不行啊……芙拉蜜絲眼尾瞄著山尖上的小屋子，那裡有人住的，那是水庫管理者的居所，這半年是她堂姐輪班啊！

「喵嘎——」兇惡的貓咪不知道從哪兒出現，搞得芙拉蜜絲措手不及，不過牠們居然沒有攻擊，而是弓起背，只會叫嚷然後步步後退。

隨著法海的前進而後退。

好，法海很罩，所以芙拉蜜絲往前衝，可是她又冷身體又重，全身都在滴水有夠痛苦的，隨手脫下雪衣，不然連揮鞭都困難！

大餅嬸原來被自己的刀子釘在附近的地上，刀子插進牠的頭裡，不過身體已經開始在動了，只怕等等又要恢復行動；袁翔身上插了數支箭，不停的吼叫著，卻仍然在地上掙扎。

貓爺爺不在這兒，只留下小貓，凱利神父一人可以抵好幾人，速度快，攻擊力強，最機車的是牠完全是用人類的模樣對付他們，根本誰都殺不下去嘛！

「必須讓牠們失去行動能力。」法海上前，「芙拉，妳去對付那個女人！鐘朝暐，你跟著芙拉唸咒語！」

「我為什麼要聽你指揮啊？」鐘朝暐怒吼著，後頭一陣啉啪啪的聲音，肉條鬚呈大花狀衝著他後腦勺包過來了。

「鐘朝暐！」江雨晨怒吼著扔出飛刀，芙拉蜜絲的鞭子正掃向凱利神父，捲住牠的腳，硬是將牠拖絆在地。

袁翔無懼飛刀，法海一個旋身到鐘朝暐身後，不客氣的推開牠，伸直右手直接讓肉條鬚纏了上。

「你幹——法海！」鐘朝暐錯愕的驚叫，立即擎起弓，拉滿。

「不要放箭！」法海竟然出聲阻止，向右瞟向袁翔，「你暫時動不了我的！」

他劃滿笑，使勁壓下右手，袁翔竟被拖了向前——天！鐘朝暐瞠目結舌，法海的力氣比魑魅大？

芙拉蜜絲沒有擔心法海，她已經知道他很罩，衝到凱利神父身邊一腳踩住牠，握著金刀就要刺下——

「……芙拉芙拉別這樣！」凱利神父突然可憐的求救，「雨晨啊雨晨！救救神父啊！神父是看著妳長大的妳忘了嗎……」

喂！這太卑鄙了！芙拉蜜絲握著金刀就是下不了手，江雨晨站在一旁，留意到的是已經坐起身的大餅嬸。

「這個我來，妳去對付那個大嬸！」

「不行——」法海將肉條鬚纏了兩圈繞手，「芙拉，下不了手就把刀插進牠腳裡，至少讓牠暫時不能動，再對付大餅嬸！」

插進凱利神父的膝蓋裡……芙拉蜜絲深吸了一口氣，不要殺人就沒事了！她緊握著刀往膝蓋裡戳去，即將刺入的那瞬間，一隻手阻止了她！

「芙拉……」江雨晨蹙著眉，驚恐的望著她，「妳在做什麼！那是神父耶！」

芙拉錯愕的與之對望，這眼神、這口吻，難道……

「雨晨救我……雨晨！」凱利神父哭喊著，一副完全受害者的模樣。

「妳什麼時候不恢復選這個時候恢復幹嘛啦！」芙拉蜜絲暴怒的推開她，不再遲疑的一刀刺進凱利神父的小腿裡！

「哇啊——」凱利神父立即發出慘叫聲，江雨晨尖叫得比她還大聲。

「芙拉！」江雨晨連忙拉起她的手，芙拉蜜絲卻把她往大餅嬸那兒再推了一次。

「快點去對付她，飛刀大刀都可以，不要讓她衝過來！」芙拉蜜絲吼著，伸出腳用力踩下凱利神父的胸膛，正在裝可憐的牠暫時不會露出原形。

江雨晨一時不太清楚芙拉在說些什麼，但是當她被推了半圈踉蹌向後之際，迎面劈來一把菜刀，她連想都沒想，反射動作舉起手上大刀擋下，刀子相擊鏗鏘作響，嚇得她花容失色。

但是沒把她的本事嚇走，她當然認得大餅嬸，可是大餅嬸現在凌厲抓狂的攻擊叫她無法認真思考，只能一刀再一刀的閃躲、攻擊，趁機還用飛刀射向大餅嬸。

「拉弓，跟著芙拉唸！」法海看著情勢，對鐘朝暐下令般的說著，右手邊的袁翔嘶啞亂喊，雙腳的肉條鬚也掃了過來，法海一躍而起，落地踩住。

芙拉蜜絲凝視著凱利神父，牠見狀不妙，臉部倏而扭曲，皮膚底下有無數的觸鬚在爬，隻手伸來意圖抓住她的手以拔除刀子，她轉了角度，趕緊朗聲唸著咒文。

一句跟一句，鐘朝暐照著唸，他可以看見箭矢彷彿起了變化，他發誓在唸完的時候尖端掠過一絲光芒。

「放！」法海邊說，一邊制住袁翔的行動，因為他慌亂的想要逃離，拚命的往後頭的樹林下坡處要閃躲！

鐘朝暐只放兩支箭，分別對準袁翔的雙膝，箭射穿學長的雙腳，膝蓋即刻轉黑銷融，袁翔咚的一聲跪地，膝蓋以下脫落，那在法海腳下動彈不得的肉條鬚也不再挪動了。

芙拉蜜絲也卸下了凱利神父的右腳，慘叫聲迴盪著，令人不忍的是怎麼聽，都是正常人類的叫聲！

「啊——」江雨晨的叫聲隨即傳來，她的背部直接被大餅嬸劃上一刀，踉蹌的撲倒在地。

芙拉蜜絲即刻揮動沾著血的刀子朝大餅嬸，鞭子纏住她的刀子，唰的直接扯走！

「可惡！」大餅嬸咬牙切齒的喊著，竟節節後退，然後回頭瞥了山上一眼。

就瞥那一眼，讓芙拉蜜絲一顆心七上八下，手裡鞭子再度就揮出去了——鞭子纏住大餅嬸的左小腿，金刀晃了兩圈上正中小腿肚，乾淨俐落的刺穿！

「嘎——」大餅嬸果然整個人撲倒在地，狼狽的往前爬著，「好痛好痛……芙拉妳不要這樣，我再做餅給妳吃，蔥花多一點、要剛出爐的……」

閉嘴閉嘴閉嘴！芙拉蜜絲厭惡聽到這樣親切的叫喚，這都會讓她難以狠下心的！鐘朝暐衝過來檢視江雨晨的狀況，目的是為了讓她能去料理大餅嬸，法海則站在原地拾起已乾癟的肉條鬚望著，再遠望樹林裡，山下似乎有動靜。

有不少人上來了，人聲、足音，樹木的震動。

「快把本體解決掉，牠們正在呼朋引伴，別忘了鎮上還有更多的魑魅。」法海警告著，不知道堺真里有多少能耐可以應付那些魑魅附體的人？

因為除非靈力很高，佐以咒文輔助，否則是難以辨認出誰被魑魅附身……要是容易的話，魑魅就不會囂張這麼久了。

「本體在哪裡？就是不知道啊！」鐘朝暐將江雨晨攙起身，她傷得不重也不輕，菜刀在背上劃了道傷口，只傷到皮肉。

芙拉蜜絲廢了大餅嬸的左小腿，疲累的站起身，每個人都在慘叫，都在呼喚他們的名字……不，她環顧四周，不是每個人。

貓呢？貓呢——她朝著上頭的木屋看去，果然看見朝木屋奔跑而去的貓。

「糟糕！」芙拉蜜絲立刻往上爬，「貓爺爺跑上去了！」

「咦？」鐘朝暐拉過江雨晨的手撐著，上面是……啊啊，芙拉蜜絲的堂姐，現在是水庫看守者。

「快跟著走……魑魅去找她堂姐一定有目的！」江雨晨催促著鐘朝暐，「我自己可以走，沒關係的！」而芙拉的弱點……不，是他們大家的弱點，只要拿著吳棻棻要脅，芙拉一定會遲疑的！

芙拉蜜絲一馬當先，還沒到就聽見貓爺爺裝可憐的聲音。

「救命啊，看守者在裡面吧？求求你救救我！」貓爺爺哽咽的在木屋外喊著，「殺人了，魑魅在殺人，求求你救救我啊！」

「你是誰！」吳棻棻在裡頭高聲喊著，「外面發生了什麼事！」

基本上吳棻棻也是才從廣場上的恐懼紛亂中逃回來，現在才會帶著孩子緊鎖大門的躲在裡面。

「我是貓爺爺，愛養貓的那個貓爺爺！」貓爺爺無辜的哭了出來，「魑魅在亂殺人啊，她硬說我們是魑魅，要濫殺無辜啊！」

「閉嘴！堂姐，不要開門！」芙拉蜜絲衝了上來，厲聲一吼，「貓爺爺已經被魑魅附體了！」

木屋裡安靜幾秒，像是一種遲疑一種訝異，「芙拉？」

「對，芙拉蜜絲被附身了！」貓爺爺搶白，「她早就被魑魅附體了，她已經殺了好幾個人！」

「少胡說八道！堂姐，無論如何都不要開門！」她嚷著，認真的要跟貓爺爺辯是辯不完的！

「不，救救我們啊，芙拉蜜絲他們連神父都傷害了啊！」貓爺爺搬出了神父，而吳菜菜是最虔誠的教徒……更別說剛從喪夫之痛走出，就是依靠宗教啊！

「什麼神父？誰？」吳菜菜果然驚恐的喊著，「凱利神父嗎？」

「對，凱利神父被砍斷腳了，殘忍的魑魅！」貓爺爺加油添醋，「大餅嬸跟鎖匠叔都慘遭毒手，芙拉蜜絲、江雨晨跟鐘朝暐他們就是因為被魑魅附身，所以之前面對怪物才能全身而退，說不定——」

「堂姐妳要信我，他說的那些人都是被魑魅附體的！」芙拉蜜絲並不想再這樣嚷嚷下去，根本無解，但她也發現到一點：她根本沒辦法向吳菜菜證明自己是正常人！

裡頭的吳菜菜沒了聲音，只聽見孩子的哭聲及好奇的問著：「是芙拉姐姐嗎？」芙拉蜜絲只能希望堂姐誰也不要信……總比信了貓爺爺好。

「吳菜菜，妳有沒有想過，說不定妳老公就是死在他們手上的！」

什麼！芙拉蜜絲不可思議的瞪著貓爺爺，怒不可遏的揮出鞭子，「你這唯恐天下不亂的魑魅！」

「哇啊！」貓爺爺一邊假裝大喊，一邊露出邪笑的閃離，讓鞭子在地上、在吳菜菜的木屋前鞭出啪啪聲響！「好可怕啊……魑魅魑魅啊……」

哭聲驟然從屋裡傳來，孩子們怕了，一個接著一個哭了起來，芙拉蜜絲認得孩子的聲音，不得不收鞭，每一鞭擊上木屋牆壁，只是嚇慘孩子而已！

「求求你們不要傷害我們……求求你們！」吳菜菜哭喊著，「我們什麼都不知道，走開、走啊！」

江雨晨跟鐘朝暐他們都上來了，剛剛的一切盡收耳底，芙拉蜜絲難受的看著江雨晨，她只是搖搖頭，這情況百口莫辯，任誰都無法做出正確判斷，說得再多只是攪亂人心罷了。

但這就是魑魅的目的。

「啊啊，江雨晨跟鐘朝暐都來了！」貓爺爺巴不得世界都聽見的喊著，牠的貓也跟著嗚叫著。

「走開！走開！」吳菜菜歇斯底里的喊著。

貓爺爺轉向他們，牠刻意站在吳菜菜門口，帶著獰笑，身邊的貓兒瞬間又張著血盆大口，亮著利齒，豎直尾巴對著他們。

「其他人上來了，我想是潛伏著的一群。」法海這才悠哉悠哉走到。「等等人一多就難下手了，尤其你們如果不改變想法的話，乾脆就讓牠們附身算了。」

「說什麼啊你！」鐘朝暐攙著背部血流如注的江雨晨，怒極攻心的低吼著。

「如果你們依然被人類的外貌所影響的話，只有死路一條！」法海冷然的說著鐵錚錚的事實。

「法海說得沒錯，我們對牠們下不了手……之前鬼獸跟妖獸帶給我們的就是單純的恐懼與怪物感，我們為了求生就能砍能殺，但是這些是人啊，不管認識不認識……」江雨晨緊鎖眉頭，哽咽的說著，「一個神父我就砍不下去了，你不也是嗎？箭為什麼不能穿喉？」

穿喉？鐘朝暐僵硬的別過頭，穿喉就是殺人，就算心裡知道那些人被附身了，但是卻也沒忘記他們有一半還是人啊！

魑魅也深知這一點，緊要關頭時全都恢復成人的樣子，苦苦哀求！

「這樣下去會不戰而敗的。」鐘朝暐喃喃說著，「但是我、我真的沒辦法……」

「不能只對付本體嗎，至少……」芙拉蜜絲看著法海，「有沒有咒語可以誘出本體的？還是任何方法，你一定知道的啊！」

「很遺憾，沒有辦法。」法海說出了令人失望的答案。

芙拉蜜絲咬著唇，深吸了一口氣，「在這之前，至少要讓這些人都動不了！」

說時遲那時快，她旋身就揮出鞭子，倏地纏住貓爺爺，原本是要纏腰，但他迅速閃避，只繞到了手！貓爺爺猙獰怒吼的立刻要把鞭子拆開，鐘朝暐即刻放箭，穿過了他的掌心。

「啊啊啊——救命啊！」奮戰中不忘演戲，可以說魑魅很敬業嗎？

芙拉蜜絲毫不畏懼的上前，一邊拖過貓爺爺，一邊踹開跳撲上來的貓。江雨晨聽得一陣頭疼……「溫柔點，芙拉……」她邊說，一邊指著屋裡，任誰聽了都會誤會吧！

沙——沙沙——樹木突然震動起來，雪大片大片的落下，所有人詫異的往遠處看，山腳下眾多樹木正在晃動，跟剛剛學長來時一模一樣！

「有更多令人驚訝的人來了……」法海這麼說著，但眉頭不展，「本體不可能旁觀，應該也會跟上來！」

咦？芙拉蜜絲點著頭，那就不該阻止牠對吧？管牠有多少人……她倏地轉過身去看著貓爺爺，牠一臉得意的笑……像是笑著後援已至！

可惡！她徒手握住穿過貓爺爺掌心的箭矢，開始唸著咒文，無論如何先斷牠一隻手。

「唔啊啊哇啊！芙拉！住手！」貓爺爺淒厲的慘叫著，不忘讓屋裡的人聽得清晰。

芙拉蜜絲已經不管這麼多了，看著箭矢將貓爺爺的左手銷熔，耳邊傳來人們的吆喝聲，還有——

咻——沙沙沙——山腰那兒突然傳來劇烈的動作聲響，像是有什麼騷動似的，大量的樹木移動，重物落地，卻連聲慘叫都沒聽見，接連不斷的彷彿有人從樹上摔下，樹林大幅震動。

接著，不管山腰山腳，竟什麼聲音都不復在了。

足音、吆喝聲，或是那種拿著武器敲擊樹木的聲響全數消失。

這下子，貓爺爺臉上的笑容都消失了！眾人一片沉靜，法海卻擰眉，低咒一聲，直接往山下奔去！

「咦？法海！」一見到法海跑離，芙拉蜜絲整個人都傻了，「喂！你去哪——啊！」

還沒喊完，貓爺爺趁機雙腳一踹，將芙拉蜜絲瞬間踹了好幾公尺遠，她痛得抱腹滾地，她的骨頭快斷了！

「芙拉妳小心啊，牠們力氣不像人啊！」鐘朝暐憂心如焚的由後抱起她。

「我記得……水庫看守屋裡有武器對吧？」江雨晨握著大刀，退到芙拉蜜絲面前，看著站起來的貓爺爺，跟牠齜牙咧嘴的貓。

對……對！芙拉蜜絲亮了雙眼，管理屋的武器非常多，連對付惡魔的都有，因為水資源異常重要，所以裡頭有軍火，從槍枝到霰彈槍都是無敵的！

如果能拿到槍……如果可以讓堂姐出來幫他們……

「唔哇——」鐘朝暐忽地一陣大喊，身體被肉條鬚緊緊纏住，向後扯離芙拉蜜絲身邊，她驚慌的才回首，看見的卻是大餅嬸的菜刀劈下，她才轉過一寸，頸子即刻被由後勒住，刀子擱在喉間。

江雨晨無處可逃，早在樹上躲著的鎖匠叔已用肉條鬚勒著她拖到樹下，連手都給制住了！

牠們又能動了……但是本體卻還沒出現！剛剛法海不是說了，本體不該會袖手旁觀嗎？不是應該上來的嗎？但是在山下林子裡發生了什麼事？

「為什麼沒人上來？」勒著她的大餅嬸低聲說著，「不是應該大家都來嗎？」

「不知道……」貓爺爺搖了搖頭。

他們也不知道？林子裡還有別的東西嗎？

「……堂姐！」芙拉蜜絲高喊出聲，「現在外面都是魑魅，妳的屋裡有槍，快點拿——

呃！」

大餅嬸用力勒頸，她一口氣上不來。

「棻棻啊……」後方，拖沓的足音上來，「我是凱利神父啊！」

芙拉蜜絲腦袋一片空白，心裡頓時涼了一半——糟了！

屋裡傳來聲音，像是有人依著門站起，「神父？神父！」

「不要聽牠的！凱利神父早就是魑魅了，一開始就是——」連江雨晨都失聲喊叫。

掠過他們的凱利神父帶著自負的笑容，蹣跚往前，「棻棻，不要怕，神父在這裡……我很遺憾芙拉他們都已經被附身了，必須要解決。」

吳棻棻嗚咽一聲，「不、不可能……」

「真的。」凱利神父繼續朝前，牠的腳再生得比較慢，「妳那邊有能殲滅魑魅的武器對吧？幫幫神父。」

「不要開門！堂姐，神父是假的，從占卜那天開始就有問題，好多被附身的人都是教友！」芙拉蜜絲死命掙扎著，她沒有辦法握住刀子，無法傷及大餅嬸……要怎麼反擊啊！

「我不知道！我什麼都不知道！」吳棻棻哭喊著，孩子又跟哭了。

大餅嬸用力勒著芙拉蜜絲，右手緊扣住她的右手，不讓她有機會使用鞭子或刀子，「愚蠢，妳以為那女人躲在屋子裡就有用嗎？」

「廢話！只要屋子的防護還在，你們就休想傷害堂姐——千萬不要出來！」在她眼裡，她看得見木屋的防護完整度，這屋子的護法是百分之百妥當！

「是啊，但我們怕屋子的防護嗎？」大餅嬸嘻嘻的在她耳邊笑了起來，「我們是人吶……」

——咦——芙拉蜜絲怔住了，是啊，屋子再多的咒文都沒用啊，因為被附體的還是人體，原本就可以自由進出屋子！

天！她狠狠倒抽一口氣，只要凱利神父、或是任何一個人願意，他們根本可以隨時破門而入，殺害、甚至附體在堂姐跟孩子身上！

思及此，芙拉蜜絲開始渾身顫抖，在某個瞬間她體會到，現在根本是完敗的境地，不管情勢如何發展，就算堂姐信了他們，當她意圖攻擊時，就已經被凱利神父牠們解決了！

說穿了，「人類」這個身分才是最棘手的啊！

「堂姐，妳說過湖裡有東西對吧？妳記得我叫妳小心一點嗎？要妳多準備護符的！」芙拉蜜絲趕緊強調立場，「如果我真的是魑魅，我會巴不得妳不要說！」

「那是魑魅的伎倆，為了獲得妳的信任，他們說的話真真假假，撲朔迷離，為的就是挑撥。」凱利神父已經站上了露台，「棻棻，這些日子神父看著妳獨力撫養孩子的堅強，與神一起鼓勵妳，妳比誰都知道……我是不是神父。」

不是不是！芙拉蜜絲完全不敢想像，神父與她放在同一個天平上，堂姐會選誰！

還有……她噙著淚的雙眸瞪著凱利神父的背影，她一直在想，有沒有可能本體就混雜在分身之間，只是為了誤導他們的判斷……

「不是！堂姐，那真的——」

喀嗟，上膛的聲音一清二楚，芙拉蜜絲跟著一怔。

砰——下一秒劇烈的槍響直接傳來，從木門上轟然炸開，直接射穿凱利神父的肚子，他整個人向後飛了數公尺遠，重重的摔在地板。

「啊啊——」神父掙扎著，哀鳴慘叫。

所有人驚愕的看向破了一個洞的木門，吳棻棻一腳踹開木門，手裡正擎著霰彈槍！

不知何時，架著芙拉蜜絲的大餅嬸已然鬆手，箝制江雨晨的鎖匠叔也跳到別棵樹上，連袁翊都還會裝得一副脆弱的模樣倒在鐘朝暐身邊，好像是他們在欺負這些魑魅附體的傢伙似的！

現在裝有什麼用，不就幸好堂姐信了她，要不然只怕那槍是打在她身上了！

「棻棻啊……」神父痛苦的在地上打滾著，肚子開了個大洞，鮮血如注。「妳為什麼……」

「堂姐！」芙拉蜜絲倒是喜出望外，趕緊奔上前，「謝謝妳願意相信——」

砰！槍口一轉，又是一陣驚天動地。

「芙拉——」江雨晨與鐘朝暐同時失聲尖叫，芙拉蜜絲只感覺到身子被迫向後了幾步。腹部突地一陣濕潤，緊接著劇痛直襲而來！芙拉蜜絲低首看著自己的肚子，血花朵朵盛開，伸手一抹，就是一手的血紅……

「啊……」她痛得向後踉蹌，不可思議的看著仍舊站在簷下的吳棻棻，「堂姐？」

吳棻棻的槍口仍在冒著煙，她直挺挺的站著，未曾動容；鐘朝暐衝上前撐住向後倒下的芙拉蜜絲，江雨晨握著大刀奔來，衝著吳棻棻大吼。

「妳在做什麼！她是芙拉啊！」江雨晨嗚呼哭著。「妳連她也不信……不，妳誰也不信嗎？」

難道是……芙拉蜜絲躺在鐘朝暐的手臂上，大口大口的呼吸，誰也不信嗎？因為沒有人能證明，因此寧可錯殺……是啊，如果是她，說不定也會這樣做。

「就是因為她是芙拉蜜絲。」吳棻棻擎著槍，槍口對著的是江雨晨跟鐘朝暐的方向，「凱利神父，演過了可以起來了吧？我子彈已經換過了！」

「啊啊……很痛啊！」凱利神父撐著身子坐起，「總是要給我時間再生嘛！」

咦？鐘朝暐拖著芙拉蜜絲向後，等等，這是什麼情況……吳棻棻不是誰都不信嗎？為什麼跟凱利神父這麼好？

接著，大餅嬸獰笑著朝木屋走去，鎖匠叔佝僂著背，虎視眈眈的瞅著他們，袁翔則是雙手抱胸站在一旁，用嘲笑的聲調冷哼一聲，小貓們圍在貓爺爺身邊，甚至吳棻棻的腳邊。

江雨晨瞪大了眼睛，腦門一記響雷！

「妳……也是魑魅附體？」她顫抖的說，「對啊，妳是跟教會走得最近的人，最虔誠的……教友。」

「那剛剛是在演哪齣啊！」鐘朝暐怒吼出聲，搞半天都是一夥的？

「廢話，牠們是魑魅啊！不這樣演怎麼能降低我們的戒心！」江雨晨緊握著大刀，回首看著臉色蒼白的芙拉蜜絲，她正望著吳棻棻，喘著氣。

「我喜歡用人類的武器殺害人類，用親人的姿態殺害親人。」吳棻棻笑了起來，對著凱利神父，「你們剛剛有沒有看到她那副震驚的神情？實在太好笑了！」

「哈哈哈哈！」一群魑魅狂笑起來，牠們是真的樂在其中。

堂姐……的確很常去教堂，跟神父們都很好，有事絕對義務當義工，因為是宗教促使她面對人生的困境，重新站起，就連昨晚惡意測試雨晨是否是魑魅附體時，她都能在場……呵，呵呵呵，堂姐還說親眼所見，雨晨就是魑魅附體，搞半天都是謊言！

她才是魑魅附體！

「別搞錯了，什麼神父感染我？是我先控制神父的。」吳棻棻驕傲的昂起頭，「我才是本體。」

魑魅本體！芙拉蜜絲瞠目結舌，堂姐怎麼可能是……是因為水嗎？這是什麼時候的事，如果不是魑魅藉由教會附體，反而是堂姐控制了教會，那是在堂姐夫過世前？還是過世後？

天哪，她跟魑魅相處了這麼久卻渾然不知！

「鐘朝暐，快點帶芙拉走！」江雨晨立刻回頭說著，掄起大刀防備，「送醫啊！」

送醫？芙拉蜜絲自嘲著，她不是被刀割傷而已，這是霰彈槍啊，有幾顆子彈留在體內、或許有些射出體外，總之，她身上至少有七八個洞吶！現在下山，再送到醫院，沒有車子根本來不及。

更別說，她不認為魑魅會放他們下山，感覺上……根本是針對她。

「送醫怎麼來得及，這種傷勢還沒到醫院就失血過多了。」吳棻棻得意地走來，「不過，放心好了，我不會那麼浪費的！」

「不許過來！」江雨晨一個箭步上前擋在芙拉蜜絲面前，威風凜凜！

真不知道現在這個雨晨是哪一個？暴走的？還是溫柔的？鐘朝暐憂心如焚的低頭望著芙拉蜜絲，她有氣無力的對他使眼色，請放下她，拾起弓箭。

她已然凶多吉少，但是他們還有機會。

「真是堅定的友情，昨天晚上她還冒險帶妳逃走對吧，真有趣。」吳棻棻對著江雨晨輕笑，「如果妳知道芙拉蜜絲其實是個闇行使，妳會怎麼想？」

什麼！江雨晨愣住了，連鐘朝暐都驚愕的看向芙拉蜜絲，芙拉是闇行使？

「住口！」芙拉蜜絲咬著牙怒吼出聲，「妳少在那邊——」

「少在這邊什麼？妳就是闇行使，我知道！」吳棻棻舌尖舔了唇，「我只要想到能吸收闇行使的能力與生氣，就會興奮得全身都要顫抖了！」

這就是目的！

牠們的目標一直都是闇行使，教堂那個什麼抹聖血的儀式也一樣，因為闇行使才看得見釘在十字架上的是黑貓，牠們可以找出哪些人看得見，然後……吸收什麼能力與生氣？

「芙拉，妳真的是……靈能者？」鐘朝暐詫異的望著她。

「現在那些都不重要。」芙拉蜜絲掙扎的坐起身，「堂姐，魑魅與妳共用一個身體，但我不相信人類就完全沒有意識……請妳反抗，不要被它利用了！」

「呵……好天真哪，看來是個還不成氣候的闇行使。」大餅嬸咯咯笑了起來，「人類的意識怎可能壓得過我們？能讓他們活下來就已經很棒了。」

「只要吸收到一個闇行使，我的妖力就會大幅增加，如果妳能再讓我寄生的話——」吳棻棻雙眼都亮出光芒了，「那我就……」

「所以我死都不會讓妳寄生，絕對不會！」芙拉蜜絲怒不可遏的吼著，跟著居然吐出一大口血。

天哪……她痛苦的忍住淚水，她好痛好痛！

「怎麼每個闇行使都這樣，不懂得變通，你們人類不是有句話嗎？」吳棻棻把槍給了身邊的鎖匠叔，「好死不如賴活著？」

江雨晨喉頭緊窒，深吸了一口氣，向後退到芙拉蜜絲身邊。「我不管妳是不是闇行使，我只知道妳是芙拉。」

芙拉蜜絲痛苦的闔眼代替點頭，「你們快走。」

「能逃到哪裡去？幹嘛做無謂的掙扎？」鐘朝暐拾起一旁的弓箭，抽出箭筒裡的箭矢。

「至少要試著把魑魅給殺掉，要不然等牠們到鎮上作亂，還不是死路一條？」

「如果我們會被你們這些高中生殺掉，那還能叫魑魅嗎？」吳棻棻輕笑出聲，「你們兩個如果輕舉妄動，我就讓他們朝你們開槍，但不會讓你們死的……你們得死在你們親人的手上，那才有趣……死前還可以在那邊大喊：我不是魑魅、我不是魑魅……哈哈哈！」

一群魑魅笑了起來，大餅嬸說牠要作證被殘害，貓爺爺說牠要作證鐘朝暐拿箭亂射他，這群平時心地善良、待人和善的鎮民們，絕對能取信於人。

而這群高中生在凱利神父種下「懷疑」種子的那瞬間，疑心已經在眾多人心中萌芽了，屆時只要小小的使些手段，沒有人會阻止他們的死亡。

「說夠了沒！」芙拉蜜絲冷不防的朝著走近的吳棻棻揮出鞭子，這鞭來得突如其來，還差點掃到站在一旁的江雨晨，沒人料到她還有力氣揮鞭！

金刀來勢洶洶，吳棻棻很明顯地懼於那柄金刀，大餅嬸跑得比飛還快，但是吳棻棻飛快地閃避後，從中攔截的握住鞭子，並且避開了金刀。

「居然還有氣力？」吳棻棻帶著些許讚佩，「不過就到此為止了……乖乖的讓我吸食吧！」

餘音未落，一旁的湖面唰啦的湧起大水幕，一柱柱彷彿有生命力般的水朝著岸上的他們飛來！

「什……什麼？」芙拉蜜絲目瞪口呆，看著水往自己這邊過來，下一秒水纏住了她的右手，纏上鞭子、她的頸子她的身體，爬滿她的臉甚至往鼻裡口裡鑽去。

鐘朝暐早先邁開步伐拉著江雨晨往林子裡跑，鎖匠叔遲疑了兩秒開槍沒打中，但是水龍捲住江雨晨的腳使勁一拖，就將她拖離了鐘朝暐的手。

「哇呀——哇——」

她重摔落地，刀子砍不斷水，反而還被拽離手！

水也包裹住鞭子尾端的金刀，不管金刀上的符咒再強，也敵不過天然的水，因為那只是普通的湖水，沒有妖力沒有魔力，自然也不懼怕刀上的咒語。

吳棻棻鬆了手，讓水裹住刀子，並且試圖將鞭子從芙拉蜜絲手中捲走，但是她用盡氣力的反抗，緊緊握住鞭子死不放手。

「何必？就算妳有刀子也傷不了我了。」吳棻棻輕蔑的笑著，「讓我想想我要怎麼吸食妳呢？鼻子？還是從眼睛……」

她邊說著，水柱一邊將江雨晨往湖裡拖去，她尖叫著試圖抓住地上的草，拖過芙拉蜜絲身邊時，芙拉蜜絲伸手試圖要抓住她——啊，吳棻棻挑起一抹笑。

「如果妳讓我寄生，我就保證不傷害江雨晨或是鐘朝暐。」吳棻棻想到了芙拉蜜絲致命的弱點。

咦？芙拉蜜絲瞪圓雙眸，不會傷害江雨晨跟鐘朝暐？

「妳也能活著啊，跟以前一樣，一起上學放學，課後一塊兒練習，過著跟以前一樣的生活喔！」吳棻棻用溫柔的聲音勸說著，「妳捨得妳爸爸媽媽嗎？還有妳的弟妹們？還是我乾脆再保證不傷害自家人，妳知道的，一旦我們共用一個身體，我是不可能傷害自家人的。」

因為需要偽裝，她必須要認真的成為芙拉蜜絲，要下手也會從別人家下手。

「別聽她的。」江雨晨皺眉看著她，「魑魅說的話……不能信。」

對，不能信，但糟糕的是為什麼她還會因此動搖？

「妳說的話要是能聽，狗屎都能吃了。」芙拉蜜絲咬著牙說，她覺得全身發冷，已經快要沒有知覺了……鞭子還在她手中嗎？幸好……還在還在……

「哼。」吳棻棻望著江雨晨，「朝她小腿開一槍，準一點啊！」

原本有些慌亂的鎖匠叔愣然的應了聲，槍口趕緊轉過來，魑魅現在刻意要傷害江雨晨，引起芙拉蜜絲的難受。

說時遲那時快，三道箭矢竟冷不防的自暗處射出，一二三分別正中大餅嬸、鎖匠叔及貓爺爺的咽喉！

「啊——」刻有對付魑魅符咒的箭矢立刻開始銷熔三個人的頸子，鎖匠叔鬆開了槍，驚恐地想以手護頸，可是熔蝕的位子只會擴大，頸子才多粗，無論如何用手緊護，還是無法阻止搖搖欲墜的頭顱。「救……」

貓爺爺一時鬆開手，那頭顱就這樣咚咚的滾地，牠緊張的想去拾撿，但因為失去頭顱，沒兩步就仆倒了；大餅嬸跟鎖匠叔也沒好到哪兒去，牠們盡全力的讓頭固定在頸子上，至少能讓組織再生時快速得多。

朝暐！芙拉蜜絲回身尋找他的身影，真的遍尋不著，他躲到哪裡去了？

「喵——」小貓們得令往林子裡跑去，群聚在離他們不遠的樹下，嘶聲吼叫著。

鐘朝暐趁亂爬上了樹，躲在樹枝樹葉中，所以水龍一開始無法抓住她。

無視於貓的嘶叫，箭矢再度射出，他剛剛對付了魑魅的頭，切斷牠們的即時反應能力，再三支箭射中的是牠們護著頸子的手！

「啊呀……哇……這樣不行！不行！」鎖匠叔亂叫著，緊接著又三支箭射來，對準的是他們的胸膛。

鐘朝暐打算亂槍打鳥，說不定有機會射穿在身體裡的魑魅。

吳棻棻看得怒火中燒，再引兩道水朝樹上去，但是她看不見，就無法準確的纏住鐘朝暐！鐘朝暐趁機早就又往上爬了一層，再抓緊時間射出三箭——這一次不對準分身，對準的是正怒目瞪視著這兒的吳棻棻！

箭飛快地射來，吳棻棻的確因為分神措手不及，正專心的想把鐘朝暐從樹上拉下，但是看著箭矢飛至，及時又引起一道厚達十公分的水牆擋在自己面前。

不管鐘朝暐的力道再強勁、準度再夠，射進了水裡，一切都成枉然。

他氣急敗壞的看著箭矢被水擋下，緊握著飽拳只希望法海趕快出現——雖然極其不願意，但是他沒有辦法救下任何人，也沒辦法應付水啊！

水龍自樹下順著樹幹上纏，一圈接著一圈，鐘朝暐驚覺到不對勁的想要試著跳到別棵樹去，但是樹的距離甚遠，樹枝也過細無法承受他的重量……眼看著水就這樣捲上，無一遺漏的纏上每根樹枝，他被迫跳了下來。

「喵——」齜牙咧嘴的貓兒像是等待多時，一見他落下即刻張嘴撲上。但鐘朝暐也不是省油的燈，手裡緊握著箭，撲上一個插一個。

「喵……喵嗚——」貓的身體不大，刺穿相當容易，也或許有機會能刺中分身。

右手倏地被幾隻貓狠狠咬住，鐘朝暐換左手持箭，但水龍倏而纏上，直接將他往芙拉蜜絲那邊拖去。

「真是難纏，我改變主意了，我要先掏空你們的內臟！」吳棻棻就這麼站在原地，水卻因她起變化，水分得更細，開始試圖鑽進鐘朝暐的體內。

「咦？」江雨晨這兒也感受到不對勁，原本纏住她腳踝的水也分成細小水絲，開始試著強硬的鑽進她的皮膚裡，「哇……好痛——」

芙拉蜜絲沒辦法動了，她連自己是不是握住鞭子都不知道，模糊的看著眼前的江雨晨在地上抽搐掙扎著，拍著揮舞著無論如何都破解不了的水；鐘朝暐在她頭頂上方那兒掙扎著，她還聽得見水花聲。

水拍了會散，散開就再度重組，她從來沒有想過，魑魅已經非人了，水之屬性還會這麼可怕……

「哇啊啊啊——」江雨晨驚恐的、歇斯底里的尖叫著，「住手——」

第十二章

啪！剎那間，束著芙拉蜜絲身上的水居然像有彈簧般倏地彈開了！她尚未完全失去意識，手腳上的水全數鬆開，連纏著頸子與臉上的水也都開始撤離，她錯愕的感受著水離開自己的身上，還有一種……詭異的感受來自腹部。

咬牙抬頭，她顫抖著伸手往腹部傷口探去，輕輕一壓，沒有血冒出來？

這是……她終於看向了尖叫著的江雨晨，還有震驚而愣住的鐘朝暐，他們都詫異的看著詭譎的景象。

魑魅使喚的水全部離開他們的身體了！包括抓著、鑽著江雨晨的那些水，都停在半空之中，距離他們的身體幾吋位置，可就這麼停凝在空中，不往下滴落任何一滴水。

雨晨仍然趴在地上，恐懼的抓著小草，但是她的身上綻放出一股淡藍色的光，尤其是手上那串鈴鐺護符，幾乎發出刺眼光芒……喔喔喔！她控制了水嗎？

拉弓的聲音忽而傳來，獲得自由的鐘朝暐不假思索的立即架上箭矢，管他是誰在控制水，他們就該抓住每一次攻擊的機會——說時遲那時快，屋內居然砰砰的奔出孩子們，紛紛衝到了吳菜菜面前！

「不要殺我媽媽！」孩子們哭喊著，緊緊抱住吳菜菜的腳。

「咦？」吳菜菜還在為這奇異景象錯愕不已，小腿被一抱才回過神來，「這是……又一個闇行使嗎？怎麼可能……」

「不要殺我媽媽！」潘潘張大了手擋在媽媽跟哥哥面前，對著鐘朝暐喊，「媽媽不是壞人！不是壞人！」

糟！鐘朝暐的指尖就是鬆不開，他擰著眉看著哭泣中的孩子，他知道吳菜菜有稚子要養，也隱約知道她會答應與魑魅共存就是為了孩子，可是、可是……

芙拉蜜絲喊不出「放箭」兩個字，那個是她的堂姐啊，哭著的是她最疼的成成跟潘潘！

潘潘咚咚的朝他們跑過來，「芙拉姐姐，求求妳不要傷害媽媽——」

一步兩步三步……潘潘忽然離地一公尺高，一個圓弧朝鐘朝暐飛撲下來——以孩子無辜的模樣！

而在潘潘身後，衝來的是老大成成，雙手早在瞬間成了肉條鬚交織而成的手，分別朝她跟江雨晨衝來！

他們——也已經被附體了？為什麼要這樣！

「法海——」芙拉蜜絲上前抱住依然趴在地上的江雨晨。

鐘朝暐鬆開了指頭，眼睛絲毫未曾闔上，法海的聲音在他腦海裡響起：如果你們依然被人類的外貌所影響的話，他們只有死路一條！

三支箭疾勁的射出，一支射進天真爛漫的潘潘眼內，另一支射進成成胸口，而中間那支箭從他們二者中間，直直射向吳棻棻的心臟！

水牆仍橫亙在吳棻棻面前，她自負的勾起嘴角，箭一旦穿過了水，就等於——刺痛自心窩傳來，她身子微微震顫，低首看著插進心窩裡的箭，腦海裡不可思議！

「怎麼……」她望著眼前的水幕，居然有一個洞，那是箭射穿的痕跡！

眼前的水牆竟然沒有流動，像是一堵實心軟嫩牆一般，沒有水流就無法阻止箭的力道……吳棻棻踉蹌後退，刻有咒文的箭正在熔蝕她的心窩！

「哇哇……好痛喔！」兩個孩子重重的摔落在地，用稚嫩的哭聲打滾著，「我的眼睛我的眼睛……」

「芙拉姐姐！」成成護著胸口，滿臉是淚的伸手朝向芙拉蜜絲，「姐姐我好痛，好可怕……」

芙拉蜜絲抬頭，成成近在咫尺，淚流滿面的可憐，潘潘在滾，身上的鈴鐺響著，那還是她送給潘潘的禮物……若是平時她會心疼，但是現在……她不能動容！

「在孩子喉上補上一箭，吵死了。」法海的聲音陡然在鐘朝暐身邊響起，他正輕搭著他的肩頭，「你應該已經下得了手了吧！」

鐘朝暐轉向右看著彎身的法海，他就在身邊，什麼時候到的，竟一絲腳步聲都無？但他沒有遲疑，即刻再抽過兩支箭，心中默唸著咒語，對準一臉驚恐，已經爬離的孩子們射去。

由後頸穿出，封喉。

潘潘就在芙拉蜜絲面前倒下，她不忍的別過頭去。

「很好。」法海搭在他肩頭的力道忽然一沉，「休息一下。」

咦？鐘朝暐煞時覺得天旋地轉，眼前須臾一黑，登時倒下失去知覺；法海逕自走到芙拉蜜絲的身後，將她拉起，臉色死白的她正用意志力撐著，加上失血已經停止，讓她不至於太快暈死過去。

「霰彈槍啊……」他檢視著傷口，「用人類的武器傷害人類，你們還真是樂此不疲吶……」

跌坐在地的吳棻棻臉色慘白的發抖，她的心窩熔成一個窟窿，連心臟也都在銷融中，她顫抖著伸手握住那箭尾，咬著牙大吼著，使勁把箭從心窩裡拔了出來——「啊啊啊啊——」

右手跟著遭殃，但總比持續在心窩裡發酵的好。

法海的大手往芙拉蜜絲腹部壓住，她抬首看著他，相當痛苦，唇如白紙，低喃著他的名字。

「沒事，再撐一會兒。」他冰冷的手貼上她的腹部時，芙拉蜜絲訝異於自己竟然還能感受到冰凍感……法海的手是多冰啊！

但旋即一股熱度傳進身體裡，芙拉蜜絲看見有東西自法海的手傳進她身體裡，雖然不知道那是什麼，但是她卻明顯地覺得有氣力了！

「江雨晨，醒著的是誰？」法海輕喚著，「把水撤掉吧。」

原本緊抓著草的手突然鬆了，江雨晨抬起頭來，滿臉淚痕的她神情卻不慌不忙，從容的直起身子，拍拍手上的泥巴，還有點嫌惡的看著掌心；調整呼吸數秒，她左手一揮，所有上岸的水急速的退回湖裡，一滴不剩。

水幕一撤，被困住的金刀與鞭子即刻著地，芙拉蜜絲試著把鞭子拉回。

「柔水雨晨……還真的是……」芙拉蜜絲目瞪口呆，「雨晨真的也是闇行使嗎？」

「她也是被附身狀態吧，妳還看不出來嗎？」法海收回手，有點狐疑，「還沒有全然覺醒嗎？」

芙拉蜜絲詫異的轉過頭看向法海，「附身？」

江雨晨扭扭頸子，拾起金刀，口裡突地唸唸有詞，手腕上的鈴鐺響了起來，同時間，芙拉蜜絲手上的金刀居然綻放出金色光芒，瞬間籠罩住他們。

法海立時收手，看著光輝逐漸縮小，直到僅包裹住芙拉蜜絲全身為止。

「原來是同一家的東西啊……」他將她整個人拉坐而起，「妳可以動了嗎？這個庇佑也不能支撐太久，趕快先把魑魅解決了再說。」

「庇佑？」芙拉蜜絲一怔，試著起身，發現肚子不再痛了，而且也真的有力量站起來……只是還是有點空虛感，好像這身體不是自己的。「我怎麼解決……」

「現在水是歸我管，妳儘管專注著對付魑魅就好。」江雨晨這麼說著，握著大刀起身，

「至於其他傢伙，妳只要快點把本體解決就好了。」

她邊說，一邊往大餅嬸那邊走去，牠們的再生正迅速進行中，頸子跟身體又快連成一體了。

「本體……要我解決……」芙拉蜜絲聞言，眉頭緊皺。

「回想過去妳對付非人的情況，集中靈力，堺真里應該有教妳相關的咒文……」法海輕柔的在她耳邊說著，「妳應該可以看得見，魑魅躲藏在身體裡的哪裡。」

他一邊說，一邊輕輕推著她的背，逼她往前。

看得見……她現在只看見坐在地上，痛苦哭著的堂姐，涕泗縱橫的望著她，眼神裡盈滿了不解與痛苦，彷彿在質問她：為什麼？

是人，也是魑魅，是她的堂姐，也是怪物，這簡直就是殘忍的考驗！

腦海裡翻閱著背過的咒語，她記得父親給她的咒文書中，有一篇是提升靈力的，她緊緊握著鞭子向前；調息，記住靈力匯集在指尖的感受，她必須專心一意的，只想著咒文與靈力的傳遞！

身體發熱迅速，詭異的是熱度竟是來自於手上的鞭子，她睜眼瞧著，看見金刀泛出橘光，反由鞭子傳遞到她的手與身子，她第一次遇到強大的力量注入，沒想過來源是那柄金刀！

鎖匠叔率先恢復，自保為先即刻攻擊江雨晨，她大刀俐落斬斷，那不是原本的雨晨……芙拉蜜絲清楚得很，暴走後的雨晨動作更加迅速，攻擊力也很驚人。

但是這不是她該留意的，她要看的是……嗯？在看著跳躍的鎖匠叔時，她忽而錯愕，為什麼鎖匠叔的肺部那兒有個橘色的東西在蠕動呢？左邊的大餅嬸正匍匐的往小木屋躲，牠的手還未復元，而望著牠的背，芙拉蜜絲也看見了在下腹部的大蟲。

不只是蟲，還看見了五臟六腑——她倏而轉向吳棻棻，在她的心臟後方，看見了一個小小的人形！

有著頭手足，橘金色的線條描繪出外形，一清二楚，就藏在心臟後方！

「那是……」她伸手指向吳棻棻，「那是魑魅嗎？」

「看見了？」法海的音調像是很滿意，「那就去吧。」

咦？芙拉蜜絲錯愕的回身看向法海，「我要怎麼……」

法海薄唇上揚，綠色的眸子正閃閃發光，「明知故問。」

「不，我沒辦法！」她慌亂的搖頭，「這我怎麼做得到，她可是——」

『但已被附體成功的人，必須要剖開那個人的身子，找到魑魅並殺掉。』爸爸的聲音在腦海裡響起。

如果囿於人類的形體，唯有死路一條，這就是魑魅最高段的伎倆，必須要體認到，那是個具有人形，但已經被侵佔的怪物了。

對，芙拉蜜絲戰戰兢兢的轉回身，鐘朝暐都已經突破這個障礙了，她不該退縮，如果被這人形限制，那未來再遇上魑魅時，她還是下不了手！

鞭子向上舞動，她握住金刀，開始一步步逼向吳棻棻。

「雨晨，鎖匠叔的分身在肺部，藏在第二、三節肋骨後。」邊走，她一邊告訴江雨晨位置。

就見鎖匠叔咆哮怒吼，四肢的肉條鬚全數冒出藉以包裹江雨晨，但是卻完全沾不上她的身子，她身上的藍光變得更大，像防護罩似的毫不畏懼！江雨晨高舉起刀子，一刀就刺進了鎖匠叔的胸膛！

「哇啊！」鎖匠叔痛得大吼，雨晨的刀子對魑魅無效，但對人體依然會有傷害。

「啊，刺錯了，抱歉。」江雨晨抽起刀子，「什麼是第二三節？很難算耶……都刺好了。」

餘音未落，她就再刺了一次，看得芙拉蜜絲超級於心不忍！就算牠們體內有怪物，也犯不著這樣亂刺吧！

芙拉蜜絲正首看向吳棻棻，她正後退著，全身發抖著搖頭。

「芙拉，不要這樣，妳知道我是堂姐！」牠哭喊著，「我不想死，我會答應魑魅是為了孩子們啊，妳知道我不可能放下孩子的！」

法海小心的跟在後頭，他已然制住大餅嬸跟袁翔的攻勢，只是兩個女孩沒發現，後頭小跑步出可愛的男孩，他有些不解的望著現在的狀況，法海只是指向袁翔，男孩用力點了點頭。

袁翔人在靠近樹林草叢那兒，原本想躲在那兒攻擊江雨晨，不知怎地突然動彈不得，肉條鬚在空中被打了結，連收回都無效，眼看著本體即將有危險，牠應該要出一份力的啊——

「嗨。」身邊冷不防站了小男孩，袁翔愣住了，「需要幫忙嗎？想要寄宿在我體內嗎？」

袁翔來不及說話，啪刹的消失在草叢那兒，同時間吳菜菜的身子劇烈震顫，痛苦的伏地——「又一個……」

什麼又一個？芙拉蜜絲不解，只是握了握右手掌心的金刀，心跳疾速。

「對不起。」她說著，深吸了一口氣後蹲下身子，壓上吳菜菜的身體，坐了上去。

「不要——」吳菜菜驚恐的哭喊，「芙拉芙拉，我還保有自己的意識！我是堂姐啊，我要照顧孩子，剛出生的寶寶也需要媽媽……」

吳菜菜淚流滿面的哭嚎，伸手阻擋著芙拉蜜絲，她的胸口開了大洞，焦黑的心臟後躲藏著那小小的人影，只是刹那間，那人影竟然倏地往下移動，躲到了下腹部去。

這樣的傷口還能說話，本就不算是人了對吧……就算是、就算真的是堂姐在對她說話，也只能抱歉了。

「我怎麼可能死在妳一個小小的、未覺醒的闇行使手上啊——」吳菜菜突然大吼，她的手腳成了數千條肉條鬚，從芙拉蜜絲的身後反撲而至——

轟！烈火驟然點起，在所有肉條鬚上焚燒……不，是吳菜菜整個人燒了起來。

江雨晨正在努力刺穿的鎖匠叔也突然起火，她嚇得驚退，往兩旁看去，發現大餅嬸跟袁翔學長曾幾何時竟消失了？人呢？

「啊啊——」火燒肌膚的劈啪聲傳來，吳菜菜痛苦的在地上掙扎，芙拉蜜絲坐在其身上，壓制她痛苦的舉動。

「哇啊哇啊……芙拉姐姐！」孩子們也燒了起來，正在地上打滾，朝她爬行過來，「好燙！好燙！芙拉姐姐！」

遠遠的，木屋裡傳來哭聲，窗邊的火光豔豔，芙拉蜜絲只覺得鼻酸，連襁褓中的孩子也不放過嗎？她高舉起刀子，左手掐住吳棻棻的頸子，速戰速決！

「對不起，真的對不起……」淚水不自禁的滑下，她咬著牙，開始拿著金刀刺進吳棻棻的鎖骨之下。「就是因為妳是我堂姐，我才必須這麼做！」

專心致志的唸著咒語，金刀已成橘金，在切開吳棻棻的胸膛時，肌膚立刻焦毀，刀勢自上一路而下，切口處也開始引火焚燒。

「芙拉！芙拉蜜絲——妳怎麼可以這麼狠，我是妳堂姐啊！」吳棻棻淒厲的叫著，她抽動著身子，芙拉蜜絲必須使勁的壓住她痛苦的掙扎。

才切開身子，就發現她的皮竟輕易的能向兩旁揭開，芙拉蜜絲以金刀挑開的瞬間，吳棻棻的體內也開始燃燒。

裡面有個小小的身影，像是迷你版的、乾癟的吳棻棻，竟有著一樣的容貌，正驚恐的躲在內臟之後；但是當整個身體都在燃燒時，牠也無處躲藏。

「不不不——怎麼可能！」細小尖銳的叫聲來自於體內那個迷你版的吳棻棻，「水！水——」

無視於她的歇斯底里，芙拉蜜絲伸手進入滿是血與火的腹腔，將小小的堂姐抓了出來。

魑魅，全身上下都是細如血管的肉條鬚，與堂姐的本體重重相連，糾纏不清，她緊握著魑魅，魑魅像是努力的想施什麼法一般，但是很明顯的只能僵硬得像個石像，根本動彈不得！

芙拉蜜絲闔上雙眼，專注的唸著另一篇徹底殲滅魑魅的咒語，那比她教給鐘朝暐的還要強大，會耗費更多的靈力，但是卻能給予魑魅更大的痛苦，以及保證絕對不會再生。

『嘎呀嘎嘎——這是什麼、妳怎麼會——』魑魅著了火，牠的叫聲之尖銳難聽，但依然在芙拉蜜絲掌心裡逐漸燒乾。

她睜眼，將魑魅往地上壓去，握著金刀，眼神卻望向了躺在地上，那奄奄一息的吳棻棻——一刀刺穿了魑魅。

屋子裡的哭聲消失了，身後不停尖叫的孩子們也沒了聲響，本體已亡，分身就再也無用武之地；芙拉蜜絲淚眼模糊了視線，看著被火毀容、逐漸燒乾的吳棻棻，淚水從她的眼角滑下，唇虛弱的開闔。

對不起，對不起啊！

回首看向孩子，潘潘死不瞑目的瞪大雙眼望著她，她覺得潘潘好像在問著她：為什麼為什麼！

天！芙拉蜜絲雙手掩面，為什麼要這麼殘忍！她突然發現殘忍的不只是魑魅，身為闇行使、具有靈力的人，必須比誰都還要狠心，才能夠處理這些非人啊！

焦臭味瀰漫在整個湖畔，吳棻棻體內的血瞬間被燒乾，脆弱的五臟六腑也已然烤焦，孩子們小小的身軀蜷縮在一起，火勢沒有停止的跡象，那水庫管理者的木屋也開始劇烈燃燒。

江雨晨虛弱無力的坐倒在地，手指無力的鬆開刀子，強烈的疲憊感襲來，四周火海一片，她向左後方看去，看見的卻是也在火燄中，埋首痛哭的芙拉蜜絲。

「休息吧，妳耗費太大了。」法海穿過火舌，毫不在意，一路來到她身邊，「這個身體可由不得妳這樣使用。」

「法海……」江雨晨連手都抬不起來，任法海抱起她，遠離了小木屋前。「我是誰？」

「我不知道。」法海說著，把她放在遠離火場的一棵大樹下。「不是江雨晨嗎？」

她沒有再回答，已然昏了過去，他直起身子，小小的男孩在樹叢另一邊待命。

「剩下的都是我的人，誰都不許插手。」他這麼說著，立即旋身往芙拉蜜絲那邊去。

芙拉蜜絲跪坐在地，掩面哭泣著，無視於自己正在大肆燒燬這片樹林，她全身都轉成橘色的寶石，光亮璀璨……老實說，真是美得不可方物。

法海低首望著被金刀插著的焦黑魑魅，嘖，真是可惜了。

『啊啊啊……嗚——』遠遠的，悲鳴響起，空中呈現一片灰黑，亡靈們如同飛蛾撲火，往這兒湧聚而來。

「芙拉。」法海蹲在她身邊，火也燒上他的身子，卻無法燒毀任何東西，「妳冷靜一點，妳再這樣下去，連無辜的亡者都要受累了。」

「對不起對不起……我殺了我堂姐！殺了孩子們！」她哭喊著，「她連靈魂都不在了啊！」

「那是她的選擇，妳殺的是魑魅，不是堂姐。」法海握住她的手腕，輕輕往下拉動，「害死妳堂姐的、以及其他人的，是魑魅……也是他們自己。」

芙拉蜜絲放下了手，淚眼汪汪的看著他，每一滴流下的淚水，都像橘金色透明發光的寶石，芙拉蜜絲整個人簡直就是塊燒紅的人形炭。

「為什麼要這樣……為什麼魑魅要這樣逼得我殺人！」她哭喊出聲，痛苦的長嘯著。

「聽說，魑魅原本就是人。」法海優雅的說著，「是邪惡的人性讓一個人化成了妖類，挑撥離間、看著人類的自相殘殺，成了他的最愛。」

「原本……是人？」

法海微笑著，握住她的雙手，「人們上山了，他們開車上來的，妳必須儘快停止這一切。」

「我不知道……」她顫巍巍的看向四周，「我不知道該怎麼做！天哪，容愛也死了，她還是個嬰兒啊——」

法海不耐煩的扯了嘴角，是有完沒完，車聲越來越近，要是讓大家親眼看到闇行使的能力，這樣她還要混嗎？

擰起眉心，法海動手箝住芙拉蜜絲的下巴，將她扳過正面，不悅的凝視著她。

「妳腦子清楚一點，就說那些都是魑魅附體了妳在糾結什麼?妳殺的是魑魅，不是人!要是以後每一個妳都要這樣哭哭啼啼的，那乾脆就讓魑魅殺掉算了!」法海口吻一點都不親切，「快點收起妳的靈力，都什麼時候了，連靈力收放還不會嗎!」

「你……兇什麼啊!」她緊咬著唇哽咽的喊著，「我剛剛親手剖開一個人的肚子，我還——」

法海冷不防的拉過她，直接吻上了她。

他知道，這是讓芙拉蜜絲分心的最佳方法。

什麼——芙拉蜜絲瞪圓了雙眼，看著近在咫尺的長長睫毛，感受著唇上的柔軟與冰冷，四周的火瞬而退去，連發光的自己也都漸漸恢復成原本的樣子，插在地上的金刀不再泛出光芒，唯一竄燒的火，來自已經一發不可收拾的木屋。

法海離開了她的唇，沉默的凝視著她，拇指熟練的在她的唇上輕輕描繪，「很好。」

芙拉蜜絲什麼都沒辦法思考，只覺得腹部一陣痛苦，力氣瞬間被抽離，她伸手壓住腹部，再度感受到血液的濕濡——咚的一聲，她往前倒進了法海的懷裡。

「主人!」許仙慌亂的衝了出來，「堺真里跟鎮長他們快到了!」

「沒關係，你快離開，禁止其他人對人類出手!」法海眼神竟含著笑意。

「……主人?」許仙有些膽顫心驚，「怎麼那麼開心?」

法海伸手往芙拉蜜絲的手上沾上一抹紅血，從容的放入口中……呵呵，他笑著搖頭。

「終於讓我找到了。」

透明的玻璃管裡，裝著八顆銀珠子，管子刻上「芙拉蜜絲紀念」的字樣，上頭還繫了粉紫色的緞帶。

芙拉蜜絲手裡握著這特殊紀念的禮物，笑得合不攏嘴。

「謝謝真里大哥！這禮物真是太讚了！」瞧她眼睛都笑彎了，反而讓堺真里不知道該說些什麼。

其實他是希望芙拉引以為鑑，這是在她體內的子彈，有兩顆射穿了身子，六顆在身體裡，沒傷到重要器官是不幸中的大幸，「意外」的是傷口竟不大，但還是算受重傷，她笑成這樣是怎麼回事？

「妳知道妳這次真的差點死掉嗎？」堺真里語重心長的望著她。

芙拉蜜絲搖了搖頭，「醫生說我就是失血過多，但其實沒傷到重要臟器。」

呃……堺真里有點欲言又止，「妳知道那很不自然嗎？一般人被霰彈槍打中，是不可能這麼快就痊癒的！」

「知道。」芙拉蜜絲微微紅了臉，「是法海吧？」

「法——」堺真里露出不耐煩的神色，「是闇行使，是大哥找來的闇行使及時幫妳止血的！」

「噢。」芙拉蜜絲淡淡的應了聲，那是後來他們開車上山的事，在抵達之前，她知道是法海延續她的生命，雨晨阻止了出血。

只不過真里大哥知道法海可能是闇行使，但卻不知道雨晨也能控水，因此她絕口不提雨晨，反正依照慣例常理，雨晨也不太會記得發生什麼事。

當金刀也失去光芒後，她就暈過去了，醒來時已經輸了好幾袋血躺在醫院裡，醫生說沒有太大的傷害，傷口意外的極小，甚至沒有傷及重要器官，爸爸媽媽、甚至連鐘朝暐都輸血給她，算是度過了危險期。

而水庫管理木屋已然付之一炬，在裡面找到一具嬰兒的焦屍，外頭則是鎖匠叔、吳棻棻及孩子的屍體，沒有全數燒毀，但也是死狀淒慘、面目全非，更別說吳棻棻被開腸剖肚，鎖匠叔千瘡百孔。

大餅嬸、袁翔學長及貓爺爺不見蹤影，自治隊搜索了兩天，在湖底找到了沉在下頭的屍體，胸腔遭到剖開，致死原因或許就是因為魑魅本體死亡的原因，體內沒有一滴血，推測也是因為胸腹腔都被打開，身上多處有傷，早被湖水沖淨。

只是……芙拉蜜絲不記得自己有剖開別人啊？貓爺爺更早就失蹤了，這不是很詭異嗎？

其餘鎮上共有十餘人在魑魅本體被消滅時，立即倒下跟著亡故，但是還有另外十餘人散布在往水庫的山林間，均無全屍，死狀像是被大型動物撕裂，這點令自治隊匪夷所思；而教堂裡的神職人員全數都被附身，唯一沒有屈服的是白神父，他的遺骨被吃乾抹淨。

自治隊在教堂裡找到了近七具屍體，都是這段日子中外出工作的人們，由於他們是要到別的城鎮去做買賣，因此家人並不知道他們已然失蹤亡故，而共同點是離開前，都去了教堂做祈禱。

除了鎮上亡故的人之外，魑魅也帶來楓林鎮的亡靈作為操控，引起紛擾與猜疑，製造強大的不安與恐懼……也因此一旦有亡靈發現到芙拉蜜絲家二樓的「超渡裡面請」立刻就殺過去了。

病房門開啟，班奈狄克走了進來，芙拉蜜絲微微笑著，「可以出院了嗎？」

「嗯，手續辦好了。」他嘆了口氣，「法會快開始了，要去嗎？」

「啊，時間到了嗎？」堺真里趕緊起身，從窗戶往外探去，「我是一定得去的，那我先走。」

班奈狄克只是頷首，堺真里恭敬的行禮後，便匆匆出了門，他一離開，班奈狄克即刻看向芙拉蜜絲，她昂起頭，堅定的望著爸爸。

「我不去，那邊沒有太多需要超渡的亡魂。」她淡淡的說著。

班奈狄克沉默著，往外瞥了瞥，慎重的把病房門關上，拉著椅子靠近芙拉蜜絲身邊，坐了下來。

「要談談嗎？」父親沉穩的問著。

「不必。」芙拉蜜絲笑著，「我調適過了……這就是魑魅的手法，我不會也不能陷在那樣的悲傷中。」

「但是……妳在殺魑魅時，她是棻棻的樣子。」班奈狄克一語道破最難跨越的關卡，芙拉蜜絲凝視著父親深棕色的雙眸，若是以前，說不定她會崩潰痛哭。

但是，親手剖開吳棻棻的肚子、親手殲滅那小小魑魅後，一切都不同了。

「只是模樣而已，本質上已經不再是了。」芙拉蜜絲平靜的敘述著，「爸，當堂姐答應跟魑魅合體時，她就已經死了，選擇了一條灰飛煙滅的路。」

外頭傳來了鐘聲，今天是西方與東方兩個宗教的共同葬禮，教堂那邊悼念著神父們，街上嗩吶的聲音悲涼，芙拉蜜絲不懂這樣的儀式，除了被殺被吃掉的人還有靈魂可以超渡外，其餘只要被魑魅附體的人們，靈魂早就在魑魅死亡時全不復在了。

「妳真的看得這麼開？」班奈狄克不以為然的望著她，「要手刃親人，不是件容易的事啊！」

「爸，她不是親人了！只是徒具外形的魑魅，如果你一直要用她是堂姐、她是吳棻棻的角度去想，那就什麼事都做不了了！」芙拉蜜絲伸手握住父親的大手，「魑魅要的就是這個，牠們選擇躲在人體內，操弄著人性，要的就是這些悲慘與自相殘殺！」

班奈狄克凝視著她，曾幾何時，那個暴躁沒耐性，情感豐富正義感強的芙拉，會有這麼理智的時刻。

露娜說得沒錯，當芙拉親手剖開吳菉菉時，她就已經跨過了那個障礙。

班奈狄克竟笑了起來，那是帶有讚許的笑容，左手包握住芙拉的手，「很好，未來再遇到魑魅，我就不擔心了。」

咦？芙拉蜜絲一陣錯愕，爸爸怎麼突然變臉了？剛剛還一副要她說說心事的樣子，現在卻說他放心了？

「爸！你該不會只是想說服我那不是堂姐吧？」芙拉蜜絲轉著眼珠子。

「是啊，我怕妳以後遇上魑魅還三心二意的，心軟就麻煩了。」班奈狄克起身，大掌搓搓她的頭，「我的好芙拉，長大了！」

溫暖的大掌搓著頭，讓芙拉蜜絲心暖暖的，開心的笑了起來。「那我違反禁足令的事……」

「一樣，禁足到學期結束。」班奈狄克臉一沉，沒改變過，「這是為了妳好。」

「爸！拜託啦！」芙拉蜜絲哀嚎著，「我這次算救了全村耶！」

「是嗎？」班奈狄克忽然沉下臉色，「希望能這麼順利就好……」

嗯？芙拉蜜絲眨了眨眼，「什麼意思？」

「魑魅是死了，但他種下的種子卻發芽了。」班奈狄克意有所指的望著她，「而你們三個，再一次除掉魑魅，全身而退。」

三個高中生，再一次的展現非凡的能力與身手，就算以前大家會認為是英雄、認為他們天資聰穎，但是在魑魅介入過之後……有多少人會在心底開始猜疑他們就是闇行使呢？

猜忌的心一旦開始，就只有越來越嚴重的趨勢，一如古老的寓言，鄰人認定孩子偷了斧頭，不管那孩子吃喝拉撒睡，都像個小偷，當心裡已然認定，很多事就再也看不清。

芙拉蜜絲瞬間明白了父親的話，也跟著意識到未來的風暴。她暗暗握了拳，眉頭微蹙。

「鎮長決定開公聽會了，你們三個必須經過公審。」班奈狄克口吻是無奈與微慍，「但這是不得已的，妳委屈點。」

公審，他們成了犯人嗎？

芙拉蜜絲做了個深呼吸，從被子裡拿出一本深藍皮革的小冊子，「這是闇行使給我的，他好像早有預感，要我仔細詳讀背下，為了以防萬一。」

班奈狄克點點頭，他趕在鎖鎮前出去就是對整件事起疑，回來時也順便帶回闇行使……只是當他想要去找芙拉蜜絲時，卻在往水庫的路上打轉，闇行使說，有人設下了結界，擋住他們的去路。

是誰？班奈狄克在心中有著無限疑點，他在山裡心急如焚，不懂為什麼有人要插手——是那位法海嗎？

叩叩。門外敲了兩聲，走進來的是鐘朝暐及江雨晨。

「伯父好！」兩個人禮貌的向班奈狄克道好，鐘朝暐看見芙拉蜜絲健康安好，愉快的心情都寫在臉上，「嘿，氣色很好嘛！」

「都能下床走了。」她掀被下床，立刻做給他們看。

「別逞強啊！」江雨晨緊張的向前，「霰彈槍耶妳！」

「沒事的。」她緊緊握住江雨晨的手，「怎麼，你們也沒去法會？」

這個問題讓氣氛僵硬，江雨晨跟鐘朝暐閃爍著眼神，一時不知道該怎麼回答才好；班奈狄克讓三個孩子自己聊，早早離開了病房。

「幹嘛？我也沒去啊，靈魂都不在超渡什麼？」芙拉蜜絲率先說自己的想法。

「我也是這麼認為，而且我總覺得很多人用異樣的眼光在看我們。」鐘朝暐也實話實說，「似乎把我當成殺人兇手。」

「不是把我們當成兇手，我們是除掉魑魅……只是對我們的手法感到殘忍，但闇行使也說了，不這樣毀不掉魑魅。」江雨晨幽幽開口，「大家看我們的眼神，應該是像看異類吧！」

啊……雨晨總是比較敏感，心細如髮，原來她早就感受到了。

「公聽會的消息你們都接到了嗎？」芙拉蜜絲問著，鐘朝暐表情不變，萬分不悅

「我根本不想去，這真的太過分了！」他低吼。

「或許……」江雨晨卻突然嗚呼一聲，「我本來就是個怪物！」

下一秒，她竟哭了起來！

咦咦咦？這讓芙拉蜜絲跟鐘朝暐都傻了，他們錯愕的望著她，這是為哪樁？雨晨應該不記得在水庫邊的事啊！

「妳冷靜點，之前說妳是魑魅，那是神父的伎倆啊！已經被澄清了啊！」鐘朝暐趕緊安

慰。

「是啊，妳連闇行使的法器都不怕了，大家都知道妳不是了！」

江雨晨放下雙手，哭泣的眼帶著微慍，「你們以為我真的不記得了嗎？」

這瞬間，兩個人都傻了。

「我全記得！我是江雨晨也是那個暴力的人，我全部都看到了，只是行為上沒辦法控制！」她壓低聲音哽咽的說，「好可怕！我可以讓水停住，我可以毫不猶豫的一直刺穿鎖匠叔的身體，我——」

「為什麼要覺得可怕？」芙拉蜜絲突然打斷她的哭泣，「如果不是妳，我們大家都死了！」

江雨晨一怔，含著淚水望向朋友們。

「是啊，如果不是妳控制水，魍魅就想從鼻子鑽進我腦部，或是勒死芙拉，也可能鑽進妳小腿。」鐘朝暐肯定的點頭，「芙拉也沒有機會把本體殲滅了。」

「而且妳會一直刺穿鎖匠叔也是正常，因為那是怪物，那個暴力的妳比較理性，不會被鎖匠叔的人形所影響，我反而很佩服，只是……」芙拉蜜絲遲疑了幾秒，「雨晨，妳有空要去看一下人體的解剖圖，妳分不清楚位置，一直亂捅也很累吧？」

唔……江雨晨有些尷尬，她記得因為無法確認魍魅本體的位置，才沒命的拿刀亂捅的！

「真的是這樣嗎？為什麼我會……控制水？」她慌亂的握住芙拉蜜絲的手，「難道我也是闇行使嗎？」

不是，她是被附身的。法海的聲音響起，芙拉蜜絲沒有忘記那句話，她勉強的勾起笑容，聳了聳肩。

「我不知道，但如果是的話，也沒什麼不好吧！」她順道瞟向了鐘朝暐，「你們覺得我不祥嗎？」

鐘朝暐飛快地搖頭，芙拉蜜絲之於他，就算是怪物也不會不祥！

江雨晨抹去淚水，也搖了頭，從小一起跟芙拉蜜絲長大，雖然聽到她是闇行使有些訝異，但她跟鐘朝暐心底裡早有了底。

畢竟能兩次單獨將鬼獸及妖獸消滅的人，不可能只是普通人。

芙拉蜜絲左勾右拐的把兩個朋友拐到身邊，她感激法海這一次沒有把他們的記憶消除，或許是要他們記得殲滅魑魅的過程，未來才不會再被那人類的外形所猶豫！

「我很高興這一次能幫到妳。」鐘朝暐突然望著芙拉蜜絲，「成為妳的支柱，雖然只有一下下。」

總比每一次都在受傷與昏迷中度過，讓法海撿了個大便宜好！

「謝謝。」芙拉蜜絲劃上滿滿的笑容，用力搥了他結實的胸膛，「有你真好！」

有你真好……鐘朝暐心窩滿滿的，泛出了幸福的笑容。

「好了，我回家前要先去個地方，你們先回去吧。」芙拉蜜絲到一旁拿過雪衣，俐落穿上。

「咦？妳還要去哪裡？剛出院耶，我陪妳回去吧！」鐘朝暐異常不放心，只是可以出院，又不代表痊癒！

「不必，我要單獨去。」芙拉蜜絲沒往門口走，卻拉開了窗。「你們待久一點再出去，別被我爸太早發現！」

「別鬧了，妳要溜去哪裡？外面現在在作法會！」鐘朝暐拉住她。

江雨晨跟鐘朝暐瞪圓了雙眼，目瞪口呆，「芙拉蜜絲！」氣音異口同聲！

「我會避開法會的路徑的，教會那邊我更不怕。」芙拉蜜絲眨了眼，「你們回去最好也避開，免得又被側目。」

「妳要去哪裡！」江雨晨也上前揪住她的雪衣，「至少要讓我們知道目的地！」

芙拉蜜絲整個人坐出窗外，回眸一笑，「法海家。」

咻的她從二樓跳了下去，很難想像這是個大病初癒的人，當然知道內情的人都曉得，闇行使的療癒術幫了很大的忙。

鐘朝暐僵在原地，在這之前的幸福小花頓時都謝了。

法海家？她才好就要去找法海！

鐘朝暐擱在口袋裡的雙拳緊握，掌心裡還握著一串銀色的鈴鐺手鍊！

他知道法海比他強、比他知道的還多，也知道這次的存活絕對是因為法海的介入……但是他也知道，他的暈厥是源自於法海，是那傢伙讓他暈過去的！

這不免讓他懷疑，前幾次的昏迷呢？他知道自己的身體，哪有這麼脆弱！還有，為什麼每一次都會想不起後面發生什麼事？就如同這次，雖說記得自己親手射殺了孩子們，但還是有些記憶想不起來……

像是法海在他耳邊說了什麼？

「又是法海。」江雨晨輕笑著，「芙拉真的很迷他耶！」

鐘朝暐瞬而轉身，「妳說什麼？不就只是因為他長得像王子嗎？」

「厚，這只是原因之一啦！」她偷偷的附耳在鐘朝暐身邊，「你忘了啊，在魑魅要殺我們的千鈞一髮之際，芙拉大喊了他的名字喔！」

咦？鐘朝暐錯愕的回憶著，有這段嗎？在肉條鬚要殺他們之際，他只記得江雨晨大喊住手……為什麼他沒有芙拉大喊法海的印象？

如果是真的，那就表示法海在芙拉心中的重要性……可是又是誰讓他忘記的呢？

第十三章

紅色的液體自高雅的青花瓷瓶徐徐注入杯中，男孩恭敬的滿上，再恭敬的將杯子遞給坐在王座上的少年。

順著繡金線的紅毯階梯拾級而上，寬大的平台上擱著一張織錦王椅，少年穿著絲質襯衫優雅的端起青花瓷杯，享受般的品嚐著杯裡甜美的鮮血，陶醉之情溢於言表。

身邊的男孩如洋娃娃般可愛迷人，圓圓的臉頰搭上藍色的眼睛，是那種人見人愛的類型，他總是抱著羨慕的眼神望著少年啜飲美味，不自覺地嚥了口口水。

空中流洩的音樂，韋瓦第曼妙的四季。

「喂！這麼多客人站在這裡，連張椅子都沒有，這什麼待客之道？」滿臉鬍子的粗獷男人低吼著，不悅的在大理石地上踱步。

「威爾斯，禮貌點。」出聲的是一襲綠色洋裝的女人，看上去約莫二十歲左右，皮膚白皙，一頭深紅棕的大捲髮，性感豔麗，「這可是別人家裡。」

「我們都站在這裡多久了，他在那邊吃他的點心？」另一個瘦弱的黑短髮男孩不悅的瞪著上頭，「聞得我都餓了。」

「哦？」法海移開杯子，訕笑著，「想喝嗎？早說，我可以大方分給大家喝啊！」

女人回首擋下黑髮男孩，逞什麼口舌之快，明知道他們喝不得那種東西，計較這麼多做什麼。

「Forêt，我們講和吧？」女人噘起嘴，露出嬌滴滴的神情，「幹嘛為這點事生氣？」

「小事？」法海將空杯遞給許仙，站了起身，「你們一個個站在旁邊看戲，等著撿落單的人飽餐，搞不清楚這裡是誰的地盤！」

「喂，就幾個人而已，你讓我們吃點又怎樣？」威爾斯不爽的叫嚷著，「這裡這麼多人，難得魑魅作亂，不是就要趁機吃飽點嗎？」

餘音未落，就見法海右手一揮，威爾斯身上喀噠喀噠的聲音立時傳來，他狠狠倒抽一口氣瞪圓雙眼，身上每一根骨頭應聲斷裂，全數刺穿出身體！

「哇啊——」他僵硬著呈大字形站著，看著骨頭啪的刺穿而出，下一秒就倒了下去。

「Forêt！」女人低首看著趴在地上抽搐掙扎的男人，怒眉一揚，「有沒有搞錯？傷我的人！」

「你們在我的地盤放肆，還敢這麼大聲？」法海只是輕笑，左手一彈指，靠著柱子的黑髮男孩立即下腰，硬生生折斷腰椎，喀嚓一聲，後腦勺就貼到了小腿腹！

又是一陣慘叫哀鳴，男孩咚的倒地，這讓一直沉默不語的辮子女孩慌亂的直起身子，向左手邊的門口看去，急著想要逃離。

「維持禮貌就不會有事。」始終站在門邊的另一個男人淡淡的說著，他穿著運動服，頭戴鴨舌帽，看不清容顏。

女人咬著唇向上瞪視著法海，他悠哉悠哉的在平台上走動，許仙用同情的眼神看著在地上哀鳴的兩個人，這些苦他都受過，才折一下就叫得這麼大聲，看來一定是磨練不夠呢，哼。

「妳生氣起來總是特別美，丹妮絲。」法海還有空讚美，「心疼的話，不趕快救治他們？」

「你明知道我做不到！」丹妮絲又氣又惱，「我的能力還不到那個地步。」

「唉，真可惜，那還敢大言不慚的說是妳的人？連保護自己手下都辦不到，還敢到我這邊撒野。」法海冷哼一聲，旋身看向許仙，「跟他們說說，我們在這裡多久了，死了多少人？」

許仙劃上驕傲的笑容，轉過身子面對著樓下的五個人，恭敬禮貌的欠身。

「我們到這裡三個月了，這之中安林鎮因為意外、生病、鬼獸及妖獸死傷數十人，但是，因為我們而死亡的人數，一個都沒有。」許仙相當得意，「每天我們都有吃飽，但是都沒有人因此死亡。」

丹妮絲瞪大困惑的雙眼，「什麼？你……你們獵食不殺人？」

「不殺人也不製造同伴。」許仙肯定的說著。

「這……這太奇怪了，這很值得驕傲嗎？」辮子女孩才在疑惑，整個人倏而向後飛撞上柱子，完全無法控制自己的身體，一下又一下的拚命撞著。「哇啊～對不起！對——」

後腦勺撞得稀巴爛，一堆東西飛濺而出，許仙暗暗握拳，嗚拜託不要弄得太髒，打掃很辛苦的！

「我們可以做到不著痕跡，這是你們這些低等階級做不到的事。」法海坐回位子上，睥睨著他們，「結果才來兩天，就打壞我的規矩……」

丹妮絲怒極攻心，但是她自知根本不是法海的對手，只能緊握著雙拳，壓抑自己的不悅，恭敬的曲身。

「不是故意的，我們不知道您在這裡……真的不知道。」她卑微的回應著，「純粹只是剛好發現魑魅潛伏著，想著有機可乘，所以才——」

「藉口。」法海冷冷的笑著，「那天晚上威爾斯被我修理後，我不是讓 Du Xuan 去找你們了？」

「我們……」丹妮絲一時啞口無言，他們的確是不當一回事。

「算了，看到你們我就嫌煩！」法海制止無謂的解釋，「你們什麼時候要走？趕快滾就是了。」

咦？丹妮絲怔然的抬首，「不能……留下來嗎？」

留下來？法海倏地來到丹妮絲的面前，瞬間就掐住她的頸子，連殘影都來不及看，直接被高舉離地。

後頭傳出拔刀聲，門口的男人傳出騰騰殺氣。

「她是我該守護的人，放她下來。」鴨舌帽男子低沉的說，「你我相差不過一百年，功力誰高誰低還是未知數。」

「我能喝妖類的血，你們不行，你覺得誰高誰低？」法海背對著他，絲毫不為所動，掐緊了頸子，「叫他收刀。」

「收……收刀！」丹妮絲痛苦的說著，「伯爵，對不起……我們只是想要留下來。」

「留下來做什麼？用餐嗎？這裡每個人都不許你們動。」

「只是想……想住下來……」丹妮絲吃力的回應著，「不想一直顛沛流離。」

法海沉吟著，看來是被追殺吧？才會急於想要隱入人類的居所，他鬆了手將丹妮絲重重擲地，在身為同類的角度而言，他是應該出手幫助。

「我隔壁對面都能住人，這一帶環境很適合我們，附近也沒有民居，你們把廢屋修一修就可以住了。」他踩過地上哀鳴的人們，「要吃飯必須經過我同意，真的想要隱藏行蹤，就必須聽我的指令。」

「為什麼……」威爾斯緊握飽拳，「憑什麼聽你的……」

「威爾斯！閉嘴！」丹妮絲撐起身，他是哪裡看不開啊！

法海一腳踩住威爾斯的頭，「就憑我是伯爵，你當年只是個拉車的，載著這位名妓在街上奔波，黑髮的男孩是在乞丐堆裡撿到的，綁辮子的也只是女工，光是論血統，沒有一個人比得上我。」

「伯爵，都千年了，誰在乎這個血統。」門邊的男人輕笑，「現在是什麼世代了？」

「是啊，都幾千年了……」法海高傲的昂首，「但我依然是伯爵。」

「對，偉大的伯爵，要不要談談那個傳言？五百年前——」鴨舌帽勾起不懷好意的笑容，「你在法國時遇上了——」

法海瞬間移動到男子的身後，伸手就要扭斷他的頸子——「有人！」

鴨舌帽男人及時一喊，法海的手箝著他的下巴，聽著遠處的足音跟氣息……天！他不悅的皺眉，她今天就可以出院了嗎？

「法海——唷呵！」芙拉蜜絲拉緊雪衣，嘴裡吐著白霧，「許仙，幫我開門！」

她吃力的走到門口，沒好氣的看著「加強防護」的門，之前只是矮柵欄，現在釘得比人還高，平常沒受傷翻牆還行，現在根本翻不過去；警示牌做得更大了，就怕人看不見似的：「生人勿近」

「許仙！開門！」芙拉蜜絲站在門口，「明明都知道我來了！」

隔著一個庭院，厚重的門果然開啟，探出一顆小小的頭，許仙尷尬的笑笑，踏著小步伐走了出來。

「芙拉姐姐，妳怎麼來了？哥哥說他不舒服，明天再去找妳。」隔著雕花鐵門，許仙用可愛的臉龐說著。

「他會不舒服？」芙拉蜜絲挑眉，「你先開門。」

「咦？」許仙相當為難，「可是哥哥說——」

「開、門。」她用力踹了門，「不開我爬牆喔！」

嗚……為什麼要這樣為難他？許仙根本不知道該怎麼辦，就見芙拉蜜絲認真的抬頭，真的要物色哪個角度爬牆比較好了。

他趕緊打開門，但還是擋在她面前。

「有什麼事我幫妳說，哥哥真的下不了床，而且哥哥討厭別人打攪他。」許仙最後硬是擋在木門前，裡面現在不適合進去嘛！

「拜託。」芙拉蜜絲蹲下身子，掐了他可愛的臉頰一下，「最好吸血鬼也會身體不舒服厚～沒吃飽嗎？」

——咦？——許仙當場愣在原地，他根本忘記要擋下芙拉蜜絲這件事情，剛剛她說了什麼？為什麼她會知道他們是吸血鬼！

門被推開，芙拉蜜絲有些吃驚的看著在裡頭的人們，他們正優雅的坐在不知道什麼時候搬來的沙發上頭，喝著熱騰騰的下午茶。

「啊……旅人們。」芙拉蜜絲認得那些各具特色的國外人，「你們……認識？」

「您好。」丹妮絲劃上美麗的笑容，「都是歐洲人，很談得來，所以就過來坐坐了，也順便想問問這個鎮上的情況。」

「情況啊……好像剛好讓你們看到不好的一面。」芙拉蜜絲倒是很尷尬，「今天鎮上也在作法會。」

「所以我們才躲到這裡來。」男孩倒是明白。

芙拉蜜絲環顧四周，留意到戴著鴨舌帽的男子站在門邊，雙手抱胸低首不語，她無所謂的往裡頭走了幾步，再回頭看向門邊的許仙。

「我來得不是時候嗎？」她還真的沒看到法海。

「妳是有什麼事這麼堅持？」左邊自廚房步出法海，他端著托盤，上頭是熱氣氤氳的巧克力棉花糖，「出院不是應該要好好待在家裡休息嗎？」

芙拉蜜絲笑開了顏，樂不可支的主動捧過托盤上的巧克力棉花糖，「有事急著要找你談。」

「唉。」法海沒好氣的搖頭，「好了，大家都散了。」

丹妮絲禮貌的放下杯子起身，他們個個都已經恢復正常，只是餘痛仍在，讓每個人表情看起來都不甚自然。

芙拉蜜絲捧著馬克杯，歪著頭看著出去的人，「所以大家都是吸血鬼嗎？」

電光石火間，每個人都驚愕的轉過來看向她！只有法海瞪圓了綠眸，不可思議的瞅著她。

「我的天哪，妳不會分辨什麼事該戳破，什麼事不該嗎？」

「我想大家看起來不是俊男就是美女，皮膚也都很白……而且跟你是朋友耶，那只有同類了吧？」芙拉蜜絲還一臉理所當然，「他們一進鎮就很突兀了好嗎？」

法海無力的嘆口氣，右手舉起揮揮，表示送客，大家最好趕快閃！許仙也好想跟大家走喔，他站在門口恭敬的送客，每人還有一袋冷凍的血當禮物，這個芙拉蜜絲好可怕，萬一惹主子不高興，倒楣的可是他啊。

「謝謝招待。」鴨舌帽男人臨出門前竟然回首一欠身，「沒牙的伯爵。」

你——法海立時站起，氣得臉色發青，但是礙於芙拉蜜絲在場，他沒有立刻出手！

芙拉蜜絲像沒聽到似的捧著杯子蜷上了沙發，這種天氣喝巧克力最好了，傷口內部還有些隱隱作痛，走這麼些路過來也是累了，法海家終於有沙發可以坐了。

當許仙關上木門時，裡面氣氛其實相當凝重，法海看著坐在沙發上過度從容的芙拉蜜絲，只覺得有些不可思議。

「什麼時候發現的？」

「那天你抱我上自治隊二樓時，你沒有心跳。」她聳了聳肩，「當晚偎著你睡時再次證實，然後我把所有事情都整理了一次，只能想到這個可能。」

「人類之外的物種有很多，不是只有吸血鬼沒有心跳。」法海隔張茶几望著她。

「你的屋子裡都有血腥味，很濃。」芙拉蜜絲指向十點鐘方向，「那邊現在就有。」

唔！許仙馬上立正站好，恭敬行禮，接著飛快的跑到廚房去拿清潔工具，準備把現場打掃乾淨。

「隨妳猜。」他冷冷的瞅著她，「至少知道我不是人，妳不怕。」

芙拉蜜絲抬起頭，露出甜美的笑容，搖了搖頭，「不怕！要傷害我們你不會等到現在，還乖乖當轉學生，甚至救了我們三次。」

「不要往臉上貼金，我沒意思救你們。」法海無奈的嘆了口氣，「第一次是意外，第二次你們打攪我喝下午茶了，第三次是……為了以防那群傢伙出手。」

默默擦著地板的許仙偷偷往這兒瞟，主人說謊，那時那群外來的在亂獵殺被魑魅附體的人，主人氣得去阻止他們，因為被魑魅附體的人，只要萃取分體裡的血也是很可口的，這根本是搶食物！況且這群外人客只敢喝屬於人類部分的血，對主人而言是異常浪費！

當主人過來阻止，派他去萃取殘餘的血後，就躲在樹上不打算出手，可是當芙拉蜜絲一喊主人的名字時，主人還是出去了。

「反正你救了我好幾次，也沒傷害到誰。」芙拉蜜絲無所謂的聳肩，「我只是想來確定一下。」

法海沉吟著，雙手插入褲袋，來回踱步。

「確定了又如何？」他問。

「沒有如何啊，我只是想知道你是什麼而已。」芙拉蜜絲圓著雙眼，「文獻裡對你們的記載並不多，至少你們不是像惡鬼那種駭人的存在。」

或許吧。法海只是輕笑著，怎麼就沒想過，記載不多，是因為活著能記載的人都不存在。

「江雨晨他們知道嗎？」

芙拉蜜絲搖了搖頭，「這是秘密，怎麼能說？你以學生的身分過來也只是想過普通人的生活吧？我怎麼可能講？」

望著芙拉蜜絲真切的眼神，法海有些頭痛，她還真的非常相信他，這種人怎麼可能活這麼長？

「好吧，就當作是吧。」他終於坐了下來，「闇行使對我沒有用，妳知道吧？」

「嗯，你對咒文法器完全無感，也不怕我的火。」這她早就知道了，「而且還具有強大的力量。」

「一樣請繼續保密吧，我的確是不想曝光，就當個普通人就好。」

「嗯……」芙拉蜜絲忽然放下杯子，認真的移到他的身邊，「欸，你幾歲了？活了多少年？你不是知道譴天縫日之後所有的事？還有——」

法海直接捏住她的唇，怎麼這麼囉嗦！

「不許打探我的事。」他沉了臉色。

芙拉蜜絲皺著眉把他冰冷的手拉開，「兇什麼，你真以為你是伯爵喔！」

什麼？法海愣住了，她怎麼知道——她聽見了？

連許仙的抹布都掉進水桶裡了，哇啊，芙拉姐姐是什麼時候聽見的，那時她應該還很遠啊！

「剛剛那個人說，你五百年前發生了什麼事？」芙拉蜜絲完全沒在怕的，繼續好奇的圓瞬雙眼，「沒牙的伯爵是什麼意思？你沒有牙齒嗎？」

喜歡一個人，本來就想知道他所有的事嘛！

「回家。」法海二話不說，箝著她的手臂直接拉起，「Du Xuan，外套。」

「是！」如果會流汗的話，許仙覺得他現在一定冷汗直冒！

芙拉蜜絲丈二金剛摸不著頭腦的就被推出大門，法海的手仍然掐著她的手臂不放，老實說有點痛，而且……她好像根本腳沒踩到地啊！

「為什麼那麼介意？」她咕噥著，「我腳沒碰到地，這樣很痛！」

法海不耐煩的瞥了她一眼，忽然換個動作，眨眼間她就被公主抱在法海懷間了！

咦咦咦！這讓芙拉蜜絲完全僵住，她緊張的雙手拽法海的頸子，為什麼突然這樣抱她，她、她可以自己走的，剛剛都能從醫院走到這裡來了！

嗯哼，安靜了啊！法海勾起笑容，看著懷間的她，早知道就用這招。

「……你會在這裡待多久啊？」芙拉蜜絲完全不敢直視著法海，緋紅著雙頰問。「還會再教我術法的事嗎？」

「還會待一陣子，我沒什麼好教妳的。」他走得很快，芙拉蜜絲覺得有點像在坐車，風颯颯而過。「妳認真的去問堺真里跟妳父母，他們可以教妳的很多。」

「也是，爸媽好像很厲害……有好多法寶可以用。」芙拉蜜絲咕噥著。

「好像？呵……」法海冷冷笑著，「妳有沒有想過，妳或許活在眾多謊言裡？」

咦？芙拉蜜絲有些錯愕，他在說什麼？謊言？怎麼又在說莫名其妙的話了。

「嗯……」她靜靜的低著頭，心裡其實難掩興奮，「可以問嗎？你為什麼會選擇在這裡待下來？」

選擇這裡？他只是一個城鎮換過一個城鎮，沒有特別挑選，只要沒待過的，他都會選擇留下來一陣子，不間斷的找尋。

見法海不回答，芙拉蜜絲也不好追問，他可能不想回應這個問題吧。

「你預計什麼時候會離開？」她比較在意的是這個。

法海瞥了她一眼，「不走了。」

「咦？」芙拉蜜絲亮了雙眼，「不、不走了？」

法海輕輕嗯了聲，以往的離開是為了追尋，找尋五百年前那該死的女人從他這兒奪去的東西。

現在……他悄悄睨了抱著的女孩一眼，他已經找到了。

尾聲

公聽會定在下個星期一。

芙拉蜜絲坐在書桌前，挑燈夜戰的看著闇行使給的咒文書，她近來心情很好，學習能力也突飛猛進，每每只要想到法海還會繼續待在這裡，就會開心的想哼歌。

晃著右手，叮鈴鈴響著，芙拉蜜絲會花痴般的笑起來，那天法海送她到家門口時，親手為她戴上的喔！千交代萬交代不許取下，那不僅是手鍊，也有強大的護法，是他親自做的呢！

高舉起右手，噢，法海，你送這個禮物簡直是讓人心花怒放啊！

嘻，芙拉蜜絲吃吃竊笑，她當然沒忘記唇上那冰冷的吻，但是法海沒提，她也不敢提……說不定那只是他為了讓她回神的招式而已，不帶有什麼意義。

她現正拿著空白的紙張在練習默寫咒文與陣法，爸爸這次請回來的闇行使正是之前來幫鎮上料理過事端的人，他是深藍斗篷，還不是闇行使者，但靈力也很高，那天在醫院偷偷塞給她這本書，要她務必背熟。

不過好妙，一般請闇行使都要兩三天以上，爸爸這次好快就回來，還能帶回闇行使，感覺好像在附近似的。

幸好有這本藍色秘笈，鎮長要他們一五一十的描述是如何發現魑魅、並且殲滅他們的，高中生所受的體能訓練或許足夠，但是咒文訓練根本不可能如此純熟，她又不宜把爸爸撿到咒文書的事說出來，所以闇行使給她這本冊子剛剛好！

她只要說，是之前闇行使送她的，她運用到這次的事件即可。

雨晨那邊也已經搞定，該說什麼江雨晨都明白；朝暐照實說倒是無妨，他的弓箭技術一流，沒有什麼需要隱瞞的。

不過他最近對她超冷淡的，不太理她，心情是怎樣不好啊？

衣櫃裡的衣架子再度碰撞，她懶得回頭，應該又是流浪的靈魂看到二樓的招牌，就跑進來找爸媽超渡了；只拜託走乾淨一點，她不喜歡開衣櫃時在黑暗中見到那些腐爛的傢伙。

默寫著咒文，她其實已經滾瓜爛熟了，咒語加上法器，當然能夠對付魑魅……真是難以想像，魑魅死了，但是猜忌卻持續在人心中茁壯，他們居然還要接受這種公聽。

而且，原來身為闇行使，需要背負這麼大的壓力……親手剖開堂姐的觸感，還殘留在指尖上。

芙拉蜜絲看著擱在手邊的金刀，這是她的寶貝，若不是靠它，她早就死透了！把玩著金刀細細撫摸，指尖在刀刃上游移也不會割傷，誠如竹內學姐說的，連割紙都有問題的刀子，只殺非人。

學姐的塔羅牌她留下了，那是學姐給她的紀念，學姐比想像的堅強，拒絕了魑魅的附身，才會死於非命。

「不冒險的話，人生就太無聊了！」不知道學姐覺得甘心嗎？死得轟轟烈烈，遠比寂寞度日的好？

刀子在手上轉著，她記得法海喃喃自語時說過，刀子跟雨晨的手鍊是一家的啊？雨晨的手鍊是她幾年前，江爸爸送的生日禮物，爾後佩戴不離身，怎麼會是「一家」？出自同個地方嗎？

芙拉蜜絲立刻開始觀察金刀的每一吋，法海怎麼知道是同一家的？那天一道金橘光一道藍光，根本沒有共同點！刀子上頭除了刻滿咒文之外，還有一半是看不懂的符號，然後……咦？她在刀柄尖端，看見了像印章似的刻印。

「這好像是篆體吧……」她拿了張紙，在刀柄尖端上用鉛筆拓印，「這幾個字還勉強看得懂……」

好不容易拓了下來，為了再三確認，她搬下字典，一個字一個字的查詢著。

「萬……應……宮？」

她困惑的托著腮，確定的對著字典，「這什麼東西啊？」

聳了聳肩，難得有確認的字卻根本搞不清楚，索性擱到一邊，改明兒個再來問法海！搬過藍皮小本繼續閱讀下一章，闇行使送她的這個東西真的太讚了！還含有許多基本常識，都是學校沒教的！

只是……闇行使擁有這麼多知識卻刻意不教給普通人，這是為什麼呢？如果早知道魑魅有屬性、或是更多常識，人類也不會活得這麼辛苦了。

不甘願嗎？為了五百年來的仇恨？這世仇只怕難消了。

「梵音，強大的梵音可以讓魔族以下的非人無法動彈，此音能讓魔物們恐懼彈離，但是聽見的人類則會因為聲音過度尖銳刺耳而失去平衡感，倒地不起，甚至連闇行使都無法抵抗，唯有少數靈力強大的闇行使者能夠避免，行動自如……」她依序唸著，「能力強大的……闇行使者？」

等等。之前她亂闖萬人林，走佛號之徑回家時，曾經被妖獸跟蹤過，其用長尾故意掃向她，她記得一路狂奔一路閃躲，然後在逼近家門口的危急之際——爸爸施放了梵音，趕走了妖獸，她卻倏而倒地，四肢麻痺無法動彈！

可是……爸爸把她拖進屋子裡了。

媽媽關上門，他們在客廳交談著，說妖獸驅走了，說著她等等就能動彈……媽媽還在她耳邊說話，說著她不只要禁足，還得幫忙做雙倍的家事——芙拉蜜絲再一次看著本子上的字句，唯有靈力強大修練得宜的闇行使者，可以對抗梵音而行動自如？！

天哪！她倏地站起身，是這本書在誤導她，還是——

她倏地看向窗子，為什麼他們家的防護咒語與其他人不同？為什麼他們家連花圃都是結界？為什麼亡者會看到二樓有通道得以進入……窗戶上明明刻滿了咒文、木條窗也刻上了……

指尖泛熱，芙拉蜜絲雙眼忽然變得格外清晰，在她眼裡現在映著的不是平時的窗子、牆或是地板，她可以看見滿滿的咒語藏在其間。

木條窗上有四種咒文，有個小縫得以讓亡靈進入，而且完全不會傷及他們，卻能阻擋惡鬼及所有地獄的來客；有的咒文她連見都還沒見過，只知道一路到衣櫃都有咒語。

牆上的油漆下也藏滿了咒文，地板、衣櫃、床……甚至是他們的紋帳，可愛的圖案裡全部藏著強大的咒語。

媽媽那天在教堂外，一直緊張的要她沉住氣，是因為媽媽也知道那邊有什麼？爸爸提早離鎮、可以迅速請到闇行使，也是因為身分特殊？

天哪……芙拉蜜絲緊捏著本子——他們家到底是什麼？

這就是法海說的嗎……究竟有多少謊言充斥在她的生活裡！

The End

後記

首先謝謝買了這本書的您，感謝您的支持讓寫作者能有動力繼續走下去！

五百年後的世界，本集開始進入較沉重的篇章，分化人心似乎是一件非常容易的事，猜忌、懷疑、為求自身利益隨時都能犧牲他人，自古以來人性一直遭受這樣的考驗。

三人成虎這句話其來有自，謠言多了就會變成真的，雖說止於智者，但遺憾現實生活中智者太少；光是看網路謠言，可以從 MAIL 時代一直流傳到 LINE 的時代，歷經十幾年還是有人在傳，可見一斑。

在天譴日後的時代，每個人出生開始，生命就受到威脅，因此人們的警戒心原本就會更加強烈，等於隨時處於命在旦夕的情況下！在這樣的前提下，一旦遇到威脅自己生命的人事物，就得當機立斷的鏟除，不容放過。

因此故事裡的魑魅要分化人們真的太容易了，只要指出一個異端，就能讓大家群而攻之，寧可錯殺一百也不可放過一人。

故事設定上，魑魅其實是最偏向人類的，善於掌握人類的心理，只是沒有善的部分，要不然現實生活中也很多像這種人存在啊（菸）。

我們厲害的芙拉蜜絲越來越強了，其實不只是她，同學們也都在戰鬥中逐漸茁壯，要不然就太肉咖了！而我最親愛的法海……好，Forêt，也終於展現出他的能力與身分啦，眼尖的人應該就能發現，他在上一個《異遊鬼簿三系列》小說中有客串過喔，科科。

身分曝光後的Forêt、還有同類進駐，他們在這個新世界中會擔任什麼樣的角色呢？而芙拉未來當然絕對沒好日子過的，人類是很妙的生物，只要有一點點疑心的種子落下，必定會發芽成長。

就像一個人曾偷過東西，有東西不見了大家第一個矛頭勢必指向他，疑心只會越來越強大，而不會有減退的時候。

一句話、一個挑撥，都能讓人與人之間彼此懷疑。

因此就算表象平和，只怕以後發生什麼事，魑魅曾說過的話、舉證過的假例子，都已經深植人心，芙拉被懷疑已經成了更改不了的事實了……又是個可憐的學生（嘆）。

寫這篇後記時，電影「Noah」正要上映，想起這麼久以前就有天譴說，上帝降下天譴給人類，但讓好人諾亞打造方舟救世。

如果這故事為真，上帝不知道會不會後悔？當年祂就覺得人類無可救藥，地上充滿敗壞、強暴和不法的邪惡行為，所以降下天譴以洪水滅之……那現在祂往下看著，現在絕對比諾亞那時慘上幾百萬倍啊，除了人類的敗壞外，還多了環境的摧毀……唉。

沒關係，我們還有五百年後精力旺盛的芙拉在，再艱難的環境她都絕對能鞭出自己的路的！

啊，我也在這兒公佈一下，藏在本書中有個神秘的角色，是我把喜歡的人擱進去的……當然本集就更多了，連班奈狄克都出現了（羞）。

那個角色是，堺真里。

熟悉日文的人就知道，堺真里的發音，跟堺雅人是一樣的啦！哇哈哈哈哈！

笭菁

妖異魔學園

DEVIL ACADEMY : BLOODY CRUCIFIX

血腥十字架

國家圖書館出版品預行編目資料

妖異魔學園：血腥十字架/ 等菁作.
-- 初版. -- 臺北市：春天出版國際, 2014.06
面； 公分
ISBN 978-986-5706-06-7 (平裝)

857.7　　103004501

ISBN 978-986-5706-06-7
Printed in Taiwan

作者	等菁
封面繪圖	MOON
封面設計	克里斯
內頁編排	三石設計
總編輯	莊宜勳
主編	鍾靈

出版者	春天出版國際文化有限公司
地址	台北市信義區信義路四段458號3樓
電話	02-7718-0898
傳真	02-7718-2388
E-mail	frank.spring@msa.hinet.net
網址	http://www.bookspring.com.tw
部落格	http://blog.pixnet.net/bookspring
郵政帳號	19705538
戶名	春天出版國際文化有限公司
法律顧問	蕭顯忠律師事務所
出版日期	二〇一四年六月初版
定價	240元

總經銷	楨德圖書事業有限公司
地址	新北市新店區寶興路45巷6弄6號5樓
電話	02-8919-3186
傳真	02-8914-5524

苓菁作品

苓菁作品